吴新邦 著

希望的田野

XIWANG DE TIANYE 吴新邦散文、小说、戏剧选集

北方文藝出版社
·哈尔滨·

图书在版编目(CIP)数据

希望的田野 / 吴新邦著. —— 哈尔滨：北方文艺出版社，2022.1
 ISBN 978-7-5317-5405-3

Ⅰ.①希… Ⅱ.①吴… Ⅲ.①散文集–中国–当代②剧本–作品综合集–中国–当代 Ⅳ.①I217.2

中国版本图书馆CIP数据核字(2021)第266139号

希望的田野
XIWANG DE TIANYE

作　　者 / 吴新邦	
责任编辑 / 张贺然	封面设计 / 潇湘悦读
出版发行 / 北方文艺出版社	邮　　编 / 150008
发行电话 / (0451)86825533	经　　销 / 新华书店
地　　址 / 哈尔滨市南岗区宣庆小区1号楼	网　　址 / www.bfwy.com
印　　刷 / 长沙市精宏印务有限公司	开　　本 / 880mm×1230mm 1/16
字　　数 / 200千	印　　张 / 20
版　　次 / 2022年1月第1版	印　　次 / 2022年1月第1次印刷
书　　号 / ISBN 978-7-5317-5405-3	定　　价 / 98.00元

序：植根田野的歌

赵凤凯

吴新邦先生打来电话，想把自己创作的散文、小说、戏剧作品选编结集出版一本新书，书名为《希望的田野》。全书二十余万字，要重新审读、修改、编排、校对……工作量之大可想而知。对于一个年已八旬且身体欠佳、眼神不济的耄耋之人有如此壮举，可能有人感到吃惊，我倒不觉意外。我与吴先生相识相交淡淡如水四十多年，别看他平日轻言细语，低调随和，不争不吵，处处礼让，是一个好说话、易商量、无棱少角的谦谦君子，但我深知他灵魂深处有一股顽强的韧性（或曰骨气），凡认准了的，他会始终如一地去坚持，去奋斗，去追求，大有"天下英雄皆我辈，一入江湖立马催"的气势。其实，吴先生平生最热爱和追求的便是他的"文学梦"，数十年一路走来，不离不弃、风雨兼程、勤奋探索、勇于争先，这本选集便是他不忘初心、坚韧不拔、顽强拼搏的结晶。

没想到他要我为选集写序，犹疑未予答应。吴先生却不松口。盛情难却，我只得恭敬不如从命，对其大作的粗浅解读，写下了这些文字，既可就教于方家,也免了友人的责难,两全其美。

吴先生毕竟是当过文化馆长的人,在文艺创作上是当之无愧的多面手。诗歌、散文、小说(长篇、中篇、短篇)、戏剧(大戏、小戏)、小品、曲艺、随笔、故事、传记……样样精湛,熠熠生辉。其内容积极向上,感人亲切,其文字简练明隽,兼采雅俗。本书所集结的三大版块,就如在广袤的田野上,这一大片是稻谷金黄金黄,那一大片是棉花洁白洁白,而另一大片是果园翠绿翠绿,五彩斑斓,美不胜收。"十里西畴熟稻香,槿花篱落竹丝长,垂垂山果挂青黄",这难道不就是我们心中希望的田野吗?

"散文选"中,有先生在外观光的"旅游笔记"、有对身边事务的"生活感悟"、有对家乡伟人追思怀念的"心中丰碑"、有对普通民众衷心礼赞的"楚沩新人",有对家乡景点及习俗风情推介的"乡土采风",字里行间充满着吴先生对家乡热土的眷恋深情,对家乡人民的仰慕赞颂。平实朴素的文字中有哲思,清霏有味的描述里有激情,宛如"和风吹绿野,梅雨洒芳田"。

长篇小说是作者写作功力的最佳体现。几年前吴先生出版了长篇小说《夫子山的秀才》,得到读者的好评。作品以"赵、钱、孙、李"四人(李是串线人物)数十年经风沐雨、起起落落的人生经历为主线,讲述时代的变迁,描述历史的画卷。有生动谐趣的故事情节,有性格各异的人物安排,有复杂多变的亲情人性,有丰富多彩的民风习俗……在沉静而简洁的叙事中展示了举重若轻的力量,即深沉、厚重、沉默、隐忍、贫瘠,抑或是后来的繁华与四处的喧闹,都不改其"厚朴苍凉、默默承受"的底片与本色,读过并不感到悲凉,反而能看到希望与光明。今读"选集"中所编入的小说、故事与传说,让我再一次看到了吴先生在写小说、讲故事方面的过人风采和才华。相信读者也会和我一样的喜欢。

选集的第三大版块是"戏剧"。其中收录了七个大小戏剧,还有三十五个存目。大戏、小戏、广播剧、话剧小品、方言小品、歌舞小品、荒诞小品,五花八门,让人目不暇接。记得20世纪70年代初,宁乡举行全县文艺会演,老粮仓代表队的小戏《巧遇》引起轰动荣获一等奖,其作者就是当时在学校教书的吴先生。就凭借这个戏,他被调到县文化馆担任戏剧和文学创作辅导专干,自此吴先生创作了不少好戏,编剧似乎成了他的强项,限于篇幅,竟让35出存目,真有遗珠之憾!采用《希望的田野》作为本选集的书名,是挺合适的。这是他的代表作,其光辉亮丽另有文章介绍,恕不重复。我认为吴先生众多作品的最大亮点就是始终保持浓郁的地方特色,描写的多为普通民众的日常生活,小中见大,真实可信。语言和唱词生动活泼,非常接地气,深受观众读者喜爱。

一直以秦岭和商洛人民生活为创作题材的著名作家贾平凹说过:作家都是在写自己,故乡就是我的血地,所以我是土命。我觉得吴先生也属于土命。他的大部分创作都离不开宁乡这方热土,离不开在这片热土上奋斗前行的父老乡亲。《希望的田野》是植根于田野的歌,是吴先生用心血为时代、为人民、为土地献上的颂歌。这首田野之歌内容丰富、旋律优美,一定会被人民传唱,会被读者记住。

雨余山色,夜静钟声。一盅茶袅袅飘香,一盏灯明明亮亮,轻轻打开《希望的田野》,在歌声中"田夫荷锄至,相见语依依",你定会有"君看获稻时,粒粒脂膏香"的惊喜。

2021年"七一"前夕于北京

赵凤凯,湖南宁乡人。一级编剧,享受国务院特殊津贴专家。以戏剧创作为主,还写电影、电视剧和小说,有多部作品获得省级以上奖励。其中戏曲剧本有《两张图纸》《风暴过洞庭》《酒醉英雄》《水乡锣鼓》《大决堤》《耀邦回乡》《永远的叔衡》等。《秋天的花鼓》获中宣部"五个一"工程奖,文化部"文华新剧目奖"和"文华剧作奖"。《老表轶事》在第七届中国艺术节上获"文华大奖"和"文华剧作奖",中宣部第十届"五个一"工程优秀剧目奖,荣获国家舞台艺术精品工程十大剧目称号,并入选建党百年全国百部优秀剧作典藏。宽银幕电影《荒岛枪声》已拍摄上映,电视连续剧《背靠长城的女人》《守家男儿》及参与创作的《血色湘西》等均已拍摄播映。在《十月》《芙蓉》《当代作家》等刊物发表中篇小说多部。

(注:书中戏剧部分因舞台艺术表现形式需要而保留当地方言。)

目录

序

植根田野的歌 …………………………………… 赵风凯 001

第一部分　散文选

A辑　旅游采风

峨眉猴趣 ………………………………………………… 003
咱们上北京啦 …………………………………………… 006
再上沩山喝擂茶 ………………………………………… 008
汤泉说汤 ………………………………………………… 010
密印寺景观 ……………………………………………… 018
美丽的宁乡风光——《宁乡景观》引子 ……………… 022
花明楼史话 ……………………………………………… 025

状元楼溯源	028
"玉潭横秀"一桥多名	029
南楚灵山传说美	031

B辑　生活感悟

创作的秘诀	037
浅谈旅游与文化	039
广厦·吾庐·安乐窝	041
数字聊趣	043
墓葬议	045
元宵节与元宵	047
钓渭丝纶日月长——邹文忠先生八十寿诞致辞	048
捧读《传奇》话真情——为戴凯勋《世纪山乡传奇》作序	049
万寿宫变了——宁乡县文化馆改革纪实	052

C辑　人物传奇

武则天惜才	056
峨眉镌情	058
闪光的竹针	060
她有一颗金子般的心——记邱秀英同志赡养孤寡老人的事迹	062
乡里伢子画漫画	066
术起沉疴	068
斯盛堂主趣闻——青年农民作家谢繁成才的故事	075
一个文化老兵的自白——古稀影碟解说词	083

第二部分　小说故事选

A辑　小小说

虎山赴任 ································· 089

王法官烧香 ······························· 091

罗满爹的悲喜剧 ·························· 093

黎艾娜正名 ······························· 095

送别 ····································· 097

戴墨镜的阿姨 ···························· 099

B辑　中短篇小说

吻婚 ····································· 104

啊！丁字镇 ······························· 117

C辑　故事新编

叶公好鼠 ································· 134

王文清以文斗富 ·························· 135

读书堂的故事 ···························· 138

真假白马狭路桥头 ························ 142

朱衣点传奇 ······························· 145

护像的故事 ······························· 151

灰汤锅子的传说 ·························· 154

第三部分　戏剧选

A辑　大型戏曲

希望的田野 ·· 吴新邦、邓正凡编剧 195

汤泉恋 ·· 吴新邦、黄湘群编剧 229

B辑　小戏小品

少寡妇征婚 ·· 262

喜搬家 ·· 278

走廊上的呼声 ·· 283

山乡打工嫂 ·· 287

公仆·公民 ··· 294

跋

为田野点赞　给丰收喝彩 ·· 潘定国 304

编后语 ·· 307

第一部分

DI YI BU FEN

散文选

A 辑

旅游采风

峨眉猴趣

船游三门峡,步履峨眉山。带着未闻"两岸猿声"的遗憾,我拾到了峨眉山的猴趣。

位于海拔三千多米的金顶,是峨眉山的最高旅游景点。旅游车到达雷洞坪车场就再也上不去了。古人云,蜀道难,难于上青天。此处距金顶不过五百米高度,却有十数里行程。峰峦间虽乘索道可替代四分之三的步行,但摆在首尾的那数华里石级盘山小道,若不坐当地人服务的"滑竿"(即简易人力小轿),就只能体验其登攀蜀道的步履艰难了。

时值酷暑炎天。在峨眉山脚穿单衣嫌热,到这里却是雨霏霏、雾茫茫,穿上租借的棉衣尚觉寒意。我和同伴已历时六个多小时的长途颠簸,可谓累、饿、冷三味一体了。于是,倚坐在伴山麓而建的弧形候车长廊上,迅急地啃食着自带的面包糕点,做着免乘"滑竿"徒步登山的出征准备。

"哎哟——"一位同伴惊叫着站起身来。循声而望,只见一山野老猴伴椅而立,眼巴巴地望着我们的早餐,礼貌地等着我们的投喂。我和同伴不由投出了手中的面包,就在这时,亭边的灌木丛中倏地窜出十多只大猴、小猴,站着、坐着,半蹲半立着,却不敢上前领取我们的投食。只有那早到的老猴,在我们身边走来走去,捡起面包糕点,啃上一口便丢给身边的大猴,大猴捡上啃一口又丢给它的小猴,似这样按照它们的内部规矩传递着、啃食着,快而不乱,秩序井然。我真佩服猴们的纪律严明,但捉摸不透猴们的这一分配原则是依据年龄大小还是地位职别的高低。

爬山了,沿着狭窄的盘山石级小道攀缘而上。高寒山区,严重缺氧,我和同伴虽气喘吁吁,两腿酸软,但当地人那服务旅游的新行业,确确实实能让你解脱登攀的苦痛,淡忘步履的艰辛。他们十米一岗、五米一哨地列在山道两旁,一个个怀中抱着猴、肩上趴着猴、身边站着猴,笑迎游客,众口一腔:"立正!向贵客敬礼!"口令传出,只见那大猴、小猴毕恭毕敬地伸出猴掌,搭在额前,那三角形红脸颊上,露出一排雪白的门牙,发出"嘶嘶嘶"的笑声,伴声而来的又是猴主的广告:"峨眉灵猴,陪你合影,贵客万福,留个纪念吧!"盛情难却,我不由停住了脚步,按牌价刚刚付了钱,那大猴、小猴根本不用主人吩咐就主动来到了我的身边,或站着,或坐着,或用猴掌搭上我的肩头,等到我的自动相机咔嚓一声弧光一闪之后,它就回到主人身边去了。我想再拍一张"保险照",可是招手失灵,呼唤无效,猴们只是眨巴着双眼,恕不动身。我问何故,那猴主含笑致歉:"对不起,您少了点儿手续。"于是,我再次把钞票往猴主手中一塞,刚刚转身,猴们又来到了我的身边,听凭我指挥,等着我拍照了。我感叹猴们的灵性,但说不清这些猴们是忠心为主子效劳还是为表现自身的劳动价值。

登上金顶。寺内金光璀璨,光芒四射;寺外云涛汹涌,雾海苍茫。真感到如步青云,如临紫霄了。然而,令我情有独钟的还是这峨眉的灵猴。因为我在寺院的书摊前买到了一本峨眉传说的小册。信手一翻,又拾猴趣,不禁连声称奇!

原来女娲补天后即造人。自嫌手捏黄土造人太慢,便从山上取来一根青藤,一头拿在手中,一头拴在大石头上,其间堆上泥土,像小孩跳绳一样地抡甩起来。神奇的是,凡溅起来的泥块,落到地上便成了呱呱叫着的小东西,女娲令其听封,给他们起名为"人"。谁知话音刚落,山下又爬出一群小东西来,这是女娲抡甩在山涧的泥浆所变,能立、能走、能跳,光着身子,留着尾巴,像人又不像人。女娲便对这些小东西说道:"你们生在山涧,听封来迟一步,就不能再叫'人'了,且叫'后'吧!"后来,人们虽把"后"错传为"猴",但猴毕竟是造物主女娲所赐,因而具有人一样的灵性。

提到灵性。我还看到了一则蒋介石惊遇美猴王的故事。说的是抗日战争时期,蒋介石上了峨眉山,住在风景秀丽的红珠山某处。一天,他乔装打扮,带上几个便衣侍卫,穿过一线天爬过"洪椿坪",来到遇仙寺。突然听到人在喊:"山娃儿来喽!"蒋介石知晓这"山娃"就是指山中猴儿,便从"滑竿"上下来观看猴群。只见猴们有的爬树,有的打秋千,有的在林中抓痒捉虱。领头的是一只白面粉腮"美猴王",它两眼四处张望,一为警卫它的猴们;二为察看游人丢多少"买路钱(即游人给猴们赐投食品)"。蒋介石正看得起劲之时,不料那美猴王向他走来。两眼直呆呆地盯着他,后面的猴们也一个个目光凶凶,像是要上前抓他。他心中有点恐惧,忙叫侍卫丢去了几个美制铁皮罐头。猴儿打不开盖子,弄不到吃的,便甩在地上打滚。美猴王以为受骗,气得吱吱大叫,领着猴们围上了蒋介石。蒋介石心慌意乱,急得头冒虚汗。又令侍卫拿瓜果花生投给猴们,可事先没有准备,一时何来这些食品呢?只见猴们越围越紧,情势危急,侍卫不由得掏出腰间的枪来,蒋介石正考虑着是否开枪,急得摘下了帽子扇凉。奇怪得很,他这一扇,就像孙悟空过火焰山借了牛魔王的芭蕉扇,那美猴王马上带头撤退,霎时间让猴们躲得老远老远的。是什么带来了军情突变,化险为夷呢?原来这峨眉山的猴儿常到寺庙里去吃和尚赏赐的瓜果斋粑,对和尚有较深的感情。此时见蒋介石取下帽子后露出的是光秃秃的脑袋,便以为遇上了往日的亲朋好友——寺院的和尚。故而礼让三分,退避林间。

　　看到这里,我情不自禁地摸摸头顶,扑哧一笑。因为我遗憾自己没剃光头发,若不然,即日转身再经过雷洞坪车场的时候,就可以亲自检验其故事的真实性和猴们的灵性喽!

(该文发表于湖南《文艺生活》1997年第9期)

咱们上北京啦

南来北往的特快列车,把我们宁乡实验花鼓戏剧团的同志,送上了北京,又接回了长沙。历时半月,留给了我们美好的记忆。

唰——伴着电视摄像机的明亮光柱,市委宣传部、市文化局的领导同志们送行来了。由于车辆紧张,湖南省第二届映山红民间戏剧节晋京汇报演出团的成员只得分批走,我们虽没看到省委、省政府的领导同志来车站为大部队送行的盛况,但从眼前一双双温暖的手、一句句亲切的话语中,深深地感受到自己的光荣和责任的重大!

说实话,我们做梦也没想到自己的"土产"能上北京。可不是吗?此次文化部邀请我们晋京演出的大型现代花鼓戏《希望的田野》,全是我们自编、自演、自己的乐队。它取材于我县科技兴农中的新人新事,用喜剧的手法,反映了当代青年爱情和事业的追求,在本县城关镇和煤炭坝煤矿演出后,颇受领导和群众的欢迎。照观众的话说,它像宁乡的土特产——刀豆花,味道甜美,逗人喜爱。然而,把它送到北京去,土腔土调的,效果会好吗?为此,我们十分紧张,生怕演出砸锅。因为我们不只是代表宁乡县,而是代表长沙市,代表湖南省向首都人民展示民间戏剧的风采和成果啊!于是,一到北京,我们都潜心于演出准备,尽管有三分之二以上的同志是第一次来到首都,但想到肩上的重任,对故宫、天坛、颐和园的魅力,对西单、王府井的情思不由淡泊了许多。由于长途运输,不少影片、道具被颠簸坏了,舞美、剧务人员便不声不响地抓紧修补和重制。由于气候差异,不少演职员嗓子发干,嘴唇发炸,便有人主动换房、送药、送水，唯恐有半点不遂。4月22日晚，我们的《希》剧在首都人民剧场与观众见面了。从剧中人张桂林的台词"我当的是中华人民共和国湖南省宁乡县大沩乡科技兴农服务站的站长"引出笑声起，一个多小时内，笑声不断，掌声时起，远远超出了意料的效果，我们的黄团长和彭导演喜出了眼泪。演出结束后，文化部、总政治部、全国总工会的领导和中国文联、中国剧协的专家们上台与演员们亲切握手，祝贺演出成功，并合影留念。革命老前辈谢觉哉的夫人王定国同志，年近九旬，看完戏后连连点头称赞："这个戏好，这个戏好！我看了很高兴！"中国剧协党组书记赵寻同志激动地说："你们这台戏用喜剧的形式表现了科技兴农的主题、是从生活中来的，多自然！"中国文联专家李振玉同志高兴地说："你们这个戏一环套一环，编织得很巧妙，人物很活，解决矛盾没有上纲上线和空洞说教，入情入理，我很喜欢！"接着他紧紧地握着编剧的手，连说了几个"好！好！"最后，正在北京办公务的长沙市委书记夏赞忠同志和市长张明泰同志上台讲话，夏书记高兴地说："我们宁乡的映山红在首都开得正红，愿它开得更好，开得更旺！"

掌声兼笑语，人面似桃花。想到我县精神文明建设增添了新的成果，我们的父母官——县委、县政府的王书记、梁县长、彭副书记、肖副县长等同志也和大家一样，笑得合不拢嘴，说不出有几多欢乐几多幸福！

当我们登上归途的列车，看到窗外姹紫嫣红、生机勃勃的美景，想我们的戏剧舞台，不也是一样的百花齐放、春意盎然吗？

（该文发表于《长沙文化报》1992年5月）

再上沩山喝擂茶

沩山人很好客,招待客人的佳品就是喝擂茶。

沩山是个海拔900米的高寒山区,茶树要到谷雨季节才发新芽,通过摘、炒、揉、烘等系列工序,便成了细如针、薄如纸、墨绿中闪着银光的香茗。抓一撮放入玻璃杯内,冲入开水,只见茶叶如嫩绿的秧苗竖立于杯底,一根根不歪不斜,一枚枚疏密有序,让人望而生趣。品上一口,香中带甜,沁人心脾,感到说不出的舒适。喝罢茶水,捞点儿茶叶咀嚼,软绵绵,脆生生,又是一番滋味。这就是有名的"沩山毛尖",明清朝代曾用来做贡品,而今则用它出口或自我享受。沩山擂茶,就是将这样的"毛尖"与炒熟的花生、芝麻、黄豆、绿豆、南瓜子等山乡土产一并擂碎,然后用沸腾的山泉水冲泡而成,我有幸享受过这样的口福!

青翠的山谷,叮咚的小溪,两边簇拥着一垄垄麦苗、菜地,迎着春风,伴着鸟语,我伫立在一幢崭新的红砖楼房门外。

"噫呀!吴同志,十多年没到这山里头来了,还没忘记吗?"

出门迎接的就是我当年插队的老住户,这幢新楼的主人——李满嫂,她不向作陪的村主任礼让,还是那张辣椒嘴。

我倚仗着人熟地熟,自然要以牙还牙:"忘不了哟!听说你发家,特来沾点儿光喽!"

"哈哈!想吃'富'吗?"李满嫂热情地递过凳子,装过烟,便端起擂钵,抓出一把白茸茸、绿葱葱的沩山毛尖,再从食品柜里拿出炒熟了的花生、芝麻、黄豆、玉米、南瓜子倒在擂钵里。一屁股骑坐在红漆的门槛上,夹着擂钵,"擦啦擦啦"地挥动着擂槌,继续说道,"只怕我们的吴同志有这个口福,没那个肚福喽!"

我知道李满嫂还在拿我当年喝擂茶留下的笑柄当口实,便反唇相讥道:"是呀,今日的擂茶,再不是老茶叶拌红薯丁丁萝卜皮了吧!"

"那能怪我们吗?种花生、芝麻的自留地被你们当'土围子'铲了,长出的南瓜藤被你们当尾巴割了,谷雨节过了好久,还在大批大斗,不准我们采摘新茶,叫我们拿什么招待贵客呀!?"

我和作陪的村主任都被逗笑了,而且还笑出了眼泪。

一会儿,水烧开了,佐料也备好了。李满嫂又从柜内拿出一包多维麦乳精,麻利地把它搅成一锅,舀给我们喝。

香呀,甜呀,清脆爽口呀!我真不好用些什么样的词语来品评这样的擂茶。第一碗,我咕咚几口就吞下了肚,又毫不推辞地接受了李满嫂舀上的第二碗,因为我知晓本地风俗:喝擂茶不定量,只要客人把碗内的擂茶喝完了,主人便会马上舀满的。如果不愿喝了,就等主人收场了,再喝下那碗擂茶,这样宾主心安,皆大欢喜。记得当年,我不懂风俗,误以为剩下擂茶就是脱离群众。于是,硬着头皮喝,结果病了好几天哩。

然而此次,当我喝完第二碗时,李满嫂不再舀来,笑吟吟地说:"吴同志呀,时代变了,风俗也在变呀!"说罢,忙向村主任使个眼色。

"唔?……"我有些不解地望着这位女主人。

村主任说话了:"吴同志呀!听说你再上沩山,你这老住户早就网了鱼,杀了鸡,还特意打好你当年没法品尝的芦花水豆腐,任务多着哩!"

啊!我恍然大悟,望着李满嫂那没喝完的擂茶,似有万语千言,但不知从何说起!

(该文于1997年10月获长沙市广播文艺二等奖)

汤泉说汤

家离灰汤温泉很近,常常扬扬自得,免不了在同事或友人面前炫耀那世间罕见的奇观。尤以今年,查阅了一些资料,以汤为题的口水,更喷得津津乐道。

灰汤温泉,简称汤泉,俗名灰汤锅子。古语中的汤,即指煮沸的开水或温度很高的热水。比如,赴汤蹈火、汤池铁城、固若金汤、扬汤止沸等成语中的汤,就是指的这种热水。在文学语言中,何谓汤,何谓温,虽然没有明确的标准来衡量,但谓之得当,也是要讲点学问的。

按自然科学的标准分类,水温超过20℃的地下泉水,可称为温泉。20℃—40℃为低温温泉,40℃—60℃为中温温泉,60℃—80℃为中高温温泉,80℃—100℃为高温温泉,高于100℃为超高温温泉。灰汤温泉常年水温89.5℃,荣居高温温泉行列,似开水一样滚烫,可以煮熟鸡蛋和红薯。谓之汤,当然合适。

灰汤温泉,地处南方,湿度大,一年四季热气腾腾,如烟雾一般直往外冒。尤其一到冬春两季,大地气温不高,水汽蒸发不力,故数里之遥,可见汤泉境内白云浮蒸如烟,银雾腾空,朦胧一片。好似那耕作的农夫,在田野上正撒着石灰。走近汤泉,腾云驾雾,云里梭,雾里行,飘飘欲仙,似有流连仙境之感。

于是,有人将其灰蒙蒙的雾色与滚烫烫的汤水结合,简称为灰汤。这一非凡的命名,虽不知始于何年何月,但被人们自古沿用至今。

大千世界,无奇不有。据粗略统计,我国仅泉源景观就达十万处之多。这些涌泉飞瀑,或叮当而行,或奔腾突涌,或涓涓细流,或沸腾咆哮,以其多姿多彩的风貌展示在人们的面前。就一般而言,温泉虽比冷泉少见,但也遍布于960万平方公里的华夏神州。若按水温高低分类,我国的温泉多属中高温温泉。能称之为汤者,则寥寥无几!

安徽的黄山温泉、半汤温泉,广东的从化温泉、中山温泉,广西的陆川温泉,甘肃的清水温泉,山东的龙泉温泉,湖北的咸宁温泉,四川的康定温泉,重庆的南温泉,贵州的石阡温泉、息烽温泉,还有曾被推为"天下第一汤"的云南碧玉泉,以及从秦始皇起就享誉九州的陕西骊山汤·神女泉·华清池,等等,其常年水温都在60℃以下,谈不上滚烫滚烫,自然不能称之为汤。

江西的庐山温泉、河北的平山温泉,辽宁的兴城温泉、五龙背温泉,浙江的承天温泉,河南的临汝温泉,新疆的塔合曼温泉,吉林的长白山温泉,内蒙古自治区的阿尔山温泉。尤其是中国台湾的温泉多达80多处,诸如,著名的阳明山温泉、关子岭温泉、四重溜温泉、虎山温泉,等等,其常年水温虽在60℃以上,但比灰汤温泉的水温尚有一定的差距,也难以称之为汤。

湖北应城的汤池温泉、南京的汤山温泉、辽宁的汤岗子温泉,以及北京昌平的小汤山温泉,等等,虽堂而皇之地挂上了个汤字,但实际不是就水温而言。汤而不汤,同样不能与灰汤温泉并列于榜首。

西藏北部的羊八井盆地,是我国重点开发的湿蒸汽地热田。这里不仅有沸泉、热泉、汽泉,还有数不清的喷气孔和水热爆炸穴、间歇喷气井等,尤以沸泉,一年四季沸腾翻滚,蔚为大观。台湾省的北投温瀑,其上游的地岳谷水温最高,源头水温约90℃,水流从一大洞中奔涌而出,落差达20余米,旋转如轮,轰鸣如雷。洞口水气的烟雾高约三四十米,硫黄烟雾终日蒸腾,美名"磺泉玉雾"。号称地热之乡的云南腾冲温泉,有汽泉、热泉、温泉70余处,其中,最有名的"硫黄塘大滚锅",水温高达96℃,算得上滚烫滚烫的汤了。

由此,可以把腾冲温泉、北投温瀑、羊八井沸泉和灰汤温泉谓之为同胞四姐妹,又好比同一枝条上的四朵金花。或名温瀑,或曰沸泉,或称汤泉,有汤加冕也罢,无汤加冕也罢,如此四位姐妹,均无愧于排在当今华夏神州温泉之前列。甚而至于可以镌刻其碑匾曰:汤冠隶我。或称:天下第一汤!

排位于华夏神州温泉之前列的四朵金花,虽是同胞姊妹,却是性格各异。

大姐姐腾冲温泉,火辣辣,热腾腾,风风火火地活跃在横断山脉之间。二姐姐北投温瀑,迎海风,听海啸,潇潇洒洒地飘逸在宝岛台湾之上。三姐姐羊八井沸泉,居高原,赏雪景,勤勤恳恳地奉献在珠穆朗玛峰旁。唯有四妹妹灰汤温泉,却是天生的女孩子脾性,恋田园,爱小溪,轻声细语,妩媚含情,宛如一个聪颖乖巧的"小家碧玉"或"田园闺秀",羞羞答答地身居在湘中的一个山乡小镇——国务院批准的对外开放地湖南省宁乡县灰汤镇境内。

灰汤,风光秀丽,景色迷人。巍峨的东雾山拔地而起,就像一道天然屏障,将这位田园闺秀幽禁深闺。登其峰,可望百里之遥。山上奇峰突兀,怪石嶙峋。鹰嘴石,活灵活现。八石头,相传为八洞神仙歇息处。山谷幽深,行数里不见穷。泉水潺潺,历四时而不竭。福地洞天,素为佛学道家修身养性之所。故而,寺庙庵堂,香火不绝。

灰汤,镇小名大,四邻好亲。近长沙,邻湘乡,接湘潭。地处毛泽东故居韶山,刘少奇故居花明楼,彭德怀故居乌石,何叔衡故居构子冲,以及湘中名山、佛教圣地沩山、回龙山、芙蓉山的交会点上。从长沙到国家森林公园张家界、索溪峪的319国道穿境而过。即将通车的长石铁路(长沙到石门)与正在筹建的洛湛铁路(洛阳到湛江)交错其旁。通信便利,公路畅通。或从省会长沙西行,或自山城娄底东去,或沿湖滨益阳南下,或由闹市株洲北上,皆不过几十公里的路程,就可来此幽会这位田园闺秀,领略那旖旎妩媚的山乡风光,享受那誉满神州的汤泉乐趣。

灰汤温泉,美誉流长。已有两千多年的历史。

最先,此地隶属荆州所辖的新阳县(即宁乡县的前称)。晋盛宏之《荆州记》中曾有这般记载:"新阳县惠泽中有温泉。冬月未至,数里遥望,白气浮蒸如烟,上下彩映,状若绮疏。又有车轮双辕形世。传昔有玉女乘车,自投此泉。今日时见女子姿仪光丽,倏忽往来。"

相传,曾出任三国蜀相,顶承诸葛孔明掌管蜀汉江山的蒋琬,其故居泉湾紧邻汤泉。屋后的竹林、前门的小桥就是他少时常常埋头读书的地方(清同治《宁乡县志》对蒋琬故居专有记载)。他往后功成名就,衣锦还乡,又曾在那乌江河畔饮马、濯缨,故而留下了相公潭、相公桥、相公庙等名迹,灰汤温泉还曾有过"饮马泉"之称。

唐代力主削藩的宰相裴休,宋代的大理学家朱熹、张栻,状元易祓、王容,以及明代翰林院士陶汝鼐等都曾在这里拂汤游览,沐风吟咏。明代文人薛瑄曾留下了"水饮温泉分地利,雨来龙洞仰神功"的佳句。

清代文人廖森的诗句"我亦欲寻沂水乐,山民错比华清宫",实在是脍炙人口。

还有,清代御史王文清和翰林院士王闿运皆曾到过灰汤举行冬鹜诗会和鸭酒会,留下了一串串诗话逸闻,被后人世代传颂。

灰汤附近,曾有四十八庵三寺,巨幅石刻"天然盛世",遗迹依然可见。八洞神仙的传说耐人寻味,"一里三台"(即一公里的地域里曾出世了三位抚台品级的大官)的故事,更显得人文荟萃,人杰地灵。

据康熙、嘉庆年代宁乡县志记载,汤泉有三眼,上沸、中温、下热。上可宰猪杀鸡,扯毛拔羽,下可沐浴。鸭子饮食温泉水而肉嫩,髓多,味道鲜美,号称"汤鸭"。清代时,地方官吏以其做贡品,可减赋税,贵为席上佳肴。

然而,在那漫长的历史长河中,汤泉却是历代封建统治阶级愚弄劳苦大众的工具,那些权贵们只知借这块风水宝地寻欢作乐,搜刮民脂民膏,何曾想到利用这块风水宝地造福于民呢?是故,一朝朝,一代代,汤泉容颜依旧,古貌难新,劳苦大众充其量得到一瓢温汤,沐浴洗涤而已!

中华人民共和国成立以后,党和政府对灰汤温泉的建设十分重视。从20世纪60年代初至今,先后两次对汤泉的地质进行了勘探,擒住了"火龙",揭开了"饶州①烧火灰汤滚"的奥秘,使古老的汤泉开始服务四化,造福人民。

如果说,地球表面是个万花筒,什么新奇东西都有的话,那么,地球的内部既是个珍宝箱,还是个天然热库,蕴藏着人类科学事业所需要的无穷无尽的矿藏和热能。比如,火山爆发、温泉、汤泉就是地热能量的向外显示。

勘探查明,灰汤温泉的地下热水,由南向东经过本区东雾山下的乌江中

---

① 饶州的"饶",现民间传说为"窑",古县志中记载为"饶",既然都是来自民间传说,编者认为"饶""窑"皆可。

游的西岸,出露处在紫龙寺(即现在的灰汤镇镇址)旁。当年的灰汤锅子,天然总自流量为1.96升/秒,水温88℃,主要受乌江断层控制,其热能主要来源于面积为1300平方公里的燕山、沩山花岗岩岩基的岩浆余热及岩浆热。同时,也受放射性元素蜕变热和化学热的影响。地下热水主要为大气降水,再通过深部循环吸收地热而形成。

勘探查明,灰汤地热区的面积约有8平方公里,钻孔深部水温93℃,最高井温102℃,地温梯度每百米相差10℃—20℃。据科学推测,在地热区的西北部,孔深1200米以上可获得的地热资源在120℃以上,具有很好的开发前景。

现已查明,灰汤地热泉分为双众地段、杨柳地段和灰汤地段三块,可开采的日供水量在1万立方米以上。原灰汤锅子周围约0.2平方公里面积的灰汤段,现已开采的地热水温为89.5℃,供使用的水量为每日3500立方米。

经科学检测,灰汤温泉水质属高温碱性,碳酸氢钠型、氟硅酸矿泉水。PH值为9,矿化度为0.222—0.32/升,总硬度为0.387—0.96德度。水中含有钾、钠、钙、镁、铜、铁、硼、硅等20多种对人体有益的微量元素,和重碳酸盐、硅酸盐、硫酸盐、氟化物等多种化合物,以及氡气和硫化氢。温泉水质无色透明,具有硫化氢臭味。它既是一种宝贵的热能资源,又是一种难得的医用矿泉水。又因汤泉中含有氡气,地震科学家们可依据氡气的变化,为预测、预报地震提供可靠的资料。

揭开这些秘密,让人看到了汤泉的开采价值和应用的广阔前景。好比为灰汤地区迎来了华佗再世,烛龙①明目,发家致富的财神莅临。

明代医学家李时珍的《本草纲目》中,曾有记载,温泉,沸泉,下有硫黄。即令水热,犹有硫黄臭。主治诸风筋骨挛缩,肌肤顽痹,手足不遂,无眉发,疥癣诸疾在皮肤骨节者,入浴浴讫。当大虚惫,可随病与药及饮食补养。书中还有记载,当年的庐山温泉,就常常有人叫患疥癣、疯癫、杨梅疮者,饱食入池久

---

① 烛龙,即神话传说中的光明神。人面、蛇身、浑身红色,身长千里,眼睛竖生,独目。烛龙闭眼,世界一片黑暗;烛龙睁眼,普天一片光明。并能照亮九重泉壤的阴暗,所以叫烛龙。

浴,得汗出乃止,旬日自愈。

经现代科学检测,灰汤温泉,水温高,PH值大,含微量元素多。是一种难得的医用矿泉水。这样的矿泉水具有消炎镇静、安神、调节生理机能、改善心血管功能等药物无法替代的神奇功效。

新中国成立前,当地的疥疮患者,临泉沐浴,治痒止痛,见效迅速。消息传开,便有皮肤病人慕名远道而来,就地沐浴,数次可愈。

新中国成立后,当地医疗卫生部门通过数十年的反复实践,经过对近四万例患者的临床观察证明,灰汤温泉对皮肤病,如湿疹、神经性皮炎、过敏性皮炎、类风湿、骨质增生、外伤及劳损诸病;对神经系统的神经衰弱、脑外伤后综合征、脑中风后遗症等;对心血管疾病,如高血压、冠心病等以及呼吸系统、消化系统的多种疾病,都具有一定的防治作用。

灰汤温泉,堪称一绝。龙眼泉井,又是一奇。在离灰汤温泉区半公里处,有一眼清泉,当地村民称之为"龙眼井"。经科学检测,这是一眼氡矿泉水,属于悬挂泉。水源来自花岗岩的裂缝水,水质清澈透明,甘洌爽口,常年水温为18℃,含有氡、钙等18种对人体有益的微量元素,对心跳过慢、高血压、风湿病、糖尿病等有特殊疗效。

氡泉与温泉,一冷一热,堪称"姐妹",相映成趣,都具有很高的开发利用价值。

哟!善良而热心的冷姐热妹啊,一个清凉清凉,一个滚烫滚烫。脾气虽异,却是志同道合。治顽疾,克沉疴,能防能治,效果皆佳,岂不成了再世华佗吗?

地热水又是一种宝贵的能源资源,能够供给人们生产生活所需要的大量热能。发电就是地热能用在工业生产上的一个重要方面,受到世界各国的重视。我国20世纪60年代末开始进行地热发电的研究试验,我省于1975年建成了灰汤地热试验电站,并与湘中电力联网。从此,烛龙喜在灰汤落户。烛龙明目,山乡无分白昼。灰汤人家点灯用油的历史,宣告结束。利用电力所兴办的各种产业,在灰汤书写下了新的篇章。

这座电站采用地热水单级扩容热力系统,装设一台自行设计制造的容量为300千瓦的汽轮发电机组。到1996年止,已运行约30000小时,发电600

多万度,年最长运行4800小时,最大出电力330千瓦,核算发电成本每千度为200元,即两角钱一度电的成本。使我国地热水发电技术达到了比较先进的水平。20多年来,这座电站,为西藏羊八井地热电站和我省长岭炼油厂3000千瓦余热发电机组提供了技术资料,运行经验,并培训了运行人员。先后接待了朝鲜、罗马尼亚、日本、新西兰、泰国等友邻国家的地热发电考察团,和国内二十几个省市万余人次的考察参观,荣获了全国科技大会的表彰奖励。

灰汤地热电站建成以后,该地区的一部分农田因得到了电站循环水的自流灌溉,粮食产量大幅度增长,年年丰收。由于发电时大量地热水的综合利用,瓜果蔬菜,四时常鲜,打破了淡季旺季的界限。曾为我省第一座农业温室的杂交水稻的研究试验成功做出了贡献。为非洲鲫鱼、水浮莲的落户繁殖,为汤鸭、汤鸡、汤龟、汤鳖的大力养殖,为乡镇企业的开拓和发展,特别是为旅游度假、治病疗养事业的发展,提供了条件。

据报刊资料介绍,享有世界温泉之都美名的匈牙利首都布达佩斯,已有了两千多年的温泉文化史。特别是1937年那次国际医务工作者代表会议上誉为温泉之城以后,这里以开发温泉为主的旅游疗养业蓬勃发展,经久不衰。至今全城已有123处温泉浴场和400处矿泉。其水温由73℃—23℃不等。浴池和浴场一年四季没有闲置的时候。仅1997年5—10月就接待了450万来此洗温泉浴的疗养者和游人。最高日耗水量达4000万升。

勘测查明,灰汤温泉的日可供水量在1万吨以上(即1000万升),尽管日供水量比世界温都少,但常年水温为89.5℃,差不多为世界温都水温的2—4倍(因为地下冷泉从不结冰,低于20℃的泉水就称冷泉)。也就是说,若把这些高温汤泉水掺兑成73℃—23℃不等的温水用于浴场和疗养的话,则与世界温都供水量的差距就不会很大了。由此可见,灰汤温泉确是个风水宝地,且不说可以成为世界温都,但它确实富有巨大的开发潜力和经济价值。

敞开宝地迎宾客,满面春风接财神。而今,湖南省灰汤电力疗养院、湖南省灰汤职工疗养院、水利山庄、皓月山庄……游人如织,宾朋满座。

神奇的灰汤温泉,喜展诱人的风姿。

朋友！当您远离闹市的喧嚣,来此领略乡间的恬静的时候;当您告别繁忙的事务,来此消闲度假的时候;当您身有不适,来此治疾疗疮的时候,灰汤就是个集旅游、度假、疗养于一体的胜地。朝迎旭日,晚送丹霞。神仙般的日子,神仙样的过法。或浸泡于温泉,或漫步于古刹;或垂钓于池塘,或野炊于山谷;或在花丛树林中琴棋诗画,或在霓虹灯下翩翩起舞、卡拉OK……哎哟哟！有何烦恼不除,有何疮疾不愈？旅游度假,不虚此行。投资开发,也大有作为！！

（本文原载《灰汤温泉美谈》,2009年被旅台同乡联谊会编印的《宁乡文献》转载）

密印寺景观

万佛殿(即大雄宝殿),系两层宫殿式大殿,建筑面积为1280平方米。殿基用花岗石建造,殿高30米,四周有石柱28根,殿内石柱8根,盖有黄色琉璃瓦,飞檐翘角、舞凤腾龙。殿内有三尊大佛,身高7.2米。独具特色的是大殿四周的墙壁嵌有砖雕贴金佛像,每砖一像,共有12182尊,故称万佛殿,颇具艺术价值,是我国佛寺中独一无二的奇观。

白果含檀 在密印寺的后墙之处,今密印山庄的门口,有一棵巨大的白果树。树围8米许,由三根树干共一树蔸,如孪生三兄弟并立,高耸云天,其中一根斜倚侧卧,活像一个调皮的小弟弟,跟在兄长的身边。原有一檀树寄生其中,性别无分,檀树的黄枝与白果的绿叶媲美,这便是白果含檀。它是灵祐祖师栽种的,至今1100多岁了。古籍记载,明万历年间,此树就已大七围,高十多丈,可荫地七八亩。它是密印寺自古至今的见证人,与寺同呼吸共命运。万历年间的大火把树的枝叶烧焦,但"人不敢斧,斧则辄异"。以后的三次大火都殃及它,它枯后又生机复发,枝繁叶茂,所以人们把她叫灵树,既指灵祐所植,又寓灵气所成。

裴休树 面对万佛殿右边的原观音殿院落之中,有一棵巨大的白果树。这是裴休亲手植的,与白果含檀景观相距300多米。裴休晚年出家密印寺,栽树的时间与前树相去大约不久,而今树围8.05米,高28米多。它与白果含檀的不同之处是,基部主干高4米,其上是四根树枝笔直向上。而今树的基部主干已变成空洞,两人可同时进去,里面可容多人。但它仍是新苏勃发,绿荫如盖。足见它饱经风霜,具有顽强的生命力。被唐宣宗称为"真儒者"的裴休,已作古千年,但他留下的这棵千年古树,却为世人展现出唐人儒者风范。

美女枧 在寺院殿堂后面的坡地上,有一个用枧子引蓄毗庐峰的山泉水池。叮咚的水声,恬静动听。掬泉水,冬温夏凉;喝泉水,甘醇润喉,实为上等矿泉水。水池周围存放着几块用麻石凿成的老石枧,镂刻着龙头,泉水从龙口中吐入水池。这便是美女枧(又名石龙枧)的遗迹。裴休信奉佛学,要儿子拜灵祐为师学佛。相传灵祐对这个弟子倍加爱护,为净化他的品性,立意使他苦其心志、劳其筋骨,便要他先给厨房挑水。这小和尚确也能经受考验,日日不知疲倦地挑。可是他的姐姐心疼弟弟,便出钱请石匠打造出一条长龙石枧,把山上的泉水接到厨房之中。既免除了弟弟的劳累之苦,又创造了石枧奇观。

龙王井 坐落在选佛堂的后面,井旁有龙王井石碑,井水清澈如镜。传说在建造密印寺的时候,一时来不及打井,便见水就取。饮用污水之后,工匠患病,工程进度受到严重影响。和尚们只得焚香秉烛,求请神灵保佑。玉皇大帝便派龙王直驾密印寺,以解燃眉之急。龙王化作一个其貌不扬的拄拐老头,来到密印寺,问其详情,实地勘查之后,选定寺后一块不建房的地方,画了一个大井字,又在井字外加画一个圆圈。他念佛一阵之后,用拐杖捅着井字,只见圈内的土地徐徐沉落,出现了一口大井,霎时涌出清泉,井水至今不息地流淌出来。这便是龙王井的来历,事后成了密印寺的一处景观。

千人锅、万人床 传说在密印寺建造之时,和尚、工匠数以千计。他们吃住在工地,十分艰辛。一个夏日的傍晚,来了一位其貌不扬的老僧,径直到伙房化缘求吃,一司厨慷慨给予。饱餐之后,他见伙房一字儿排着十多口大锅煮饭,个个灶内烈火熊熊,司厨们热不可耐,苦不堪言。他顿起恻隐之心,来到一口锅旁,比比画画,然后对司厨说:"你们以后只要用这口锅煮饭,无论多少人吃都会有的。"司厨虽将信将疑,但很客气地向这位老僧道了谢。晚上,老僧与众人挤睡在大青石板上,汗气熏人,惹来群群蚊子横飞乱咬,老僧连叫几声阿弥陀佛,便爬起来,面向南方,用手中的烂蒲扇左右拍打,并念念有词:"左扇三十里,右扇三十里,蚊儿远远飞,陀儿好好睡!"念罢,复用食指画了个四方框,形成一张巨床,对众人说:"这床无论多少人都能睡下,绝无蚊虫干扰了!"话一说完,老僧便不见了。众僧方知是仙人相助,连忙跪地叩拜。而今这千人锅、万人床的景观虽不存在,但其故事成了世代美谈。

油盐石 在五观堂的后面,有一尊巨大的麻石矗立,如铁锅罩地,量其锅围21.2米,高2.3米,石头上有两圆孔,约三寸见方,五寸深,这便是油盐石。传说在修建寺院时,每天有千多人劳动,吃的东西紧缺。因交通不便,油盐供应困难,常常缺盐少油。裴休的妻子陈夫人管理伙食,最急的就是油盐问题,故常因此事弄得面容憔悴。

有一天正在无油无盐的时候,来了一位老尼姑,与陈夫人借宿,见陈夫人辗转不眠,便问出了苦衷。第二天,老尼爬到这巨石之上,比比画画,一声巨响之后,老尼不见了,只见石上出现了两个圆孔,一孔流出油来,一孔冒出盐来,今天取完了,明天又有这么多,真是取之不尽,用之不竭。为何现在不再有油和盐了呢?有一说是密印寺建好了,神仙便不送油盐来了;还有一说是庙中有个厨师违犯戒律,出外偷情,把这仙人赐的油盐送给情人,仙人生气了,便不再送油盐来了。

令人奇怪的是,现在这石头唯一的一条缝隙中,长出了一株椿树,树围一尺多,高丈许,在绝无土壤的情况下,却长得叶茂枝繁,挺拔向上。神奇的油盐石,又加一神奇景观。

来木井 又叫神木井。位于密印寺外的沩江村,遗址尚存。明学者陶汝鼐有《来木井》诗曰:"分明古木倚蛟宫,谁信沩山与蜀通。亲到龙潭方广澈,长留一柱砥虚空。"诗中"沩山与蜀通"一语则蕴含了下面的典故。

传说修建沩山密印寺需大量木材,周围有用的树几乎砍完,住持为之担忧。这时,来了一位苦头陀,毛遂自荐为其化缘解难。

住持欣喜万分,遂令爱徒慧同小头陀陪同前往。时过三更,苦头陀将小头陀唤醒,用布蒙其双眼,叮嘱一番,便携他腾空而起。小头陀顿觉身轻如燕,两耳生风。拂晓之前降临到四川佳林江畔一座大庄园之前。进得庄来,只见一家人啼哭不已,财主独生女儿身患恶疾,四方求医,病情却越来越严重,时已气息奄奄。苦头陀安慰说:"此病何难?老夫一杯水可也!三天之内即可治愈。"

财主磕头称谢。事后,苦头陀对财主说:"我特来此处有事相求。"将建寺化缘之事说了。财主本是小气之人,但念其对女儿的救命之恩,要出点血本也得割舍,便答应以山中断了尖的树木相送。

苦头陀听罢,没有答话,却露出了一丝笑意。是夜,仅一个时辰的龙卷风,把佳林江畔的树尖都吹断了。财主见之,虽有些心痛,但一言既出,却也无可奈何。苦头陀尽将木料往河里丢,慧同见木料被河水冲走,恸哭起来,苦头陀道:"不要紧的。"第七日清晨,苦头陀将慧同送回密印寺,慧同小头陀将来往之事细细禀告师父。

苦头陀领灵祐及众僧来到寺前的一口井旁,果有木料从井底冒出来,众人急忙捞起,接着又浮出一根,这样源源不断。直到庙宇建成,住持道:"木料够了,不要了。"木料停止上浮,最后一支卡在井中间,看得见,摸得着,就是取不出,千百年来陷在井中。后人称这井为来木井,也称神木井。四川佳林江后改称嘉陵江。

罗汉桥　在密印寺前百米许,沩水哗哗流过。河水清澈见底,水中的鹅卵石和花岗岩在阳光的照射下,熠熠生辉,给这座古寺增添无限的美色和生机。河上有一座双曲拱桥,高4米,长16米多,是按传统的"中国石拱桥"建造方法建造的。现已拓宽桥面,变成了公路桥。世事沧桑,桥虽有变,但从古至今,沿袭着这个名字:罗汉桥。

传说在密印寺建成后的当年6月19日深夜,有18个活菩萨聚集在桥上,全是男神,形态各异,穿着与手执的法器也各不相同,他们朝寺跪拜着。诵佛声、跪拜声、器乐声,使桥头顿时热闹起来。一个多时辰后,这些活菩萨全不见了。灵祐猜知十八罗汉来到沩山,便在寺内叩拜。第二年6月19日深夜又是这样,灵祐便和弟子出山门跪地迎接,但等他们抬起头时,只见罗汉们翩翩起舞,飞上了天空。于是这桥,便叫罗汉桥了。

桥又因人而有名。当年的灵祐和裴休,以及历代的住持僧人,在念经诵佛之余,常来这桥上感怀。河边一个石头上,还有灵祐打坐留下的屁股痕迹哩!

(该文与戴凯勋合作,收录于湖南人民出版社《宁乡景观》2004年4月)

美丽的宁乡风光
——《宁乡景观》引子

宁乡,从地图上看,如同一只由东南向西北展翅高飞的大鹏。

襟湘江,面洞庭,藏衡岳、雪峰之雄,染湘西、鄂南之秀,融湖乡、山区景色于一体。俯首东望,公路纵横,水陆相畅,扼守长(长沙)、株(株洲)、潭(湘潭)、益(益阳)之咽喉;石长(石门至长沙)、洛湛(洛阳至湛江)两条铁路穿越县境,连接着华夏神州的东西南北;沩(沩江)、乌(乌江)、靳(靳江)、楚(楚江)四条河流,自西而东,入湘江达长江,可以远涉重洋,通达五洲。

宁乡,素以鱼米之乡、物阜人勤而著称遐迩。玉潭、黄材、道林、双江口、煤炭坝历为工商界老板谋求发展的集镇;花明楼、密印寺、回龙山、祖塔、灰汤温泉,是海内外客人旅游休闲的佳境;横市、坝塘、资福、龙田、沩山、巷子口、青山桥、流沙河、老粮仓、枫木桥、东湖塘,展现出湘中山乡的诱人魅力;双凫铺、喻家坳、夏铎铺、偕乐桥、南田坪、回龙铺、大成桥、菁华铺、朱良桥、大屯营,是一幅幅江南丘陵的山水画图。

物华天宝,人杰地灵。悠久的历史,谷变陵迁,形成了今日楚沩大地秀丽的自然山水和丰富的人文景观。

说到宁乡景观,清代文学家王文清曾有《西宁十咏》传于后世,热情地歌颂了宁乡的十大景观。然而,通过查阅资料和走访城乡民间老人,我们惊奇地发现,宁乡各地的景观并非一个十景,而是多以"十"称,比如,玉潭十景、灰汤十景、花明十景、沩山十景……大到宁乡有"十景",小到高山(流沙河镇大田方内的一个小山村)也有"十景"。

据我们了解到的"十景"就有如下一些：

宁乡十景　玉潭横秀、天马翔空、飞凤朝阳、灵峰夜月、汤泉沸玉、大沩凌云、石柱书声、香山钟韵、楼台晓色、狮顾岚光。

玉潭十景　玉潭、南门桥、状元楼、香山寺、文庙（又名学宫）、飞凤山、鳝鱼洲、登云塔、白鸡观、狮顾山。

灰汤十景　灰汤锅、阴阳塘、龙眼井、相公桥、紫龙寺、蟆呱石、焚字塔、蛇形山、鹰嘴石、狮子桥。

花明十景　炭子冲、刘少奇纪念馆、刘少奇铜像、双狮岭、姊妹桥、猴子石、芙蓉寨、大夫堂、百木山、神仙桥。

沩山十景　密印寺、芦花瀑、仙人镜、回心桥、裴休墓、九折仑、来旨坳、祖师塔、御香亭、白牛精舍。

密印寺十景　万佛殿、美女枧、油盐石、千人锅、万人床、龙王井、来木井、罗汉桥、裴休树、白果含檀。

黄材十景　祖塔新村、十三洞（千佛洞）、炭河里遗址、横市遗址、转耳仑（四羊方尊出土地）、寨子山（兽面纹铜罍出土地）、云山书院、长桥（桥旁刻张栻诗碑）、滴水崖、九渡水。

烂山峡十景　棋盘石、顺风耳、白乌龟扫墓、仙耙留迹、唐公庙、悔此坳、望百峰、白沙头、金牛献血、金马蹄痕。

楚源十景　罘罳峰、芙蓉山、田坪水库、青山石拱桥、林山寺、上流寺、景德观、烂山峡、望百峰、唐市遗址。

乌域十景　偕乐桥、八石头、六庙滩窑址、乌龟桥、资福陶窑、石螺山、鹰嘴石、停钟桥、沉鼓塘、磨子潭。

双凫十景　双河口、白云寺、星子洞、回龙山、玉堂河、粟溪（秀溪）、芙蓉寨、九祖峰（九祖墓）、聚仙岩、鹰窝洞。

高山十景　神仙洞、天鹅山、螃蟹山、乌龟山、雷打石、观音山、高热井、樟含枫、石山间井、九步三条桥。

沩山新十景　何叔衡故居、谢觉哉故居、何南薰烈士墓、姜孟周烈士墓、夏尺冰烈士墓、城墙大山、十三洞、司徒古亭、扶王看景、黄材水库。

玉潭新十景 沙河大市场、白马大市场、步行街、文化超市、紫金广场、玉潭公园、新一中、宁乡大道、富豪山庄、宁乡火车站。

以"十"称谓的宁乡景观,尚不可尽叙。为了阅读方便,本书将按《伟人故里览胜》《汤泉景区猎奇》《佛教圣地剪影》《玉潭古镇撷英》四个部分有详有略地叙述各个景观的由来、概貌及传说……

(该文收录于《宁乡景观》,2008年5月被旅台同乡联谊会《宁乡文献》转载)

花明楼史话

花明楼,美丽的小镇。位于湘中的宁乡县境东南,靳江的上游。东北与望城县接壤,西南与湘潭、湘乡市相邻,东距省会长沙50公里,南距韶山毛泽东故居37公里,西距宁乡县城30公里。交通便利,山水秀美。双狮岭重峦叠翠,石泉奔涌,幽谷啼莺。韶山银河(韶山灌区水渠的爱称)与靳江河,交错而过,低吟细唱,像两条银链镶嵌在群峰之间。

花明楼,不凡的命名。蕴含着几多诗家的灵思,文人的才艺。唐代诗人王维的《早朝》诗曰:"柳暗百花明,春深五凤城。"诗人李商隐曾作《夕阳楼》诗道:"花明柳暗绕天愁,上尽重城更上楼"。明代的刘基曾在《忆王孙》里写道:"花明柳暗绕天愁,赵女乘春上画楼"。明代文人朱育炖的《神仙会》一折中有词:"结此生欢娱境,倚玉偎香,柳媚花明,美景良辰,行乐意同情"。《群音类选·投笔记·班超庆寿》中有小令:"冥芙小庭初长,柳媚花明,人堪对景时筋"。以上诗文,巧妙地借用成语"柳暗花明"或"柳媚花明",描绘出一派绿柳成荫、繁花似锦的美好春景。

然而,随着时代的进步和发展,人们又将这一成语赋予了新的含义。宋代诗人陆游的《游山西村》诗:"山重水复疑无路,柳暗花明又一村。"清代名人梁启超的《外交欤内政欤》文:"我读西洋史,真是越读越有趣,处处峰回路转,时时柳暗花明。"以上诗文,则是用成语形容环境的骤变,否极泰来,逆境变坦途的美好心态。

清同治《宁乡县志》,曾有这般记载:"昔有齐公,择此筑楼,课其二子攻读其中。"遂将其子攻读之楼命名为"花明楼"。这位齐公,究竟是因仰慕唐代王维、李商隐等人的诗句,还是因崇尚宋代陆游的诗句而命名呢?史志虽无可考,但齐公的良苦用心是不难理解的。那就是向往美好,愿此地山长青,水长秀,人长好,地长灵!

如愿以偿了吗?齐公二子的造就若何,因属传说,无史考究。齐公所建之楼,也不复存在。然而,翻开史志,花明楼确有光辉璀璨的篇章!

明代翰林院士,以精通诗、文、书法而誉为"楚陶三绝"的陶汝鼐;清顺治内阁中书陶之典;清乾隆翰林院检讨王坦修;清嘉庆翰林院编修袁明曜;曾被命名为"扶朝天军",封为太平天国孝天义王的农民起义军名将朱衣点;名震三湘的近代雕刻家周义;开民间刺绣与中国画相结合之先河,其绣品曾在南洋获奖的著名湘绣画师杨世焯;以及早在20世纪30年代因绣美国总统罗斯福像,荣获"芝加哥世纪展览会"奖而载誉全球的刺绣家杨佩贞等等名家,都诞生在花明楼这块风水宝地之上。

双狮岭煤矿从清代中叶开采以来,是本县的主要烟煤产地。1926年,郭亮曾来矿区建立工会并发展党员,成立了本县第一个矿山工会和矿山党支部,在创办工人夜校,支援农运,迎接北伐等方面,曾起过极其重要的作用。

1898年11月24日,这是花明楼的史册上一个不平凡的日子。一代伟人、中华人民共和国第二任主席刘少奇诞生在这里,并在这里度过了他的童年和少年时代。他胸怀远大抱负,从这块土地走上了救国救民的革命之路,披肝沥胆,出生入死,直到1961年才回到阔别四十年的故里。在家乡的土地上,进行了为期16天的调查考察,写下了解民于倒悬的一页。虽因那场史无前例的"文化大革命",使刘少奇蒙冤永别了故里,但"好在历史是由人民写的",党的十一届三中全会的和煦春风,终使沉冤昭雪!邓小平同志在刘少奇追悼大会上郑重表白:"历史对新中国的每个创建者和领导者都是公正的,不会忘记任何人的功绩。"

而后,花明楼旧貌新颜,日新月异。

靳江河畔,白鹤岭前。那片郁郁葱葱的山林中,巍峨地矗立着一座雄伟壮观的建筑——刘少奇纪念馆。小青瓦片的屋面,轻巧刚劲的屋檐,翠竹造型的雕栏和光洁的花岗岩石柱,显得古朴自然,庄重典雅。于1988年11月24日,刘少奇同志诞生九十周年纪念日隆重开馆。国家主席杨尚昆为纪念馆开馆剪彩,邓小平同志先后题写了故居匾额和纪念馆馆名。

刘少奇铜像屹立于纪念馆门前的山岗上。造型大方,雕塑精细,神态逼真,再现了作为党和国家主要领导人之一的少奇同志远望沉思、日理万机的光辉形象。

自20世纪80年代以来,刘少奇故居和刘少奇纪念馆共接待了观众900多万人次,其中,有党和国家领导人江泽民、杨尚昆、李瑞环、胡锦涛、丁关根、田纪云、李岚清等,以及省部级以上领导2000多人次,还有来自70多个国家和地区的外宾,及港澳台同胞近10万人次。其中,包括莫桑比克议长马赛利诺·多斯·桑托斯、阿扎尼亚泛非主义者代表大会主席约翰逊·姆兰博、朝鲜社会安全部玄凤贤少将、苏丹驻华武官艾罕默德·阿里萨斯赫少将。

今日花明楼,在纪念刘少奇同志百周年诞辰的活动中,紧锣密鼓地进行着"刘少奇故里工程"的建设。一个将革命纪念地与旅游风景区融为一体的现代化园林建筑将逐步配套完善。记得几年前,有位外国友人来刘少奇故居瞻仰,曾提出登花明楼观赏。经陪同人员婉言相告后,这位友人带着"花明楼无楼"的遗憾走了。值此,可以告知曾有过遗憾的人们,今日的花明楼,有楼了!"故里工程"有楼,村民之家有楼。雕龙画凤,金碧辉煌。只怕要比昔日齐公所建之楼好百倍、千倍哩!

花明楼啊!瞻仰和旅游的胜地。

(该文收录于《花明楼传奇》1998年8月)

状元楼溯源

状元楼，又叫状元坊，位于玉潭中路原县政府的门楼处，据说，这里原是千年县治的治所。据史料记载，易祓29岁时进京赴考，夺得南宋淳熙十二年（1185）状元后，历宋孝宗、光宗、宁宗、理宗四代皇帝，官至礼部尚书，为国为民，功劳卓著。故而在宋理宗登基后的第二年（1226），特地赐封易祓为"宁乡开国男"。清康熙《宁乡县志》曾清楚地记载了这一史实："《纶音·封宁乡开国男易祓诰》，奉天承运，皇帝制曰：臣子之职，固在纳忠，而辅联幼冲尤为切纪尔！礼部尚书易祓，历仕三朝有功。先帝托孤，七月著绩。当时定两广而解愤息争，人民宁一平安，南而遵王奉捌彝攸分，诚国而忘家，公而忘私之臣也。冠加男爵，以誉勤劳。钦哉！宝庆二年六月初三日。"品味以上文字，可知状元易祓在当时的作为与声誉。于是，在明朝成化六年（1472），当时县令特在县衙前为易祓建一门楼，取名状元楼，鼓励重教修文，让世人褒扬"宁乡开国男"的业绩。此后，一直为县府的门楼，至1996年拆除。

（该文收录于2007年方志出版社出版的《宁乡地名掌故》）

"玉潭横秀"一桥多名

"玉潭横秀"曾列为宁乡十景之一。所指的就是当今的南门桥,前身为玉潭桥、玉带桥。

清乾隆《宁乡县志》曾这么记载:"薜花岩阳春台之下(即今杜家山下),石壁蹬潭,岸松映碧,渔家十数,垂柳临砚。旧所建玉潭桥也。"这段话,明确地告诉了我们玉潭桥的地理位置和优美景象,不愧为一大景观。

玉潭桥的前身叫玉带桥。在建玉带桥以前,这里没有桥,但设有南河官渡,官渡砌有石码头,设渡工二人。直到明代成化二十年(1484年)才建桥,桥长四十丈,为木质结构,阳光照耀,碧潭相映,好似一条玉带飘曳于水中,故美名玉带桥。由于河底皆为浮沙,木桩桥墩难以在河中稳居,因而一发洪水,就有桥墩被毁,屡建屡圮,历有记载。明代弘治二年(1489)、弘治八年(1495)、嘉靖十四年(1535)都进行过修建。明隆庆六年(1572)县令陈以忠改木桥为石墩木面桥,也遭水毁。清乾隆二十五年(1760),县绅龙际飞等,呈请知县刘善谟创建石桥,废木质的玉带桥。据传,刘太爷(刘善谟)为筹资建桥,曾召集全县豪绅宴会。酒过数巡,刘太爷说:"今日宴请诸公非为别事,只因卑职需一笔钱急用,而手中拮据,想起一会,望诸公玉成。"众人望着县令,不知要钱何用时,刘太爷又说:"卑职起会,非为别事,乃募捐建玉潭桥耳。故无头会,二会,就此一会!想诸公平时乐善好施,当无异议。桥成之日,当铭诸公姓氏于碑,以流芳千古!"至今宁乡还流行一句歇后语:刘太爷打会——就此一回。生动形象、言简意赅地赞扬了当年知县为民造福的品德和智慧。

玉潭桥于乾隆二十六年(1761)动工。次年,刘知县他调,停工三载。乾隆三十一年(1766),新任知县曾应封继续兴工,越一年,曾知县又他调,停工二载。至乾隆三十四年(1769),县人李廷清,昔以佣工为生,勤俭节银百余两,竟慷慨捐银一百两修桥。此举感动了县内绅商,于是,解囊相助,此桥得以继续修建。至乾隆三十五年(1770)八月桥成。先后历时十年,耗银一万二千两。全桥二十五孔,长六十三丈,高二丈余。两侧有长条石护栏,栏外有釉石砌的焚字亭一个,两尊石狮雄踞桥端,口内含珠,造型生动。坐镇桥头有两条铁牛,铸造精巧,姿态肖妙,栩栩如生。因建于美丽的玉潭之上,则命名为玉潭桥。全桥横跨沩江两岸,成了县城南北交通之要冲,曾被誉为沩江中下游第一座大石桥。

玉潭横秀,长桥卧波,绿水荡漾,翠柳依依。列为宁乡十景之一,实名不虚传。古有不少文人赞颂,现选清代文人王文清诗《咏玉潭横秀》曰:"玉水流芳自古今,茫茫难问逝波心。石潭影抱寒云静,乳窦光凝夜雪深。坝上可怜桥尽圮,汉南那后树成荫。独余傍岸渔家子,一曲年年出苇林。"

相传,1917年暑假,尚在一师求学的毛泽东同志偕同学肖子升游学至宁乡,曾流连桥上,俯视沩江,随口吟出了"云封狮顾寺,桥锁玉潭舟"的美妙诗句。刘少奇、甘泗淇在县城读书时,也常常步入桥头,看书、散步、赏帆影、听渔歌。

玉潭桥因建在县城的南门之外,且紧连南门,故有人俗称南门桥。自玉潭桥建成后,因洪水泛滥,栏石折断,桥墩欲倾,又进行过几次维修。同治甲子(1864)进行过一次重修。民国十三年(1924),洪水毁桥墩十一个,第二年再次修复,并增高了二尺。1969年8月,宁乡发生百年未遇的大水灾,玉潭桥毁于洪水。由于正值十年"文化大革命"时期,拖了三年才动工修建。政府拨款,人民自动捐资献工,建成了现在的钢筋水泥大桥。长200多米,宽10米,六墩五拱,二十六小拱。桥上可以汽车对驶,两边人流穿织自如。

(该文收录于2007年方志出版社出版的《宁乡地名掌故》)

南楚灵山传说美

千百年来，楚沩之地流传着一句俗话："南岳山的香，回龙山的烛。"如此这般地把"南岳"和"回龙"并列，不遗余力地宣扬南岳山的圣帝爷爷和回龙山的二十四位诸天佛祖如何如何显圣灵验，伴之离奇的故事、美丽的传说，很多很多，难以讲尽。故而，回龙山有"南楚灵山"之美称。笔者不曾拜佛，也不干涉信仰自由，但喜爱对故事与传说的搜集，现就得到的几个美丽传说，谈谈"南楚灵山"的由来吧！

玉龙化作回龙山

以前，这个不知名的山上，住着一个年近古稀的老奶奶，年老多病，无依无靠，生活十分困难，真希望身边有一个亲人，陪伴她安度晚年。一天，她突然发现一个年轻小伙子站在面前，便惊奇地询问道："你贵姓呀？找我有什么事呀？"小伙子笑着答道："奶奶，我叫玉龙，是来做你的亲人，陪你过日子的呀！"老奶奶听了，颤抖着嗓音说道："我……我这不是做梦吧？"

不是做梦！小伙子果真陪伴老奶奶住下来了。他作田种菜，砍柴担水，烧茶煮饭，喂鸡养鸭，什么活儿都干。从早晨到傍晚，从岁首到年终，他干完了活儿，就来到老奶奶的床前椅边，嘘寒问暖，谈天说地，常引得老奶奶开怀大笑，忘记了孤单，忘记了寂寞，日子过得非常快乐。

过了些时日，老奶奶发现玉龙愁眉苦脸，寡言少语，只是拼命地干活，并且人也一天天消瘦了,于是心疼地询问道:"玉龙呀,你既把奶奶当亲人,有什么难为的事就不该瞒着亲人呀!"说罢,老奶奶含着满眼泪花望着玉龙,流露出满腔的慈祥和善良,表白着真挚的关爱和期盼。面对此情此景,玉龙感动了,于是向奶奶说出了自己的难言之隐。

原来这位年轻小伙是东海里的一条蛟龙所化,只因他没听龙王爷的旨意,在山南多降了一阵雨,被龙王爷驱逐出东海龙宫。无奈何,他来到凡间寻些事做,当看到老奶奶孤苦伶仃的处境后,顿生怜悯之情,便化成年轻小伙陪伴老奶奶欢度晚年。谁知几天前,东边的鸟儿飞来相告,那里发生了旱灾,上下几万亩田地开裂,农夫的稻子只怕会颗粒无收;今天清早,西边的鸟儿飞来相告,那里发了大水,周围几百里一片汪洋,村夫的房舍只怕会毁于一旦。他有心去救西边的涝、东边的旱,可又不忍心离开无人照料的奶奶。走也难,留也难,他思来想去,实实难以决定。

老奶奶听完玉龙的诉说,马上说道:"玉龙呀,去吧!那儿有多少人命关天的大事,比照料奶奶一个人重要得多啊!"玉龙去了!老奶奶又要独个儿提水、做饭了。在往后孤单寂寞的日子中好想念玉龙呀!朝想念,晚想念,她想病了。好心的小鸟前来问她:"让我们帮你把玉龙找回来吧!"老奶奶说:"不能啊,救灾要紧,请告诉玉龙,不要惦记奶奶!"

玉龙也思念着奶奶,每天向奶奶的家乡眺望几次,心中默默地说道:"奶奶,我不能回来陪你,是因为灾情紧急呀!平息西边的涝、东边的旱,那南边、北边又有灾情啊!"

三年后,灾情平息了。玉龙急急忙忙地赶回家来,可万万没想到的是,家门前立了一座坟墓,墓碑上刻着奶奶的名字。他惊愕地跪在墓前哭喊着奶奶。这时,飞来的鸟儿告诉他:"奶奶是想念你而得病的,我们想帮她把你找回来,她不肯,只说救灾要紧,让我们告诉你,不要惦记她!"

玉龙哭得更伤心了,他发誓要为奶奶守一辈子墓。誓言一出,即化为一股青烟,青烟散处,人们发现这儿添了一座山,外边的层层山峦,紧紧地围绕着中间的一座峰,状如回龙。从此,人们便称之为回龙山。玉龙也就成了一位诸天佛祖。

高宗造就回龙山

传说在很久很久以前,回龙山这块地方没有山,是一片水乡泽国。湖广水阔,碧波荡漾,湖中红莲艳艳,湖岸杨柳青青,故美名曰:青莲湖。有个得道的高僧来到了楚沨境地,为寻求风水宝地,择山建寺,传经布道,他找了好些时日,还没定夺。这一天,突然乌云翻滚,大雨滂沱,山洪暴发,房倒田毁,村民百姓哭天叫地,惨不忍睹。高僧路过此地,只见一条青龙和黑牛在湖中激烈搏斗,伴而随之的是狂风暴雨,浊浪翻腾。高僧见罢,不由怒火填胸,大声喝道:"大胆孽畜!竟敢兴风作浪,践踏生灵,违我佛祖意旨,罪责当诛!"话音一落,则将禅杖一指,旋即狂风止、暴雨停,浊浪翻腾变为风平浪静。自知闯了弥天大祸的青龙与黑牛,立即停止搏斗,跪下磕头求饶。沉默了好久,高僧才开口训导:"你等若能改邪归正,就该助我造就仙山道境。若不聆听佛音,焉能修成正果?"说罢,便从怀中取出化斋钵向青莲湖中抛去,只见万道霞光伴着晴天霹雳,霎时间,青莲湖不见了,取而代之的是两条盘旋起伏的山脉。一条山脉势如回龙,回旋曲折,命名为回龙山;一条山如牛卧,俯首帖耳,遂名为乌牛山。

高僧造此风水宝地以后,四处化缘,修建佛寺,在回龙山下建青莲寺,以借湖名。在回龙山上建白云寺,以喻其高。遇仙机,得灵气,回龙山便成了闻名于世的南楚灵山,千年佛地。

于是,这位高僧成了白云寺内的一位诸天佛祖。

夫妻归宿回龙山

传说很久很久以前,这个山上有一雌一雄两条大蛇,通过多年的潜心修炼,得到了宝珠,可以成龙升天了。然而他俩不慕天堂仙景,反爱人间风情。于是,变成了一双凡间夫妻,在山上搭棚建房,种粮植蔬,养鸡放羊,过上了和和美美的日子。大凡来山上采药、砍柴、拾蘑菇的过路客人,夫妻俩都要热情请进茅棚,喝喝茶,歇歇脚,聊聊天。久而久之,人们忘记了原来的山名,只知道这山上住着热情的夫妻俩,而且夫妻都姓龙,便干脆把这山名叫作"双龙山"。事有凑巧,自从"双龙山"正名以后,双龙山周围百里地域,连年风调雨顺,五谷丰登,黎民百姓们过上了安居乐业的日子。

然而,好景不长。一条东海龙宫的孽龙突然来到双龙山边,经常在沩江、湘江一带充当河神,任性撒野,胡作非为。起初要活牛活羊作祭,后来竟要童男童女作祭,稍不如意,它就兴风作浪,让洪水泛滥,冲毁良田,摧倒房屋,淹死良民,害得百姓叫苦不迭。

这些情况,传到了深居双龙山的夫妻俩耳里,顿时火冒三丈,义愤填膺,决心为民除害,惩罚孽龙。夫妻俩如此这般地暗暗商议以后,丈夫扮成了铁匠,妻子扮成卖药的妇人,悄悄下了双龙山,来到了沩江边的一个小镇上开了一家铁匠铺和中药店,妻子为洪水后的灾民疗伤治病,丈夫带上几个徒弟白天公开为灾民打造锄头铁锹,晚上秘密为自己打造搏斗武器。夫妻俩夜以继日地忙了一月有余,却不见孽龙的踪影。

终于有一天,孽龙又来要祭品和童男童女了。

这时,铁匠夫妇出门了,只见他俩一个抱着童男、一个抱着童女朝河岸走去。二话没说,就把童男童女丢到了汹涌的河浪里。在场的百姓不忍心看到这悲惨的一幕,便跪拜在地,紧紧地闭上了双眼。心想,多亏了铁匠夫妇,这下可以风平浪静了。谁知没静下半袋烟工夫,风更大,雨更急,霹雳一声巨响以后,河浪里伸出一个巨大的龙头,张开血盆大口,向坐在河边的铁匠夫妻扑来,妄图一口把他俩吞下肚去,吓得旁边的百姓毛骨悚然!原来铁匠夫妻抛向河中的童男童女是假的,更加惹怒了孽龙,于是更嚣张了!说时迟,那时快,铁匠夫妻从容地抽出藏在身上的宝剑,一起向孽龙砍去,不偏不倚砍掉了孽龙的两个脚爪,原来这就是铁匠秘密打造的搏斗武器双龙宝剑。出奇制胜,让孽龙伤了筋骨,无力再战,只得逃回龙宫。于是,风平了,浪息了!等到百姓们由惊恐变为宁静,高兴地睁开双眼的时候,铁匠夫妇也消失了!

原来,双龙夫妻除孽以后,重回双龙山去了。人们为了报答双龙夫妻的恩情,就把他俩从业的小镇叫作回龙铺,把"双龙夫妇重回双龙山"这句话,常常简化成"夫妇回龙山",久而久之,双龙山也就改名为回龙山了。

于是,这对夫妇也成了白云寺内的诸天佛祖之一。

听罢这些美丽的传说,你不妨这么感叹:哎哟哟!原来这白云寺宝殿的二十四位诸天佛祖,就是天上的仙、海中的龙、凡间的好人点化呀!难怪有这么多善男信女焚香秉烛敬奉他们喽!

这反映了人民的美好愿望,因为千百年来,人民曾受尽三座大山的欺压,实实苦不堪言,只得求拜神明保佑,逢凶化吉,遇难呈祥。灵不灵验,皆是寄托。单纯朴实的心灵,只能如此而已!而今是新社会了,被欺压的人民站起来了,富起来了,强起来了!人民坚信的是共产党的领导,干的是中国特色社会主义。故而,那些神明的殿堂成了旅游的胜地,那些故事与传说成了茶余饭后的美谈。纵然有人烧炷香、点支烛,也是对那些曾经救苦救难的神明,表示表示酬谢,怀念与赞扬,有何不可呢?

南楚灵山传说美,楚沩儿女爱憎明。愿旅游胜地游客兴旺,愿寺内神明美誉长存!

(该文收录于《悦园文丛》2015年8月)

B辑
生活感悟

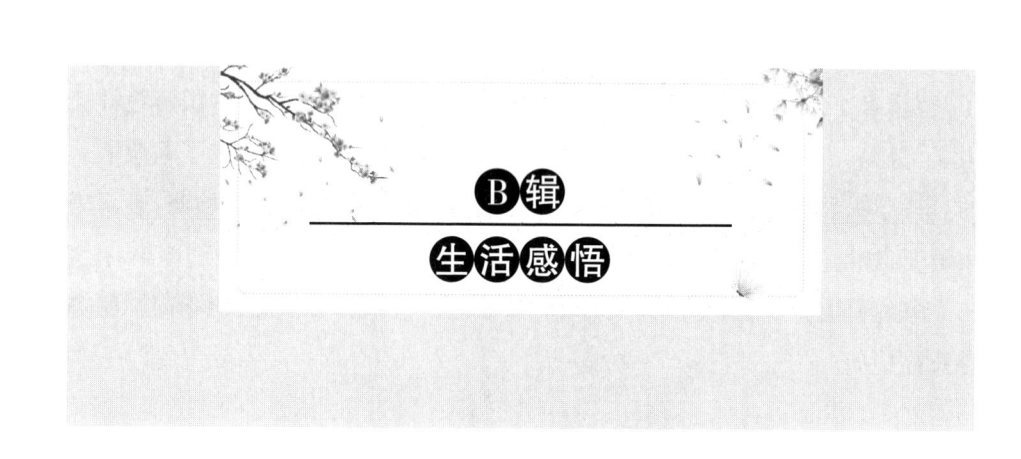

创作的秘诀

创作有秘诀,秘诀在哪里?人云创作需要深入生活,我说大可不必。这话只能悄悄地相告于你。常言道,一计不可多用,望能替我保密。

A 刊偏重发表爱情小说,B 刊偏重发表故事传奇,C 刊辟有"楹联趣话",D 刊辟有"珍闻剪辑",还有 E、F、G 刊……不知你是否了解这些刊物编辑的脾胃?要想求得作品有较高的命中力,你就该做一番如此这般的调查摸底。

A 刊需要爱情作品吗?有。赵钱孙李,周吴郑王,从百家姓上信手拈几个姓,造几个名,或两女爱一男,或三男恋一女,管他什么三角恋爱,多角爱恋,只要能抓住男女情长、风流韵事这条脉络,作品就不会报废!啊呀呀,别忘了给这样的作品捞上一顶赞扬理想道德情操的桂冠,你还得设计爱情的一方,或从港澳来,或自海外归,或因埋头事业而成了大男大女,或因公负伤致残而不忍让对方成为累赘……

B 刊约稿故事传奇吗?有。古今中外,南北东西。在写字台前就可凭空想一件事、设几个人。或是少林弟子,或是武当后裔。只要能虚构几个刀枪剑戟、生死搏斗的场面,作品就不会报废。啊呀呀,要记住给这类作品赋予一个表现民族气节的主题,你还得设计英雄的所为,或为除暴安良,或为保护祖传密件,或为侦探破案而独闯虎穴,或为与洋人打擂比武而干出的一番惊心动魄的业绩……

至于要想在 C 刊 D 刊发表作品,那更是雕虫小技。花上一二元钱,买它一两本《楹联集成》或《古今之最》,摘一段趣话,抄一桩奇闻,再捕风捉影地加上一些文字,就可避开旁人说你抄袭。反正编辑手中的稿件甚多,不可能一一核对出处。发表这类作品,虽然永远得不到茅盾文学奖的荣誉,但我能聊以自慰,因为这仅是唾手之劳呀,何况所得也还实惠!!

创作有秘诀,秘诀在这里。我仅把它相告于你,千万拜托为我保密。只是担心:此计不可长用。因为文艺也面临改革,我似乎处于岌岌可危的境地!

(该文发表于1986年4月《长沙晚报》副刊)

浅谈旅游与文化

致富了,想旅游。南来北往,东游西逛。选何去向,择何景点,虽各有所好,但离不开蕴藏的文化。

杭州西湖的断桥,长不过数丈,宽不过数尺,高不过数米。石拱砖砌,简陋粗糙,既无精湛的工艺,又无奇特的造型,为什么会引得游人如织,流连忘返?原因之一就是流传了千百年的民间故事《白蛇传》,已在华夏神州家喻户晓,海外邦交早已流传,中外游人因此慕名而来,"看断桥,桥未断,却为那白娘子痛断肝肠"。

每一处名胜,每一个景点,都有它独特的文化内涵。

爬长城,想起孟姜女;谒乾陵,谈起武则天。过巫山,念起神女;上峨眉,说起女娲。游三峡,"两岸猿声啼不住";登庐山,"疑是银河落九天"。黄鹤楼边,勾起"孤帆远影"的情意;岳阳楼畔,激荡"先忧后乐"的胸怀。兵马俑前,品评千古一帝;天安门上,抒怀治国兴邦。走进杜甫草堂,何曾忘却"茅屋为秋风所破"?漫步橘子洲头,欣然吟咏"到中流击水,浪遏飞舟"……

这就是文化内涵的巨大影响!

古邑宁乡,文明璀璨,物华天宝,人杰地灵。从古代的宰相蒋琬、裴休及状元易祓,到当代的共和国主席刘少奇,党的"一大"代表何叔衡及其"宁乡四髯",著名科学家、曾任全国人大常委会副委员长周光召,老将军甘泗淇,陶峙岳、李贞,还有老干部、老红军、劳动模范、战斗英雄,以及各行各业的名人,多少传记、多少故事值得我们去搜集整理,使之流芳百代。从全国四大高温温泉之一的灰汤锅子,到遐迩闻名的沩山密印寺、回龙山白云寺、千佛洞、炭河里……多少景观、多少民间传奇,值得我们去挖掘加工,促其步出深闺!

只有步出深闺,才能迎宾接客。客人多,消费多,经济效益就高。把各个景点的影碟、景集、故事传说读本摆出来吧!不要像发广告单一样免费赠送,只要价格适中,文化深蕴,游客定会是乐掏腰包的。文化促旅游,旅游促文化,旅游与文化共同促经贸,三全其美。我相信,宁乡旅游繁荣的春天,也是文化繁荣的春天,更是经贸繁荣的春天!

(该文收录于《悦园文丛》2015年5月)

广厦·吾庐·安乐窝

鸟有巢,虫有窝,人必有住处。择何而居,从某个意义上也反映了人生的不同追求。

唐代的诗人杜甫,当茅屋为秋风所破时,想的是"广厦千万间","大庇天下寒士","吾庐独破受冻死亦足"。宋代的文学家范仲淹,曾在苏州买地建宅,阴阳先生看罢风水,说此地定出公卿(且不论"风水"有无),他忙答道:"与其我的家富贵,倒不如让天下之士都受到教育这样的富贵才是无穷的。"于是,就在那里建成了学校。西汉的爱国将领霍去病,在抗击匈奴入侵的疆场上戎马一生,汉武帝特为他修了座豪华的府第作为奖赏,并请他看看合不合适。霍去病气度不凡地说:"匈奴未灭,何以为家也!"他连看也没去看,自然谈不上接受府第了。

前有古人,后有来者。当代的无产阶级革命家更是我们的榜样。

周恩来总理当闻讯淮安县委对其旧居进行了维修后,即用自己的工资付清了费用,还一再嘱咐淮安县委,旧居不搞展览,要住上群众。刘少奇主席1961年返回故里,见到群众居住拥挤,便亲自指名道姓地让群众去旧居安家。彭德怀元帅住在中南海永福堂,又旧又窄,组织上为他找了座宽敞漂亮的新房,他看后说:"现在北京住房紧张,应首先解决群众的住房问题呀!"纵然有人一再劝说,但他就是不搬。

古往今来,多少仁人志士和革命先驱,身居陋室,胸怀天下,以浩然正气,谱写了一曲曲"清贫"之歌。然而今天,我们现实生活中的少数人,有廉洁之镜不照,有清正之样不学,一旦掌握了某些权力,就忘记了自己是人民的公仆,见群众利益不管,置党纪国法不顾,或公开或隐蔽地搞起了权钱交易。贪污挪用,索贿受贿,假公济私,损人利己,不择手段地侵占国家或集体资财。据报载,我省少数干部热衷于营造高标准私房,群众气愤地称为"官府街""老爷楼""安乐窝"。为了刹住党政干部违章违法营建私房的这股歪风,省委、省政府以肃贪倡廉为突破口,对2436名问题严重者进行了重点清查,并将那些贪赃枉法、营私舞弊之徒绳之以法,让其得了个想"安乐"不得安乐,建了"窝"又得失"窝"的下场。这正如唐代文学家柳宗元在寓言《蝜蝂传》中描绘的那只蝜蝂,贪婪负物,拼命爬高,最终从高处摔下,落得个被所负之物压死的结局,不亦悲乎!

　　当然,我们提倡克己为人、艰苦奋斗精神,并不是要求人们祖祖辈辈住茅屋、居陋室,当"苦行僧"。随着社会的进步和经济的繁荣,人们居住条件也必然相应地有所改善。但是,身为公仆的共产党人和国家干部,胸中应有共产主义的崇高目标和为人民服务的宗旨,树立先天下之忧而忧,后天下之乐而乐的思想,在涉及择居、建居等物质利益的问题上,理当大公无私,先人后己,切莫为了一己之私利而忘了党的宗旨,丢了革命大目标。"若徇私贪污,非止公法,损百姓,纵事未发闻,心中岂不常慌?恐惧既多,也有因而致死。大丈夫岂得苟贪财物,以害及身命,使子孙每怀愧耻耶?"《贞观政要》中所记载的唐太宗李世民的这段话,也是可资借鉴的。

(该文发表于湖南《人事与人才》1990年第2期)

数字聊趣

不知何年始,有人给数字拓宽了新领域。不再单纯地表示数序或数量,而是借用它的出面,让人理解出另外的意思。比如,七七八八、四四六六,几乎成了民间的常用口头语。前者形容不整齐,后者形容不正经。通俗易懂,生动有趣。昔日还曾有人拟联"一二三四五六七,孝悌忠信礼义廉",讥讽某土豪劣绅是"王(亡)八无耻"。言简意赅,入木三分。似如此借用数字,既加强了思想内涵,又增添了文学色彩。真可谓用得好,用得妙。

民间求神拜佛,常见突出个"三"字。什么"拜佛要逢三",初三、十三、二十三;"包封不离三",一元三角三、三元三角三。谐音杀杀杀,寓意逢凶化吉,除灾灭难。建房奠基,常见选个"九"字。什么"建房不离九""九日九时九分,开工打脚"。谐音久久久,寓意人到地兴,天长地久。

近年来,生意场上的老板们,更是热衷于追赶时代新潮。出门业务,择期8日;店铺开张,定点8时;电话编码,乐选有个8号;买卖成交,精心留个8字。诸如,888,发发发;168,一路发;148,一世发;448,世世发;998,久久发;198,要久发(这里把"1"读成"幺",谐音"要")。9898,久发久发……似如此借用数字,虽体现的是良好心愿,但多少带有唯心观念,迷信色彩。此举虽不宜遏制,但应不在提倡之列。

然而,对于有些数字的借用,是不应当苟同的。笔者曾见一个读小学的女孩,拿着张字条向她爸炫耀:"爸爸,我会写情书了!"她爸接过字条,只见上面写着一组阿拉伯数字(请恕不公开原文),左猜右猜也猜不出是什么意思,那女孩却有板有眼地告诉了她爸:"这就是一生一世我爱你呀!"她爸闻言,大惊失色。赶忙追问从哪里学的,女孩回答:"××阿姨那里听的!"她爸忍不住骂了一声:"×××!"说不清是在骂那阿姨,还是在骂那要获专利权的创作者。笔者猜度,可能二者兼有。骂阿姨,传播不择对象。小孩无知,童心可塑,过早地让其接触这类文字,有何裨益呢?骂创作者,借用缺乏德行。何必把自己的创作降格,变得低级下流呢?

由此可见,拓宽数字的新领域,并不是随心所欲的事,它同样关系到中华文明。其趣味性和思想性,皆离不开弘扬优秀的民族文化这个前提。是故,数字的拓宽,理当有度;传播的对象,不可无章;蕴含的趣和意,也是切切不可忽视的!

(该文发表于《汎江文艺》1999年1月)

墓葬议

某日,闲游乱葬山头。但见墓冢越造越奇特,更有人未死而先造墓者。于是,感而叹之!

人死当葬。域阔人多的华夏神州,虽有土葬、火葬、天葬、水葬等不同风俗,然土葬者多,单从长沙马王堆出土的那具震惊世界的西汉女尸算起,也是几千年的历史了。

大凡土葬者必有墓冢。古往今来,帝王将相、公侯大夫、庶民百姓,皆不愿等闲视之。千古一帝秦始皇,其陵园以封土堆为中心向东西南北各延伸7.5公里,总面积达56平方公里,可谓之中国历史上规模最大的陵园了。其墓冢(即现在封土堆),有《汉书》记载,"高50余丈,周围五里有余",也可谓之中国历史上占地最多的墓冢了。

而今,时代变了。当官者,为民者,大家都是社会主义中国的公民。地位上,没有高低贵贱之分。丧葬上,自然也就没有特殊享受之别。已故的无产阶级革命家周恩来总理、刘少奇、邓小平等同志的骨灰,化为一阵长风,轻吻着长江黄河;化为一丝淡云,飘落于神州大地。此情此景,能说他们没有墓冢吗?有!这些革命家虽未占方寸葬身之地,但他们的墓冢最大最大,因为他们世世代代在人民心中树起了丰碑,让人民世世代代不忘他们的模范表率和革命功绩。这样的人啊!是伟大的。

诚然,千古一帝秦始皇也有伟大之处。但他的伟大是在于完成了国家的统一、文字的统一、货币的统一和度量衡的统一,而不是在于万里长城的修筑和最大陵园、最大墓冢的兴建。推而广之,历代的帝王将相、公侯大夫们,其墓葬的花费越多,说明他榨取劳苦大众的血汗越多。留下的墓冢越大,而留在人民心中的位置也就越小。大和小就是这样客观而无情地存在于社会现实之中。

  对此,笔者也曾暗自提出质疑:本人的钱财,从未榨取他人血汗,全凭自己劳动所得。来得无愧,花个潇洒。昔人因穷,无能厚葬;今人致富,当有报偿。纵然效法古人,为墓葬多花几个,一不犯法;二不违纪,又有何错?细思忖,又觉差矣:因为身边还有未能解决温饱的邻里乡亲;因为日益增多的人口与不能繁衍的土地一旦比例失调将会带来严重恶果。有句话说得好,"如果人有灵魂的话,何必要这个躯壳?如果没有的话,要这个躯壳有什么用?"细品味这话中的哲理,就觉得自己该怎样决策了!

(该文发表于湖南《学习导报》2000年5期)

元宵节与元宵

正月十五为元宵节,又称灯节。元宵节张灯在我国有着悠久的历史,它起源于两千多年前的西汉时期。那时,元宵节来临,宫廷院内、富豪人家都张灯结彩。盛唐时期,皇帝为了娱乐,要求在民间张灯结彩庆贺元宵节,便出现了灯会。自此,这一活动因袭至今。我县民间参与灯会的主要形式有:花鼓灯、龙灯、鱼灯、竹马灯、蚌壳灯……丰富多彩,生动活泼,实为节日奇观。

元宵节吃元宵,又是我国的一种传统习俗。这一天,大街小巷,什么"桂花元宵""什锦元宵""芝麻元宵"……真是琳琅满目,令人陶醉。元宵作为食品,在我国源远流长。据《荆楚岁时记》载:"正月十五作豆糜加油膏","正月半宜作白粥泛膏"。这实际就是指吃的元宵。为什么以"元宵"冠其名呢?据史载,公元 610 年,隋炀帝为了粉饰太平,曾在洛阳端门之外,两侧高搭戏台约有 4 公里长,演员 3 万,光是伴奏的乐师就有 1.8 万多人,从正月十五夜晚开始"歌舞升平",长达一个月之久。因为正月十五这一天是"上元","宵"为夜晚之意,"元宵"二字就这么出现了。其演员乐师所吃的那种汤圆类的甜食,也就被叫作"元宵"。到南宋时,这种颇具人民性的美味甜食,已经盛行南方各地。后历经元、明、清几代,吃元宵已普及我国的南北东西了。

说起吃元宵,民间还流传着一件趣闻。民国初年,窃国大盗袁世凯忌讳"元"(袁)字,曾下令将"元宵"改名,老百姓不但不听,反而更加起劲地叫起"煮元(袁)宵(消)"来。这是对袁世凯倒行逆施的义愤和讽刺。至今,北京的父老乡亲们提及此事,仍津津乐道哩!

(该文发表于 2000 年 2 月《宁乡日报》副刊)

钓渭丝纶日月长
——邹文忠先生八十寿诞致辞

金风送爽,丹桂飘香。宁乡师范中十六班部分同学久别重逢,荣幸地为尊敬的邹文忠老师举行八秩之庆,钓渭之酌。

师恩深似海,情意重如山。五十多年前,先生风华正茂,博学多才。既是学校党总支书记,又是我们的班主任兼外语老师。按常规是可以拉点架子的。然而,先生却以大哥哥的身份出现在班团干部和同学们之间,和大家同学习、同劳动、同娱乐,平易近人,亲密无间。结下了非比寻常的师生情,兄弟情,兄妹情,留下了美好的回忆。

后来,先生荣调北京,改行从政。事文化,事外交。先生忠心报国,廉洁奉公;关心故里,情系乡亲。确确实实是我们的师表,为我们崇敬!五十年来,您的学生,不管在哪个岗位,皆以先生为榜样,兢兢业业,乐于奉献,干出了一定的成绩,没给母校丢脸。喜今天聚会,满堂欢笑神采奕,钓渭丝纶日月长。学生为老师祝福,老师为学生荣光。两全其美,感叹满怀!为此,我提议——

为尊敬的老师及师母的健康与幸福,为全体学友的健康与幸福,干杯!

(该发言稿写于 2008 年 10 月。邹文忠系湖南长沙人,宁乡女婿,毕业于北京外国语大学,曾在宁乡一中、宁乡师范担任外语教师、校长、党总支书记等职,后荣调文化部,曾任外交部驻蒙古人民共和国文化参赞、国务院对外文化交流办公厅主任等职)

捧读《传奇》话真情
——为戴凯勋《世纪山乡传奇》作序

读罢《世纪山乡传奇》，不由想到了我国古代的长篇小说《儒林外史》。两两相比，有同有异，自然有话可说了。

从结构上看，《儒》和《传奇》皆没有贯串全书的中心人物和中心线索。正如现代文学家鲁迅所说："全书无主干，仅驱使各种人物，行列而来，事与其俱起，亦与其俱讫。虽云长篇，颇同短制。"（见《中国小说史略》）由此可见，《儒》开创了我国长篇小说创新结构之先河，《传奇》步其后尘，故将其列入长篇不足为怪，应为自然。

从内容上看，《儒》和《传奇》则有明显的差别了。《儒》是讽刺小说，抨击的是科举制度，借士人的种种丑态，来暴露封建社会的黑暗和腐朽。比如，周进和范进就是热衷于科举功名的腐儒典型。周进见到贡院的号板，悲痛欲绝地一头撞倒，揭示了儒生功名失意之时的绝望心理。范进看到中了乡试的报帖，高兴得发了疯，连连拍手而呼："好了，我中了！"这就是被科举制度弄得失魂落魄的可怜虫的生动写照。

眼下的这本《传奇》，既有辛辣的讽刺，又有婉叹的同情，还有热情的赞颂，特别是能给某些篇目寄寓哲理，引人细细品味，得到启迪和教益。我认为切切不能把它看作一般的民间故事选集，应该想到作者的良苦用心。以跨世纪的角度，去观察，去品评作者的家乡——湘中某地（以文中的方言为域）所留下的历史长卷。从中，我们看到了清朝光绪年间到共和国的改革开放的时代，前后百余年的人文变化，即：摧枯拉朽，改朝换代的变化；抵御异邦，救国救民的变化;兴邦立国,虎踞龙盘的变化;奸佞乱朝,祸国殃民的变化;正本清源,改革开放的变化……这变化,那变化,让人高兴地看到了当今盛世所带来的民富国强的变化。抓住这一角度,有了这种眼光,就会心明眼亮,针砭假丑恶,褒扬真善美,对这本《传奇》中的几十个篇目,不难归类与品评了(请恕从略)!

记事在于心,立卷在于情。《世纪山乡传奇》一书,洋洋数十万言,竟然出自一位年届八旬的老翁之手。白发苍苍,体态衰衰,岁月不饶人呀!如若没有对生活的激情,对事业的执着,《世纪山乡传奇》确实是难以了却其心愿的。

这位老翁,我很熟悉。他叫戴凯勋,是一个家住山乡小镇的退休教师。其父戴执中曾任某国民军机枪连长。1937年与日本鬼子在上海宝山血战中壮烈牺牲。父亲为国捐躯后半个月,他才从娘肚里呱呱坠地,故称为抗日忠烈的遗腹子。这就铸就了他传奇的人生和传奇的情怀。且丢下他童年、青年、壮年期间的传奇经历(因为笔者曾以他为模特之一,写了个长篇《夫子山的秀才》,实实难以浓缩),单说说他退休以后,奉献余热,服务家乡的传奇情怀吧。

20世纪末他从区联校长任上退休。这位事业心很强的人,退休后干什么呢?婉言谢绝了去民办学校任教的邀请。他是中国蛇协和中国特色医疗协会会员,不去开店弄钱,也不打牌、钓鱼、旅游。他选择了无私奉献的事——关心下一代的健康成长,把余热释放在家乡的土地上。镇党委便要他当上了关心下一代工作委员会的主任。

于是,他每年与老同志募集关协基金,每年"扶助贫困生,关爱残疾生,奖励优秀生",使全镇没有一个因贫困而失学的,使优秀生分别考上了清华大学、中国科技大学、云南大学。

于是,他每年有一项德育新举措。举办德育展览;转化在校潜能生;建立留守儿童关爱学校;建设校外辅导员队伍;帮教两劳回归人员和失足青少年;编出十二本乡土德育读本免费赠阅……该《传奇》也是其中之一,旨在"不忘过去,讴歌改革,启迪后昆"。于是,他尽心打造社会大德育氛围,使之有更好的育人环境。倡孝明德,成立"孝亲敬老爱幼协会",创办《孝敬爱》小报,年年评选全镇孝子,并捐出一万元在全镇竖立"道德碑"。

于是,他募资近百万,在宁乡十景之一的罘罳峰,建起了德孝门、人民英烈纪念碑、德孝碑林、德孝路、爱国亭、孝子碑墙,为这座名山成为爱国主义教育基地奠了基。

可是,他在无私奉献中并非一帆风顺。他下村调查时被摩托车撞翻,断了三根肋骨。暑热炎天建设景点累病,头发全白全脱。一名敲诈勒索的"无赖"辱骂他,捣毁景点建设。更惨的是,他的第二个儿子不幸触电身亡。人生幼丧父母、壮丧配偶、晚丧子女的三大不幸之事,他惨遭了两件。天哪,何等不公!

然而,具有中华美德的人摧不垮,传承中华美德的人压不弯。他的人生价值观更明朗了,奉献的意志更坚强了。修身养性的人,头发脱了又生,白了又青。他仍在创新关协工作,这本《传奇》不到半年也便完卷了。

低调为人的人扬名了,荣获县、市优秀党员、县道德模范、市"十佳五老"、省关协工作特别贡献提名奖。被请去机关、乡镇、学校、村组讲道德课。在鲜花、掌声、赞语面前,他总是一句话:"我做的是应该做的事。"是传奇之人写出了《传奇》之书。

(该文收录于团结出版社2016年8月出版的《世纪山乡传奇》一书)

万寿宫变了
——宁乡县文化馆改革纪实

1992年春,可谓宁乡文化馆建馆四十年来"春风得意"的时刻。有两部长篇小说在省、市以上报刊选章连载;有大型现代戏获得省二届映山红民间戏剧节优秀剧本、一等演出等七项奖励,并荣获文化部晋京献演的邀请。以文补文收入超历史最高记录,短短三年,仅靠财政批拨的两万元维修费起家,赚回了一栋两层耗资十三万多元的文化娱乐楼。虽是简单的几个数字,对于一个革命老区暂处于贫困线上的县级文化馆来说,能不算个飞跃吗?对此,曾有人建议,追赶"时代新潮流"搞个四十周年馆庆,接来有关领导和兄弟单位的同志,吃他一餐,干上几杯。酒席筵前、座谈会上,趁机把省文化厅授予的"先进文化馆"的奖牌,把文化部颁发的晋京演出的奖状,把省映山红民间戏剧节获得的奖证亮出来,热闹了场面,扩大了名声,增进了友情,何乐而不为呢?然而,他们没有这样做,却在忙碌着另一件大事。

假日不假,旧木楼里定大计

邓小平同志的南方谈话精神,早已引得文化馆里三位馆领导心头滚烫烫,手脚怪痒痒啦!可想是想,一看别的单位未动,也就暂且放下,去忙晋京演出。首都演出载誉归来,馆长喜笑颜开,会计却赶来告急:县财政预算方案已经下达,本馆若不另辟生财之道,年底就有九千多元的赤字无法消除。馆领导们收敛了笑,单位改革刻不容缓!

5月1日这天,小小的县城热闹非凡,处处人头攒动,家家户户都在享受着节假日的欢愉。文化馆的几位"小萝卜头"却躲在一间旧木板楼房内,闭门不出。他们又一次学习邓小平同志的南方谈话,针对自身实际情况,设想了九个有偿服务岗位,加快改革步伐。他们各抒己见。时而争吵,时而呵笑,惹得有位好心的妻子悄悄地站在走廊上,唯恐生出什么枝节。事后询问丈夫:"你们今天为什么事吵呀?"丈夫想了想,诙谐作答:"生孩子的事呗!""你们尽讲鬼话,几个男人,生什么孩子?""是真的,我们几个男子汉合伙怀了个孕,想生个称心如意的小宝宝哩!"这一问一答,妻子虽似懂非懂,但也不好意思再追根究底,只好在丈夫的肩膀上轻轻掐了一下。

趁热打铁,处处开绿灯

麻雀虽小,肝胆俱全。17个人员编制的县级文化馆,集文学、戏剧、曲艺、音乐、舞蹈、美术、摄影等各类文艺人才于一体。当这样的"萝卜头"真难呀,稍有不慎被人说成"不懂行""瞎指挥",或背上"嫉贤妒能"的污名,多不光彩啊!而今,要一改过去那"一杯茶一包烟,办公室看报坐半天"的局面,把"吃皇粮、支国库"的人员全部推到有偿服务的岗位上去,外面的同志会怎样评论,上级领导会怎样表态呢?决策者们的心上确实都悬挂了一块石头。

于是,他们四处登门"汇报",听风声。

县文化局的领导听罢他们的改革汇报,连忙拍板:"好!好!完全支持你们这样搞,馆里的动员会,我们局总支委员全部赶来参加。"

县财政局的领导看罢他们的改革报告,二话没说就批给了三万元低息贷款,作为"艺术幼儿园""电脑打印"和"装饰装潢服务"的设备添置费。

县委社教办的领导看罢改革方案,连说几个来迟了,来迟了!"事业单位的改革,数你们的方案全面具体,既照顾了老弱病残,又与自身的专业紧紧挂钩。加上每人60个义务工,把有偿和无偿服务结合得巧妙,真该早点儿推广!"

主管文教的县委彭书记来了,热情地肯定成绩以后,又亲切地询问有什么要求,当听说办理有关证照遇阻时,当即提笔给某部门领导写信,事后又三次询问事情是否办妥。

星期日，县委常委胡主任专门来馆座谈了半天。

真个是时逢盛世，处处东风。改革者腰硬腿健，悬心的石头早该抖落了！

官当兵，兵当官，全都上一线

加快文化馆事业发展的改革方案，自5月15日至6月1日，半个月内，三次全馆会议，反复讨论修改，最后定下来了。17名干部职工，除老弱病残和因公借调者外，15个人自愿组合进入到8个岗位。馆长、副馆长无一例外地分别到了发行、财会、编辑等服务岗位，每月轮流一个星期值班，行使本馆行政权力。值周期间所计的调工津贴下发到所属岗位，有偿和无偿服务的指标与馆内同志一样分摊，没有丝毫特别。为了工作需要，每个岗位另设主任、副主任或经理、副经理，由馆行政发聘书，责、权、利到岗到人。一下子使这个不知属何级别的文化馆变成了"一篮子的斧头——尽脑壳"。人人当"官"，个个封"长"。虽说是些组织人事部门无档可查的"官"和"长"。但在对外接洽业务之时，俨然如是，职权分明。放相主任主持观众有奖活动，装潢部经理议定标牌价格，艺术幼儿园的园长挑选最合格的幼师保育员。然而，一到进岗上班，那些颇有威风的"官"都变成了"第一线的普通劳动者"，是个地地道道的"兵"了。摄影经理捧相机，放相主任当门卫，发行站长守柜台，幼儿园园长当保姆。一个钉子一个眼，走了就无人顶替。

人人当"官"不是官。该馆的人员早已把职位等级淡化，想的是如何把本岗位的工作任务千方百计完成好，因为他们白纸黑字签订了合同，年终时按任务完成情况奖罚兑现，是千万马虎不得的。

万寿宫变了，自1950年起就占据了万寿宫的宁乡县文化馆变了！

是改革给它带来了生机，改革给它展示了希望。今日的万寿宫非比以往，在占地两亩有余的院舍内，开设八个服务项目。电脑嗒嗒，电锯沙沙；摄影机灯光闪，录像室节目新；编辑部、发行站天天有客人往来不断，艺术幼儿园内从早到晚都洋溢着笑语歌声。

（该文发表于《楚天星》1992年10月）

C辑

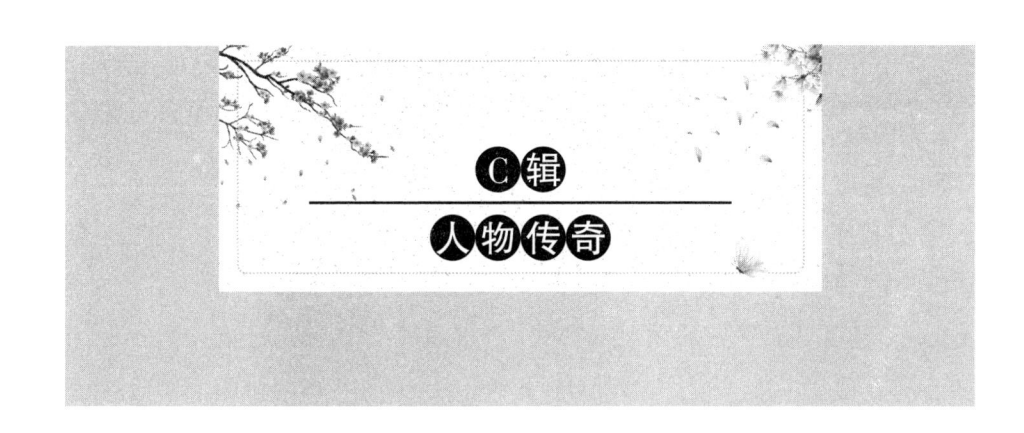

人物传奇

武则天惜才

武则天是出现在中国历史上的唯一女皇帝。自唐代至今1300多年来,人们对她是非功过的争论喋喋不休,或褒美,或贬詈,从来没有如此相悖的评价。近年,看过几部有关武则天的影视片,觉得表现"武媚娘"的风流、阴险、骄横、专权够典型了。但作为一代帝王,单凭这些本事能执政盛唐时期数十年吗?评价这类历史人物还是坚持一分为二的好。郭沫若曾经说过,武则天40余年治国的政绩,对于贞观开元之间的历史性过渡,起到了承上启下的积极作用。据《资治通鉴》记载,武则天"虽滥以禄位收天下人心,然不称职者,寻亦黜之,或加刑诛,挟刑赏之柄以驾驭天下,致由己出,明察善断,故当时英贤亦竞之用"。为此,且举几例。

其一,不计前嫌。据传,女婢上官婉儿的祖父上官仪、父亲上官庭芝都由于反对武则天执政而被镇压。一个偶然的机会,武则天发现了上官婉儿的一首七言诗,文辞精美,情意深切,这不禁引起了她的注意。尽管诗的字里行间不乏对武则天的愤恨之情,然而武则天还是把她引到自己身边。有人好心劝她,把有两代杀亲之恨的仇人放在身边,未免太危险了。武则天却不忍舍弃这位聪明过人的小姑娘,经常对上官婉儿言传身教,大胆培养,放手使用,让她批阅表奏,并为自己起草诏命。如此这般,把那上官婉儿弄得感激涕零了,还能对皇上不效忠吗?

其二,读文忍辱。"初唐四杰"之一的骆宾王当年曾随徐敬业在扬州起兵反对武则天,并写下一篇檄文。在檄文中,骆宾王指责武则天"性非和顺,地实寒微""秽乱春宫""狐媚惑主"。甚至破口大骂武则天"虺蜴为心,豺狼成性"。檄文给武则天罗列了20条罪状。传说左右大臣看罢,面颜失色,不敢将檄文呈上。而武则天看完后,先是淡淡一笑,眉宇间露出轻蔑的神情,继之严肃地问道:"这是谁写的?"大臣们面面相觑,等了一阵,才战战兢兢地回答:"是临海县丞骆宾王!"武则天听罢,不但没有发出"处以极刑,诛灭九族"的圣谕,而是叹息一声说:"有这样好的文才,竟得不到使用,让他长时间流落在外,实在是宰相的过错呀!"众臣听罢,不禁张口结舌,一片愕然。

其三,绣袍赐臣。公元688年,越王李贞叛乱,宰相张光辅领兵讨伐。张的军纪败坏,鱼肉百姓。当时,身为刺史的狄仁杰,挺身而出,指责张光辅治军无方。李贞叛乱平息后,受到牵连的达六七百家,眼看很多无辜的人将遭杀害。狄仁杰负责行刑,他认为这是草菅人命,便冒着杀身之险向武则天上书,终于使这些人免遭杀害。由此,武则天看中了狄仁杰这位贤才,便接连提升他,直到让他当了宰相。一天,武则天单独召见了他。对狄仁杰说:"你当刺史时,政治清明,治理有方,百姓拥戴。但是有人在朝廷上弹劾你,你想知道诬告你的人吗?"狄仁杰听了,磊落而答:"臣如有过错,请陛下赐教。至于谁说臣的坏话,臣不愿知其姓名,这样可以相处得好些!"武则天听罢,很为佩服,觉得狄仁杰器量大,能容人。尔后,曾亲手制袍绣字"敷政术,守清勤,升显位,励相臣"赐给狄仁杰,可见器重和信任到了何种程度。

其四,改革殿试。武则天做了皇帝以后,选拔人才,实行考试制度。有一年,她在落成殿亲自策试贡生,数日才得完毕。并从中发现了不少问题。唐人刘避撰写的《隋唐佳话》中曾记载道:"武后以吏部选人多不实,乃令试生自糊其名,自此始也。"这就是密封试卷的开始。可见,而今学生升学考试,为避徇私舞弊,试卷上只填考生编号,不写考生姓名的做法,始于唐,系武则天首创,至今已沿袭了一千多年。当时,朝廷选拔人才,规定统一用纸糊上生员试卷上的姓名,监考官按答卷的优劣选拔,再决定所授的官职。同时,武则天还增设了女科,通过开女科来使妇女参与国家管理。虽然当时具有一定的阶级局限,没能真正打破贫富贵贱、男女不等的差别,但已是对封建礼教的猛烈抨击了。

以上数例,且不论这位封建帝王的用心目的如何,但她珍惜人才,推动了社会的发展,从这个角度来看,是可资借鉴的。

(该文发表于湖南《人事与人才》1998年第3期)

峨眉镌情

旅游胜地峨眉山,流传着很多美丽的神话和动人的传说。"神灯""天鹅传""康熙御题报国寺"等故事,在峨眉山区几乎是人尽皆知。然而,让峨眉人家传户颂的还是发生在当代的那一曲曲庙堂之情。

1963年夏天,77岁高龄的朱德同志到了峨眉山麓,当时汽车到不了万年寺,只能停在静水乡。下车后,步行在蜿蜒的山间小道上。有人为朱德同志准备了"滑竿"(即简易人力小轿),可他执意不肯乘坐。这时,有几个从万年寺运竹子下山去卖的老乡认出了朱老总,连忙自动地朝狭窄的路边退让。朱德同志见了,即停下脚步,冒出浓浓的四川话来:"哪有担子让'空手'的哩,该我们停下,你们先过去吧!"几个挑竹的老乡,听到这亲切的乡音,便无拘无束地答道:"你是总司令嘛,该我们让路!"朱老总笑了笑,说:"现在我们是来游山的,你们肩挑重担别讲那么多礼了!"等到挑竹子的老乡走过了身,朱德同志还在挥手叮咛:"山路窄,小心些,慢走呀!"

20世纪60年代初期的一天,在峨眉山龙池的一处小溪边,端坐着一位垂钓的老人,他就是贺龙同志。当时我国正处在困难时期,贺老总为考察的需要,没有去当地干部安排的地方,而是信手在峨眉县的地图上打了个点,就这么凑巧地来到了该县最贫困的地方——龙池。他走访一家老农民,老头子患水肿病死了,留下了老太婆,儿媳虽还孝顺,三天两头去山上挖野菜回来给老太婆充饥,但老太婆已瘦得皮包骨头,可谓是危在旦夕。贺老总立即叫随行医生给老太婆打针服药,还拿出钱给婆媳俩买吃的。出门后,马上召开当地的干部、群众座谈会,专题讨论乡邻之间如何团结互助、生产自救共渡难关的问题。几天后,他同随行人员去向老太婆告别,问她想吃点儿什么,老太婆说,想吃鱼。贺老总犯难了,这深山老林中哪来的鱼呀!为了不使老太婆伤心、失望,他便一清早拿上了自制的钓竿坐到溪边,口里不时地念念有词:"苍天有眼,救救俺病危的老乡吧!"工夫不负苦心人,果然在半天内钓到两条小鱼,贺老总忙叫随行人员送去,心里像当年打了胜仗一样高兴。

　　峨眉有幸,永镌这曲曲深情。于是,令人如此想着,宋代的文学家范仲淹曾留下了那千古名言,当代的老一辈革命家已做出了这世代表率。是炎黄子孙,是中华儿女,"居庙堂之高"也罢,"处江湖之远"也罢,何忧何乐,何作何为,怎么不希望自己在华夏神州编织个美好的故事呢?

（该文发表于《长沙党风政纪》1996 年第 12 期）

闪光的竹针

在南京市雨花台革命烈士陵园的陈列馆内，陈列着两根缝衣服的竹针。硬邦邦，圆溜溜，锋利利，光闪闪。针长三厘米左右，针粗一毫米上下。精巧的针鼻眼，能绰绰有余地穿过洁白的纱线。乍看起来，真与我们平日缝衣服用的钢针没有什么区别！这就是英雄的革命先烈——我们的何姨姨，在监狱里跟敌人作斗争时用过的武器。

小朋友们会问，何姨姨是哪里人呀？她和敌人作斗争为什么不用枪，而拿这小小的竹针作武器呢？

好吧！这就给大家讲讲四十多年前，何姨姨磨制竹针的故事。

何姨姨，名叫何葆珍，是湖南道县人。1922年，她参加了社会主义青年团，1923年，加入了中国共产党。她先后在衡阳、安源、广州、武汉及上海等地，从事革命工作。1932年，不幸在上海被捕，以后被关押在南京雨花台监狱里。为了保卫党的机密和党的同志，我们的何姨姨在监狱里经受了严峻的考验，坚持了卓绝的斗争。凶狠狡诈的国民党反动派严刑拷打和金钱利诱，都不能动摇我们的战士，便要起了无赖。战士们衣服脏了，他们不准洗；裤褂破了，他们不准补。妄图以此来侮辱我们革命战士的人格，瓦解我们革命战士的斗志。然而，我们的何姨姨及时戳穿了敌人的阴谋诡计，毅然领导同监的战友们进行斗争。

当时，敌人为了达到他们的罪恶目的，不但禁止一针一线带进监狱，而且一颗铁钉、半截铁丝，都禁止带进监狱。甚至连战友们头发上的发夹，也被搜了出去。怎么办呢？

一天，敌人凶神恶煞地吹起了开饭的哨子。何姨姨听了心头豁然一亮。她急忙拿上碗筷，走上去盛上半碗菜粥，狼吞虎咽地边吃边往牢房里走。同室的战友感到奇怪："噫？何大姐平日吃饭慢条斯理，总是让别人先装。今天为什么这样性急呢？"当时，碍着敌人的面不好过问，可等敌人一走，大家便赶围上去问。

何姨姨正拿着吃饭的筷子，在墙壁上不停地磨呀，磨的。战友们悄声问她这是干什么时，她风趣地做了个缝衣的手势，回答道："办个兵工厂，制武器呀！"

"武器？……难道要用这竹筷子磨成针缝衣服吗？哎呀呀……"战友们都感到异常惊讶。是的，那么粗的筷子要磨成那么小的缝衣针，得花多少心、费多少神呀！但我们的何姨姨想到的是蒋家王朝的覆灭，共产主义的胜利，便响亮地回答："只要功夫深，铁杵磨成针！何况它是根竹筷子呢？"战友们听了深受感动，便跟着何姨姨也偷偷地干开了。她们不怕苦，不怕难，手上磨起了水泡，也还是在日夜地磨着。这样，她们终于磨成了一根又一根竹针。

就是这样的竹针，她们缝补着衣服，准备为真理而长期斗争下去，哪怕是把牢底坐穿！

就是用这样的竹针，她们刺绣着手帕，伴着《国际歌》的旋律。精心地描绘着革命胜利后的美景蓝图。

啊！竹针，闪光的竹针！它像一根细带把革命战士的心紧紧地连在一起，使大家看到了团结的力量，胜利的曙光！它像一把利剑，刺入了国民党反动派的心脏，使他们感受到了阴谋的破产，末日的来临！

难忘的1935年11月，年仅33岁的何姨姨，在雨花台英勇就义了。但她那英雄的名字，永远铭刻在我们心中；她那斗争的武器——闪光的竹针，永远成了鼓舞我们前进的力量！

（该文发表于1979年6月湖南《红领巾》）

她有一颗金子般的心
——记邱秀英同志赡养孤寡老人的事迹

在宁乡县煤炭坝乡张家湾村的邱秀英家里,住着一位年过八十的孤寡老人,名叫贺正朋,从1978年到现在,邱秀英对这个孤寡老人亲如家父,关心照料胜过骨肉之情,受到群众的称赞。

一位年轻妇女称她"是一个不上台的教师,教育着青年们助人为乐,敬老尊贤"。并且表示要改掉顶撞公婆的不道德行为,做一名贤淑善良的好媳妇。

一位古稀之年的老妇人跑到邱秀英家里,感谢邱秀英用模范行动教育了她和她的儿媳,使八年不和的婆媳重归旧好。

这个一向默默无闻的普通农村妇女,为什么能够在人们的心目中引起强烈反响?让我们从邱秀英和贺正朋老人情同父女的八年生活中来寻找答案吧。

邱秀英与丈夫谢乐群从小青梅竹马,他们一同上学,一同务农,一同当上了民兵,一同参加军事训练。在学习和生产劳动中,建立了真挚的爱情,于1973年结了婚。1978年5月的一天晚上,邱秀英与丈夫一起参加民兵政治学习回来,看见孤寡老人贺正朋坐在红砖厂晒砖坪的砖头上,低着头在哭泣。邱秀英忙上前问清情由,原来是大队红砖厂因故停办,吃住都在原红砖厂的贺正朋,一时无处安身。虽然党支部正在设法安置,但是贺正朋感到孤独无望。因此,独自坐在晒砖坪上为自己的晚年生活没有着落而悲伤。在回家的路上,邱秀英问丈夫有什么办法能够解决贺正朋的困境。谢乐群说:"办法是有,不知你愿意不愿意?"邱秀英问:"什么办法?"谢乐群说:"把老人接到我们家里来住。"邱秀英毫不迟疑地答道:"那有什么不愿意的呢?贺阿公无儿无女,敬养老人是我们民兵应尽之责。"于是,夫妻俩商定,准备把贺正朋接到自己家里来住。可是,这一举动却遭到了个别人的非议,说他们是"想出风头,是收买廉价劳动力,图表现。"谢乐群的母亲听到这些闲言碎语后,也坚决反对他们这样做,邱秀英笑着对婆婆说:"妈,我们不能因为有闲言碎语就打退堂鼓,请您老人家放心,我们将用儿女之情侍候他一辈子。"

有道是"好事多磨"。当邱秀英与丈夫一起前往砖厂接贺正朋时,贺正朋明确表示不愿意去,并直言不讳地说明了原因:第一,他已是风烛残年,一年不如一年,日后会成为邱秀英的累赘;第二,贺正朋自以为看破红尘,说什么:"如今有的亲人还难相处,何况我们是三姓人,我爱喝酒,脾气又不好,住上三五天被你们赶出来,还不如现在不去。"邱秀英亲切地对贺正朋说:"贺阿公,你已经是75岁高龄的人了,如果我们怕你成为累赘就不得来接您。今后,我们的家就是您的家,我们就是您的亲生儿女,您就是我们的亲生父亲,您还是去吧!"一席话,说得贺正朋老泪纵横,一把抓住邱秀英的手,高兴地说:"去,这就去!"

听到邱秀英夫妇接贺正朋到自己家居住的消息,村党支部积极支持,并决定:每年由集体拿600斤稻谷,每月拿5元钱给贺正朋作为生活补贴,由邱秀英管理。邱秀英见贺正朋有喝酒的嗜好,便把队上每月给的那5元钱按时交给贺正朋。他们一日三餐同桌吃饭,缝衣浆衫依时按刻,老人有什么三病两痛,邱秀英就像儿媳照料公爹一样尽职尽责。为了不使老人感到寂寞孤独,每到贺正朋生日的那天,邱秀英不但给他准备了好吃的,还自己亲手做布鞋、买袜子为他祝寿。特别是1982年和1983年,连续两年在他生日的那天,准备了酒席,请了好几桌客人为他庆贺八十大寿。贺正朋激动地说道:"我虽无儿无女,但和有儿有女的一样,生活过得蛮好,真是搭帮邱秀英一家啊!"

然而,一场意想不到的事故发生了。1984年年初,邱秀英的丈夫谢乐群因公殉职了。于是,家庭情况发生了很大的变化。以前,夫妻俩一同能够去做的事,现在只能一个人做了。要抓责任田的抛粮下种,耕耘收割;要管两个小孩的读书和衣食住行;还要饲猪、养鸡、种菜;再加上婆婆因儿子的突然离世忧郁成病,作为儿媳的邱秀英所担负的家务事自然要更多更杂了。为此,村党支部的同志特地上门对邱秀英说:"是不是把照料孤老的事,让村党支部另作安排?"邱秀英的哥哥也特地上门劝告她:"还不趁机卸掉包袱,以后会越背越重,背得下不了台的!"邱秀英听了,当时没有回答,心里却在激烈地斗争着。她想到,丈夫死了,少了一个主要劳动力,一个妇女能顶得住吗?现在,村党支部关心自己,愿意另外安排人照料贺正朋,正好可以漂漂亮亮地顺着台阶下,把老人送出家门。但是,她转念一想,贺阿公已年过八十,他要是我的亲生父亲,我会不会因此将他送出家门呢?这也违背了死去的丈夫的心愿。她主意打定后,对村党支部领导说:"还是让贺阿公住在我家吧,我会尽心尽意照料他老人家的!"谁知话音刚落,贺正朋突然从床上爬起来,强着要走,邱秀英问他为什么,贺正朋颤抖着身子回答道:"如今不比以往了,你们家的情况变了呀!"邱秀英赶忙拖住贺正朋,诚心诚意地说:"情况变了,我的心不会变。贺阿公,乐群死了,但这个家还在,这个家永远是您的家,我永远是您的亲生女儿,只要我们有吃,您就有吃;我们没有吃,也要想法给您吃。您还是和我们在一起过吧。"一席热心的话,温暖了老人冷了的心。贺正朋紧紧抓住邱秀英的手,挂满泪花的眼睛直瞪瞪地望着邱秀英,好一阵才哽咽着说:"你真是我的好女儿。"

贺正朋被留住了。邱秀英毅然肩起了家庭生活的重担,用自己满腔的情和爱敬养着老人,对老人更为关怀备至。

然而,贺正朋毕竟是上了年纪的老人,他的身体越来越差了,前些年还能帮着做些杂事,可近几年,不但不能做事,而且常常患病在床,要为他求医看病,煎药熬汤。去年12月的一天深夜,贺正朋发烧呕吐。这时,患贫血病两天没有起床的邱秀英,拖着病体,冒雨请来了医生。在路上,她曾三次跌倒,刚进家门就昏倒在地。特别是去年以来,贺正朋脚上的紫血疮越来越严重了,衣裤、被褥常常被弄得血迹斑斑,又腥又臭,洗起来叫人呕吐恶心。但是邱秀英仍然坚持做到了被褥衣服随脏随洗,勤换勤晒,从来没有表现出一丝厌烦情绪。为了给贺正朋增强营养,她每次送猪后,总要买些补药给贺正朋滋补身体,并劝贺正朋要喝些好酒,以免伤害身子。酒钱不够,邱秀英从菜园里扯回蔬菜去镇上卖掉为贺正朋买酒喝。

随着病情的加重,贺正朋的神智也没有过去清醒了。喝酒常常喝醉。一醉就话多,加上耳朵又聋,只有自己说的,听不进别人说的,经常误解邱秀英的意思,发"无名火"。今年春耕大忙时节,邱秀英出去做农活,贺正朋以为她到煤炭坝镇上去,就说要她买点酒回来,其实是,邱秀英告诉了他到田里做工夫,买酒的事等小孩放学回来就去,但贺正朋耳聋没听清,等到邱秀英中途回家歇气喝茶时,没有看见酒,误以为邱秀英有意不给他买酒,就发了脾气,大声嚷嚷说:"靠人家靠不住呀,真是'禾要真根,儿女要亲生'。"这时,一个邻居出来讲公道话,他对邱秀英说:"这个贺阿公呀,真不晓得好歹,他到你家住了八年了,请算算吧,你给他贴了多少伙食费呀!"邱秀英听了,和颜悦色地答道:"没关系,俗话说,山中易找千年树,世上难逢百岁人!他老人家还吃喝得几年啰?只要他老人家过得好,我什么都不计较!"

这是多么纯朴而有感情的话语,多么崇高而可贵的精神!

邱秀英的优秀事迹在当地广泛地传播开来。最近,在长沙市"发动组织农村民兵带头参加两个文明建设经验交流会"上,邱秀英作为大会唯一的个人典型光荣地出席了这次会议。长沙市委书记王众孚、副书记曾昭宣亲切地接见了邱秀英,充分肯定和高度赞扬了她的可贵品质。

(该文与杨革其合作,由 1985 年 12 月湖南人民广播电台作为专题文章进行播报)

乡里伢子画漫画

喻春华,今年26岁,中等身材,一般长相,家住宁乡县偕乐桥乡的将军坪村。他家世代务农,父母身上没赋予他艺术的遗传因子,高中读了一年就辍学回乡,可见是个地地道道的乡里伢子。然而,就是这样一位乡里伢子,从去年5月至今年3月短短10个月内,先后在全国性的漫画专刊《讽刺与幽默》及《农民日报》《湖南科技报》《长沙晚报》等十来种报刊上发表了30多件漫画作品。这样的收获,如果用来衡量一位艺术大师或专门家,则是一个不足挂齿的话题。但对于一位种了责任田、娶了妻子、当了爸,且祖辈与艺术无缘,全靠自学成才的青年农民漫画作者来说,却不简单。

10年前,他读初中的时候,村上建了一个舞台。听说要装饰美化一番,他冒昧地从村主任那里领来了任务,模仿连环画册在舞台四周画一组岳家将。于是,在乡邻们的赞扬声中,他做起了画家梦,见到什么画什么,画了就给报刊编辑部寄去。然而,那一件件作品,却杳无音信。他不由生了怨气,认为报刊编辑没慧眼,不像伯乐会相马。1986年7月,他参加了湖南省《刺玫瑰》漫画创作辅导班学习,顿开茅塞。原来这漫画艺术并不是胡画乱画的艺术,它既要求扎实地练出绘画基本功,又要求广泛的知识和敏锐的观察分析生活的能力。于是,他多次自费奔赴省城,拜访省漫画学会谢丁玉老师和李建新老师,求得名师指点,并把老师教诲的"多看、多思、多画"六个字牢记于心中,落实于行动上。一天,他看到两位邻居为了门前一棵树闹起了纠纷,颇有感触,便构思了一幅漫画,取名《邻里之间》,寄给《长沙晚报》,不久便发表了。当他第一次捧到这散发着油墨芳香的作品时,简直比当了爸爸还高兴。于是,他幽默地对自己的妻子说:"孩子,我自愿只生一个;作品,可不愿只发表一件呀!"

逢年过节,人家忙于玩牌,他却忙着绘画;人家相邀进城看戏,他却独坐房中看书,而且一潜心下来就什么也不顾及。自己忘了吃饭,小孩忘了照料,做画屏出卖的生意忘了成交。妻子看到画漫画得的稿酬不如做画屏出卖的收入多时,便埋怨他不务正业,有一次还生气地撕烂了他手中的报纸。

他没与妻子相骂,而是心平气和地开导:"卖画屏的生意我不是照样在做吗?人各有志呀,我不愿当工匠,要搞艺术啊!"

(该文发表于1989年12月《长沙晚报》副刊)

术起沉疴

> 沉疴者，顽症也。前列腺肥大症，也属于此。据说在美国男子中，它是第二位的常见肿瘤，每年要夺去好几万人的生命，连总统里根先生也患上此病，因久治不见其效而烦恼！在我国虽尚是一个攻关的医学课题，却已有这么一位乡村医生迈开了可喜的一步。
>
> ——题记

噼里啪啦，鞭炮响了。湖南宁乡历经铺乡乡村医生曾泽勋的堂屋里又新挂了一块镜屏。他一边吩咐儿女给客人装烟泡茶，一边搬上长凳陪客人坐下，关切地问道："绍阿公，你老人家的病完全好了吗？"

"好了，好了！"被称作绍阿公的客人激动地指指新挂上的镜屏回答道："老朽无能报答曾医生的恩德，仅送上这几个字表表心意呀！"

啊！"术起沉疴"。曾泽勋盯着镜屏上那四个苍劲的大字，不由得想起了一桩桩往事——

"当医生就该让良心紧贴着病人，从今天起，我的大事就是向这号怪病宣战"

1974年3月的某个上午，一双沉重的脚步朝宁乡县城湘乡街走来，他就是当大队赤脚医生的曾泽勋。看到他那掉了扣子不能及时缀上的服饰和裸露出脚趾的布鞋,不难猜测,他准是一位单身汉,且正为婚事苦恼哩!不错,刚过"而立之年"的曾泽勋就被病魔夺去了妻子,留下幼小的一儿一女,让他缝补浆洗、烧茶煮饭、做爸做妈。5年过去了,他已年满36岁。多么难熬的一千八百多个日日夜夜呀,这中年丧妻的苦楚只有过来人知晓!几年来,他做过续娶的美梦,但时逢那做一天"吊吊工"只能买两盒火柴的岁月,会有那么一位女士愿当这么廉价的后妈吗?一年前,一个老同学的胞妹A女士(恕笔者隐其真名实姓)患病,四处求医无效,最后求上了他,几个月工夫大见其效。患者病愈后,其父母分外感激,有心择曾为婚。次年正月,曾泽勋行医路过此家,被热情地请进门去。在丰盛的酒席筵前,当A女士的父母兄长谈到此事时,曾泽勋诚挚地回答道:"多谢你们的好意,只是这婚姻大事非同小可。我同意了,人家同不同意呢!?"谁知席前的这一番对话,被A女士偷听了,待曾泽勋告辞出门后,自己的红十字药箱内却有一封A女士写下的情书。就这样,他与她订婚了。当发现A女士有些动摇的时候,曾泽勋便主动走上门去,自愿不退分文彩礼,而高高兴兴地解除了婚约。然而,当曾泽勋与另一个女士婚恋的时候,A女士却又走上门来表示忏悔,愿重归旧好。于是,曾泽勋不惜花费,与其第二次订婚。可而今,这A女士又动摇了。对于这号"吞了怕是骨头,吐了怕是肉"的人,你说这曾泽勋气不气、恼不恼呀?为了探个究竟,听说这A女士的姨妈最了解内情,于是,他特来找她姨妈诉说衷肠。

进了A女士的姨妈家,寒暄而后,欲拉入正题,突然从门外跟跟跄跄地走进一个老人,她姨妈一边上前搀扶老人入座,一边热心地介绍道:"刘大阿公,你来得正好!这位曾医生就会诊一些怪病,我那姨侄女的怪病就是搭帮曾医生诊好的!"

"哎!?有这样的神医吗?"刘大阿公把满腔期待的目光投向了曾泽勋,"那就求曾医生给我救救命吧!"

无可奈何,曾泽勋只得把到了嘴边的话语咽下肚去,关切地询问起刘大阿公的病情来。

这刘大阿公叫刘连生,三年前得了个怪病,平日患处不红不肿、不痛不痒,可一旦解起小便来就痛得钻心。大小医院走了上十家,打针服药搞了好几个月,都不见病情好转,而且每况愈下,近来一天小便几十回,每小便一回要痛苦一次,简直痛得喊爹叫娘!

曾泽勋听罢,不由得摇摇头说道:"刘大阿公呀,您老人家这号病,求了那么多大小医院都不见其效,只怕我这个中草药郎中更奈何不得呀!"

话刚落音,刘大阿公"扑通"一声跪在地上,好久才含着泪花从喉咙里挤出一句话:"曾——医——生——,只要你接手,就是诊死了,我……我也心甘情愿呀!"

如此的跪,如此的泪,如此的话!此情此景,此时此刻,曾泽勋的心被打碎了。他还有什么可推辞的呢?于是,慌忙扶起刘大阿公,一边帮他掸去那裤管上的灰尘,一边解释道:"老人家,我不是不愿诊呀!只因这号怪病以前见都没见过,不知从何下手!您老人家能不能把那些病历借给我看一看呀!?"

"行,行啊!"

于是,曾泽勋到了刘大阿公家,仔细地翻阅了他所有的病历资料。至于找A女士她姨妈撮合婚姻的事,早已丢到九州外国去了。

傍晚时分,曾泽勋回到家里,当亲友责备他不该为刘大阿公的病丢了大事时,他却是坦然地答道:"没丢呀!当医生就该让良心紧贴着病人。从今天起,我的大事就是向这号怪病宣战!"

"世上的事情往往是从偶然的发现中探索出必然的,作为一个医生如果放弃了探索,还会有什么成功呢?"

夜,已经很深了。万物早已进入了甜蜜的梦乡,曾泽勋却没有一丝睡意。他的书桌上横七竖八地摆着医学书籍、报刊或患者的病历。他从资料中已经了解到:刘大阿公所患的叫前列腺肥大症。目前治疗此病只有三种方法:一是肛门注射治疗;二是切除睾丸,促使前列腺萎缩;三是施行美国医学教授所采用的电切术,把前列腺切除。但这三种治疗方法,都不能达到理想的效果。第一种易于旧病复发,第二种给患者的精神和肉体上的痛苦太多;第三种常有后遗症产生。他虽有心另辟蹊径,从一个乡村医生的现有条件着手,挖掘祖国丰富的中医宝库,试用中草药治疗。但又如何处方呢?这可是举足轻重的大事呀!他仔细地掂量着中医学上有关"癃闭"之说,从肾与膀胱湿热之故,造成阴阳失调,气滞血淤这一病理,精心地考虑着用中草药配方。

鸡鸣了!鸟叫了!清脆的歌声送走了曾医生第一个不眠之夜。他手提包里装着5服配好的中草药,在迈出家门给刘大阿公送药的途中,脚步是那么沉甸甸,沉甸甸!

5天以后,他听到了药见其效的喜讯,从刘大阿公家归来的途中,脚步是那么轻盈盈、轻盈盈!

当他把这一"喜讯"告诉朋友时,坦率的朋友却是不以为然地说道:"这有什么巧呀,碰中的呗!大医院都莫想奈何的病,你姓曾的几服中草药能诊好吗!?"

呀!一瓢冷水。曾泽勋那发起了高烧的头脑在急剧地降温。他没精打采地走进了自己的卧室,躺在床上,默念着朋友的话语:"大医院莫想奈何……几服中草药能诊好吗?"

念着,念着,他突然想起了早些年在某一份杂志上看到的神医华佗的故事:有一天,华佗来到海滨的某家酒店,看到几个青年用螃蟹伴酒,大有一饱方休之意。华佗忙上前劝止道:"后生家,别贪吃了,小心肚子痛呀!"青年人却是鄙夷地望望华佗,还误以为他嘴馋哩!华佗憋了气,便坐在一旁观看青年人猜拳饮酒,大吃螃蟹。过了一袋烟工夫,突然一个青年说了声肚子痛,不一会儿,青年人都跟着叫喊起来,有的痛得在地上打滚。突然,一个青年好像意识到什么,慌忙跪在华佗身边拜揖道:"老人家,饶了我们吧!您的法术太厉害了呀!"华佗回答道:"我没有施什么法术。若要解除痛苦,就请店老板给你们弄点儿紫苏吃吃吧!"青年人吃了紫苏,果然不久就痛苦消除了。当青年人询问华佗这一妙法良方从何而来时,华佗便说出了年少时的一桩见闻。有一天,他到海边去玩,看到一只水獭狼吞虎咽地吃了一条大鱼,约半个时辰光景,便在沙滩上痛苦地打滚。最后滚到一片紫苏地里,啃了些紫苏,不久便神态如常地跑开了。从此,华佗探索出了一个规律,鱼虾属寒性,紫苏属热性。吃鱼虾时伴些紫苏,一可调味;二可寒热中和,不至于引起肠胃不适……

想到这里,他突然从床上爬起身来,暗暗地在心里做了一个结论:世上的事情往往是从偶然的发现中探索出必然的。华佗的神医之术,不就是从"水獭吃鱼"这一系列的偶然发现中探索出必然的吗?李时珍的《本草纲目》不就是从某一草木的偶然发现中探索出必然的吗?瓦特能发明蒸汽机,不就是从"壶盖为什么会动"这一偶然的发现中探索出必然的吗?……作为一个医生,如果放弃了对偶然发现的探索,还会有什么成功呢?

朋友的话是坦率的,朋友的心是赤诚的。他感激朋友直言不讳,决心在事业的追求上努力探索,进取!

——于是,他潜心地研读了《本草纲目》《景岳全书》《诸病源候论》等一大堆中医古籍,系统地了解到某些医理、医术。

——于是,他热心地拜师学医,不管是临近的,远居的名老中医,他都要上门请教,特别是在应用中草药配方上,他更是不放过一切机会追根究底,借鉴、取经!

——于是,他隔不了三五日就主动到刘大阿公家,通过了解服药的不同反应,来确定药方的增剔、剂量的加减,并详细地记下了成败与得失。

工夫不负苦心人,奇迹终于出现了!几个月以后,刘大阿公再不像从外地求医归来那样,插着导管,捧着尿瓶,小便叫苦不迭,走路踉踉跄跄……

"时逢盛世,光阴可贵。作为一个医生从病人身上所追求的不是金钱,而是事业"

中草药诊治前列腺病的消息传开了,远近的患者慕名而来。曾泽勋热情地接待了一个个前来求医的患者,腾出自己的房做病室,让出自己的床当病榻。与病人同吃一锅饭,共尝一样菜。病人把医生当作知己,自然无话不说。于是,曾泽勋便能及时地了解患者的不同症状对药物的不同反应。10多年来的临床实践,终于探索出1至6号中草药配方,所诊治的180多个病例中有95%以上达到了理想的疗效。随着一个个患者的书信在几家报刊的发表,引起了省中医药研究院的专家们的关注,及时地对其中草药配方及诊治方法进行了鉴定,认为合乎医理医术,县委和卫生系统的有关领导同志亲自登门询问、鼓舞。县、市科协也把这一诊治顽症的配方列入重点科研项目。真个是高山响鼓名声远呀,省内省外、大小城镇乃至边远山乡的患者纷纷来信求医或登门求医,面对这空前的盛况,有人与他开玩笑道:"曾医生呀,你这下可以大捞一把,发家致富啦!"

哦!这话的弦外之音不是一个"钱"字吗?钱啊钱,在那些一切向钱看的人们的心眼里,这确实是个大捞一把的好机会,然而,曾泽助却是另有一番心思!

他想起了新中国刚成立时,分了田地,因家中劳少人多,考取了中学而不能就读的情景;

他想起了 20 世纪 50 年代曾荣获团中央颁发的青年扫盲奖章,荣幸地与中华人民共和国人大常委会委员长刘少奇同志的侄孙女刘维孔一道出席省青年突击队先代会的情景;

他想起了在那"一天等于二十年"的年月,由于对粮食亩产几万斤的"号外"说了几句真话,被打成右倾机会主义分子,为逃脱批斗而远走新疆,流浪好几年才敢回乡的情景;

他想起了手举红本本,高喊"穷过渡",农村合作医疗有名无实的情景……

年近半百,世事沧桑。他有喜,有悲;有爱,有恨!于是,从喜与悲,爱与恨中抉择出自己的行动。

——大庸市一个老人来信求药,当得知这是孤寡的五保老人时,他一次又一次地针对病情及时地邮寄药物,直到那老人病愈,他分文未取。

——长沙市一个男青年患此怪病,担心登门求医把症状声扬出去,会影响谈情说爱,求婚成家,他满足了那位青年的要求,一次又一次亲赴长沙到预约的地点,悄悄地问诊,悄悄地送药。

——宜章某煤矿一个职工来信述说家庭经济紧张,要求先付药,而后付钱。他毫不迟疑地寄去了药物,一个多月后,患者确实感到病情好转才汇来了药款。

——长沙市某公司一个姓杨的患者,三年前切除了睾丸,又施行了膀胱造瘘术还是不能正常的排尿。去年5月经在某医大行医的美国教授检查,当结论不可手术,无可救药时,患者悲哀地哭了。后来,经过他精心地照料和治理,几个月工夫,患者拔去了导尿管,抛掉了盛尿瓶,忧愁的脸上挂上了笑意……

就是这样,曾泽勋在所抉择的行医道上,一步一个脚印地履行着自己在日记本上写下的诺言:时逢盛世,光阴可贵。作为一个医生从病人身上所追求的不是金钱,而是事业。

噼里啪啦,鞭炮又响了!曾泽勋的堂屋里又来了客人。这是一位从桃江县某农村赶来的青年,多年来由于此病婚后未育,此一回是专程报喜,请他去喝三朝喜酒的。

啊!术起沉疴。期望着你在鞭炮声、欢笑声中,展现出挖掘我国丰富的医学宝库、攻克医学课题的广阔前景!

(该文发表于《沩江文艺》,并于1987年12月由湖南人民广播电台录播)

斯盛堂主趣闻

——青年农民作家谢繁成才的故事

20世纪90年代的第一个金秋十月,迎来了宁乡县的青年农民谢繁有生以来最激动的日子。这一天,县文化馆、县新华书店披红挂彩,鞭炮喧哗,县委、县政府特在这里为他举办长篇小说《百侠闹江南》的首发式。面对到会的省、市、县有关领导、老师及读者代表,他显得矜持、木讷。尚未开言,先来个三鞠躬致意。

呵!这鞠躬有情、有趣。本文不妨谈谈他的趣闻。

开倒车,辍学高中读初中,碰上个历经坎坷的周老师,斗胆做起了作家梦

20世纪70年代的最后两年。

神州大地春来早!惊蛰未到,春雷先鸣。和风吹,煦日照,草绿花开虫鸟乐。醉人的春光啊,冲破了严冬的窒息,让人感到前所未有的舒畅。这一天,枫木中学某室,有一对师生正进行着十分融洽的谈话。

"周老师,您怎么知道我这篇文章是抄来的呢?"年方十四的谢繁,翻了翻作文本。

"言为心声嘛!"年已四十开外的周老师,一瞥谢繁那鼻梁上的眼镜,"你那零点五的视力,是块当兵的料子吗?可见这不是你的真话!"

谢繁震惊了!他坦率地承认了这篇文章是照抄以往的习作。因为类似《我的理想》这样的作文他从小学到中学不知写过多少次,每次都是写的当个解

放军战士,像邱少云、黄继光一样为保卫社会主义祖国贡献一生。他这样写得到过老师多次表扬哩! 然而,此一回……想到这里,他调皮地反问道:"周老师,您认为我应有什么样的理想呢?"

周老师没有马上回答,"嚓"的一声划燃了火柴,点着了那支自制的喇叭筒卷烟,猛吸了一口,带着笑意说道:"理想是指个人的志向、追求呀! 我怎能代替你说理想呢? 顶多是当当参谋呗!"

谢繁动情了! 摇了摇周老师那靠在木椅上的手臂,说道:"好! 就请您当当参谋,谈谈我应有什么理想吧!"

"当作家!"周老师想了想,回答了三个字。

"当作家!?……"谢繁感到如雷贯耳,两眼一眨不眨地望着周老师。

"是的! 你可以当作家。"周老师再一次吧嗒了几口"喇叭筒"后,滔滔不绝地补充起来,"你不要以为你现在的文章还不怎么样就当不了作家呀! 只要有了志向,吃得苦就会进步的。喏! 平日爱捧捧课外书籍,说明你对文学有兴趣;作文有丰富的想象力,说明你有写作的天分。更重要的是,在你身边有很多写作题材呀! 比如,你妈妈是怎样数十年来当好小学教师的? 你爸爸是怎样参加湘西剿匪立下大功的? 又是怎样参加抗美援朝光荣负伤的? 后来,怎样复员回乡铁心务农的!? 再说你自己吧,为什么要辍学高中读初中呢? 这就体现了你有特殊的个性,如果把这个性用在执着的事业追求上,能不有所作为吗?"

谢繁折服了! 他真钦佩这位周老师,在他转学后短短的一个月时间内,对他的情况了解得如此清楚。不由得,脑海里浮现出往年冬天的一幕——

丁零零的铃声响了,某某高中的食堂里攒动着人群,学生们在叮叮当当的节奏声中开始了晚餐。突然女同学 A 来到了谢繁的桌前,一把抢过他手中的搪瓷饭碗,说道:"你怎么偷了我的碗?""偷?"谢繁感到受了侮辱,便开口骂起来:"瞎哒眼吗? 这是你爷老子的碗!"于是,在对骂声中引来了 B 老师。B 老师首先询问那碗的特点,双方都把碗的大小、颜色、图案说得丝毫不差。B 老师又问有什么特殊记号,作为男孩子的谢繁,平日粗心得很,只说这碗是他妈的奖品,班上有同学可以做证,他一直用这碗蒸饭,只因星期六回家了才有几餐没端这碗吃饭。A 同学呢? 说她的碗上某处有一个小小的搪瓷疵点。B 老师一查搪瓷,果真有个疵点,于是就把碗判给了 A 同学。谢繁哪里肯服,一把抱住碗就是不给,B 老师批评他,便与 B 老师对骂起来,闹得个事情难以收场。尽管事后有同学反映 A 同学的碗丢失了好几天,那特殊记号是谢繁回家的那个星期六寻到这只碗吃饭时才记下来的。但事情已成为过去,B 老师也没重新结论,就此不了了之。于是,谢繁感到受了耻辱,一气之下,从高中辍学回家再读初中,发誓来年另考学校……

这就是他的特殊个性。周老师所指的"个性"能与事业有多少关系,年幼的他说不出,讲不清。他听人说过周老师的坎坷经历,前些日子,当过"黑鬼",挂过"黑牌",因而,今天斗胆与学生谈起成名成家来,是毒害吗?是启迪吗?年幼的他也说不出,讲不清。奇巧的是,他在晚上做了个梦,早春二月,他家屋后的山茶树盛开着茶花,花香四溢,招来了漫山飞舞的蜜蜂,采花酿蜜。于是,他兴致勃勃地朝后山跑去,可一开步,醒了! 自己觉得好笑,因为他是个农民的儿子,深知山茶花不在春天开,这梦啊,真是奇特!

男寝室内四才子闲聊,"散文家"夸下海口,要填补文学史上的空白

夜,很深了,一轮圆月悄悄地爬上了房顶,宁乡一中的男生宿舍早已鼾声浓浓,唯有某寝室的谢繁却辗转反侧,夜不能寐。此时此刻,他的脑子里所浮现的就是上历史课时刘老师(现任某大学教授)那期待的神情和激昂的话语:"南宋初年的洞庭湖钟相、杨幺起义,要算我国历史上一次最早彻底反封建的农民起义,它既反贪官又反皇帝,无论从规模到影响都要胜过宋江、方腊的起义。然而在我国文学史上,至今还没有一部像《水浒》那样的文学作品去反映这一重大历史事件。同学们,你们能不能在不久的将来去填补这个文学史上的空白呢?"由此,他勾起了一串串回忆。

真是无巧不成书啊! 初中阶段,碰上一位周老师,培养了他浓厚的写作兴趣。当年,那一次次作文竞赛,他获得的奖品,按练习本、文具盒、包尖钢笔(即三、二、一等奖品)一个个档次地提高,特别是在一次写作活动中,这位周

老师还将他的文章印发给全校学生,并逐段逐句地进行评讲哩!高中阶段,又是碰上了一位周老师,学生作文分正本副本。副本略改,正本详批。对他呢,正、副本一一精批细改。两年来,他的文章不但在班刊、校刊上经常出现,而且有散文《校园的竹林》在上海的《少年文艺》杂志上发表。于是,同举们悄悄地送给了他"散文家"的美称。

哎呀呀!散文家!这"家"果真有这么容易得来吗?他猛然用手拍拍自己的脑袋,接着又一个翻身。不料双脚撞在狭窄的单人床沿上,发出"砰"的一响。

"怎么啦?散文家,没摔伤吧?"同室的何同学、肖同学、李同学几乎是同时地从床内伸出头来。

谢繁闻声,笑道:"哈!一个信号召之即来,原来你们都未睡着哟!"

"是呀!不知为什么,我脑子里总是在回想今天的历史课!"美称"演说家"的肖同学(现任某中学教师)率先回答。

"敢想就当敢为呀!'演说家'你就去立志填补这个文学史上的空白吧!"美称"活动家"的鲁同学(现任某区团委书记)马上接腔,言语似嘲笑又像激将。

"人贵有自知之明嘛!我不敢为,'活动家'你敢做吗!"肖同学认真地辩解着,"但我在想,这个空白呀,如果能由我们'杂文家'和'散文家'去填补该多有意思啊!"美称"杂文家"的何同学(现任某报社编辑)平日颇爱舌战,此时却迟迟不答言。当人家点到他的姓名时,才一本正经地说道:"填补空白,读何容易呀!本人虽没这个著书立说之志,但如果以后谁写了这样的书,倒是愿意写写评论!"

此时的谢繁再也按捺不住心中的激情,一翻身爬起床来,说道:"我想去试试,想必各位不得笑话我夸下海口吧!"

"行啊!有志者事竟成啊!"李同学不愧为"活动家",只见他一骨碌跳下床头,取下墙上的水壶,分别给各位递上半杯冷开水,俨然如是地说道:"为我们'散文家'的未来成就,干杯!"

"干杯!"叮当一声,四只茶杯相撞了,窗外那清明的月色映照着那四张充满激情的脸,融汇着那四颗冒着火焰的心……

虽羞红了脸,却找到了路。在一个偶然的机会,他当真当了一次"小偷"

人生的道路是坎坷的!20世纪80年代的第一次高考,他落榜了。他并不悲观、气馁,因为他想到了年老体弱的爸爸耕种责任田的艰难,也想到了工资微薄的妈妈供送三个儿女上学读书的拮据。于是,他毅然地回到了家里,将那小小的卧室当书斋,命名"斯盛堂",自称为"斯盛堂主"。农事之隙,贪婪地阅读古今中外的名著。白天过了,电灯下、油灯边、蜡烛前……

读得多了,自然想写。生活中的见闻,有感即发。或诗或文,一首接一首,一篇又一篇。写多了,装订成册,画个封面,命个书名。扬扬自得地请这个读读,求那个评评。父母亲不懂文学,常被他弄得无所适从,不可开交。于是,他妈写了封信给在县文化馆"爬格子"的老同学,要求给他辅导辅导。那位老同学自知盛情难却,又把他介绍给馆内的几位同行。同行们恪尽职守,及时地给予了指点和鼓励。县刊上发表过他的文章,评奖时给过他奖金和荣誉证书。谁知这伢子"野心"大得很,刚有几个小块文章变成铅字,就写起长篇来。一日下午,他风尘仆仆地跨进了县文化馆的办公室,递上了一叠足有寸把高的稿件,带点口吃地说道:"这……这是我写的长篇小说,刚从出版社来,编辑说要先交给文化馆的老师看看再推荐上去……"县文化馆的老师一翻那个稿件,哎呀密密麻麻,涂涂改改,并且是用小学练习本写的,谁看得清楚呀!有个老师看完几节后,委婉地说:"小谢呀!你年纪小,生活经历有限,还是不忙于大部头著作,先写些豆腐块块小文章吧!"只有他那位妈妈的老同学,依仗着人熟,不顾面子,当头泼了一盆冷水,说道:"谢繁呀!先把路走稳,再学跑不迟呀!"

他羞红了脸,"嗯"了几声,去了。

此去何方?——烟波渺渺的八百里洞庭。他在寻觅着当年钟相、杨幺的足迹,搜集着当年农民英雄的材料。他寄住在沅江团山的姑姑家,历时数月,湖汊、码头、沙洲、围坑,他都去过;砍柴、捞虾、帮工、担脚,他都干过;渔民、农夫、大商小贩、和尚、道士、游民、乞丐、八字先生、江湖艺人,什么三教九流的人他都会过。此时,他才真正觉得世上无奇不有,生活五彩斑斓,一个人要真正著书立说,是该有扎实的生活基础和知识积累。

难怪县文化馆的老师说话那么坦率。

一次,他在一个新结识的朋友家看到了两本书。一本是有关钟相、杨幺起义的历史资料,一本是反映南宋民情风俗的小说。真个是踏破铁鞋无觅处啊!他对这两本书爱不释手,当晚就在这朋友家读了个通宵,可还有厚厚的一本没有读完。他真想再借上这两本书细读它三五十天,然而,事与愿违。这位朋友的书是借了某图书馆的,期限一延再延,已引起了某图书馆的电话警告。无可奈何,他便把书中有关钟相、杨幺起义的几页文字撕了下来,据为己有。自我解嘲地说道:"读书人偷书不算偷,'窃书',且让我谢某违心地当一次孔乙己吧!"

曲训班遇上了"观世音",写在算术练习本上的文稿搬了家,从此步入了好运程

谢繁自费去外地搜集写作素材的行为,感动了县文化馆的老师,无疑对他倍加关注。1986年暑,长沙市曲协应邀来宁乡举办曲艺创作培训班,县文化馆的老师却将他这位文学作者也请来了。培训期间,尽管他没写出什么弹词、快板之类的作品。但是,他带来的那部有关钟相、杨幺的章回体小说《南"水浒"》(即《百侠闹江南》的原始稿),赢得了与会作者及辅导老师的争相传阅。

于是,市曲协的魏主席热情地找他会谈,了解他宏伟的创作规划以后,关切地询问他有什么困难,平日颇为举止大方的谢繁,此时却变得像大姑娘一样腼腆,双手捏弄着文稿,傻呆呆地摇了摇头,仅回答了两个字:"冒得!"其实,市曲协的领导早已看出了他经济的拮据,便赠给了50元人民币和一百刀稿纸,要求他将原稿从算术练习册上搬家,并热心地为他的作品推荐出版社,联络编辑部。

按他自己的话说,打那以后,他碰上了"观世音",步入了好运程。初稿刚刚写上二十来万字,湖南文艺出版社的黄社长带着重病接见了他,并邀上几位编辑,几次召开座谈会,为他的小说构思出谋划策,指点迷津。

然而,一年以后,正当谢繁那长篇大作进入创作高潮之时,这位荣获过省

劳模的出版社领导兼老师,不幸被病魔夺去了生命。他闻讯即赴省城,面对庄严肃穆的灵堂,他想起了这位已故的黄社长对一个素不相识的无名小卒所倾注的一腔心血,忍不住泪如雨下,他真有多少感激之情、惜别之意要倾诉啊!从此以后,还会有这样的好人一如既往地倾注心血,浇花育苗,使他这刚刚萌芽的小生命不至于夭折吗?此时,就在此时,出版社的弘社长来到了他身边,传达了已故者的生前遗愿,表达了继承人的美好心意。

于是,他的小说确定了责任编辑,纳入了出版计划。于是,他在编辑的精心指点下,战严寒,斗酷暑,两改书名,三易其稿,为让一个个农民英雄跃然纸上,九十万字的初稿,精删了三十万字有余。

于是,他的这种坚持自学成才、立志繁荣社会主义文艺的精神,得到了县委、县政府领导的肯定和鼓励。书尚未出版,他就年纪轻轻地当上了县政协委员,荣幸地与本县的知名人士坐在一起,参政议政。共商国是!

本当在斯盛堂内"闭门造车""友朋不见",却偏偏于夜静更深之时,非得出门不可

这是在一个星期天。

多么难得的星期天啊!几年来,他实在太忙了!既种责任田,又当代课教师。虽然小学毕业班的教务繁杂,但他能见缝插针地坚持写作和自学进修。短短的几年函授学习,他顺利地通过了中师合格考试。获得了中专文凭后,又正在夺取高师函授大专文凭哩!做这样集教学、农事、写作、进修为一体的谢繁,是该有个特别的作息时间表啊!这就是晚点儿睡,早点儿起。不论寒暑,晚九点至凌晨一点是他的最佳写作时间,夏日蚊虫叮咬,他用麻袋扎住脚;冬日严寒刺骨,他用棉被围着腰,裹着足。因为写长篇小说不像写短篇文章,一旦某个情节或构思认可,就必须一气呵成,延搁了就会写得不如人意。就是在这个星期天,他的小说写到军师谢成英赴京赶考落第,义军请其上山未就,谢成英来了个削发为僧。接下去该怎么写呢?卡壳了!几天来,他一直没想出个办法。可偏偏在这期间,妈妈对他的婚姻大事关心升级。原因是眼看他二十好

几了,前几年有人为其介绍过文妹子、红妹子、莲妹子,都被他冷落开去,另选儿男。而今这位彩之姑娘,是他的同校教师,年龄相近,品貌皆优,且对他早有爱慕之意,只要他敞开爱恋的闸门,就可能获得情真意笃的终身伴侣。然而,他眼下要追求的是事业的成功啊,婚姻大事确实还没有认真地想过。所以,正当的教学活动时间,他与彩之姑娘商磋互助谈笑风生。但一到课余或假日,他就成了"正人君子",不苟言笑,潜心地躲在那斯盛堂内忙他的小说创作。彩之姑娘来访,见到门口那间"闭门造车""友朋不见"的字样。只得大失所望地离去。

就是在这个星期天。他回家干了一天家务农活。先是担完了一栏猪粪到田里,再去米厂打了一担米,下午去责任田治了一次虫。上自留地挖了几块土就天黑了,实在太累了,便躺在凉床上休息。

突然来了点灵感,便起床继续写起小说来。写到晚上十一点多钟,忽听屋外汽笛长鸣,屋外有人高声大喊担化肥,他知道定购的化肥运来了,不及时担回,几十元钱的预订金就会丢在水里,晚稻生长也会受到影响,于是,他毫不犹豫地奔出家门,一百公斤化肥一次担回了家,只是两华里路程歇了十肩。肩痛了,腰酸了,全身汗透了。等他洗过澡坚持把那想好的情节写完之时,天已经大亮了!

这是他一个星期天的工作流水账。数年来,他就是在这样紧张而又艰辛的日子中拼搏,进取!记得在长沙教师进修学院的三年进修期间,他因属代课教师,一切只能自费,无疑在清贫之列。开餐了,人家买鱼买肉,他就买几个馒头,蹲远点吃;课余了,人家逛街、游公园,或进"卡拉OK"歌舞厅,他却在阅览室内潜心攻读。有次为了拼命地挤到食堂窗口前买饭菜,他蓦然想到自己的现状,便给自己写下了这样的一首诗:挤/饭盒碗盆/口哨歌声/沉重的负荷/本该挽住人生的航船/却砍断了心中停泊的缆绳/不为文凭,为了我的追求/为了人生航船永不沉沦/挤呀挤/挤向那人生的窗口/我理想的目标啊,已亮出了明灯!

(该文发表于《汨江文艺》1991年8月)

一个文化老兵的自白
——古稀影碟解说词

  我出生在炮火纷飞的抗日战争年代,成长在五星红旗之下。记得新中国成立之时,我刚刚启蒙入学,老师要我和一个女同学演《小放牛》。在那千多人的乡民大会上,我体验到掌声和赞誉的味儿,便爱上了文艺。只要老师安排演出,不管主角、配角,我皆受宠若惊,乐意为之。往后在语文老师的感染下,爱上了写作。16岁在省级刊物发表处女作,梦想成个作家。课余捧起了厚本本小说,假日在书店柜前一待就是半天。数理化课偷看小说,体育课公然带上小说,轮到我做完某项训练,就看小说去了。故而,体育老师对我很不"感冒"。有一次考试跳舞,我十分得意地表演后,体育老师大声评论说:"吴新邦同学跳得不错,可以记优秀。但连体育课都带着小说,这样实在难看,所以记个及格。"于是,同学们咕哝了,发笑了,我的脸也火烧火辣了。

  吃一堑,长一智。往后虽有所收敛,但痴情难改,仍然钻山打洞地看书,看书!书看多了就有了写作冲动。写得多了,忍不住往外投稿。稿投多了,"瞎狗子撞屎",偶尔也能收到某报刊,或者某电台付来的几元钱稿费。这对于我这个每学期五块钱书籍费都交不起,要到县农场打工挣钱的师范穷学生来说,既是财源,又是一种文学修炼。然而,年轻气盛的我,却不知天之高也,地之厚也!写作刚刚起步,就满以为入室升堂瓜熟蒂落了。中师毕业,当上了老师,教学之余就闭门造车,写什么长篇小说《长大成人》、长篇叙事诗《爱》,自以为大部头著作一出笼,就是响当当的作家了。谁知碰上了那场史无前例的"文化大革命",我被打成黑帮,连卧室的蚊帐上都贴满了大字报,吓得屁滚尿流,惶惶不可终日。

作家梦碎了！我害怕再惹麻烦，把一套六十多本的木刻线装书《康熙字典》也当废品卖了。因为那属于"四旧"，焉在不破之列呀？

为了保住饭碗，我曾有意忍耐写作的心头之痒，有感不发，有文不作。可是，不行呀！那年月怕的是被"专政"。学校领导安排我编写宣传中心的文艺节目，能不从令吗？有次，公社党委书记当众把《三线建设的好民工罗专才》的事迹交给了我，说什么一个星期之内，公社千人大会上，要看我们学校演出《罗专才》的戏。我疯了，一个通宵写出剧本，再配上几曲花鼓调，便与几位老师、同学日夜突击排演。第七天，真的给大会演戏了。其实，那叫什么戏呀，只不过是一种变换形式的宣讲材料罢了！可偏偏公社书记大大地表扬了我们学校。虽没表扬我，但也觉得挺荣光的。

奇怪！那年月不兴教学，却兴唱戏。于是，我心血来潮给学校的文宣队编了几个反映社会新人新事的小戏，为了能快速地演出，我曾在自编的剧目里演过青年，演过老头，演过坏蛋，还演过老妈妈。这种反串，本来在戏剧舞台上是常见的，梅兰芳先生不就是著名的旦角嘛。可是在当年，也有人指责我扮演"老妈妈"是怪物，投以讥笑和冷眼。只因我演戏的瘾重，对于别人的评论不屑一顾。

尔后，区联校的领导也找上了我，多次编出小戏赴县参加文艺会演，获得了一些奖项。1972年1月，我编写的小戏《巧遇》获得了县文艺会演一等奖，且代表县去厂矿慰问演出。由此，县宣传文化部门的领导看上了我，3月选送我参加益阳地区戏剧创作培训班。结业后，借调县革委文化组从事戏剧创作。年底，正式调入县工农兵文化室担任戏剧文学专干，主攻戏剧，兼顾其他。一干就是28年，直到退休。在此期间的我，四处求学结交名师学技巧，游历名胜观摩艺术长见闻。下乡进厂采访英模获题材，挑灯自学激情创作惜光阴。真是天时地利人和呀，不出点成果怎有脸见江东父老呢。实不相瞒，我先后在60多家报纸杂志、广播电台、电视荧屏、出版社和公民办剧团，发表、公演或录播的大小剧本42出（含小品），另有诗歌、小说、散文、曲艺、民间故事、理论文章及连环画脚本等300多件，约200万字。其中，有9件获省级奖励,29件获市(地)级奖。至于多少次获县级奖励就免谈了吧,因为本人曾任17年县文化馆馆长,常年坐在评委席上,近水楼台嘛,自然会厚着脸皮给自己投上一票的。

上面那些成果,以前我从没对旁人说过,因为这是"老鼠子爬秤钩——自称自",人家听了会肉麻的。而今人老了,爱"翻古",便在自家人面前提起了。昔日的辉煌,意在激励亲人努力拼搏。谁知这一说,老伴含笑不语,女儿低头无言,只有我那小孙子童言无忌:"爷爷,我看过你一些文章,说是作家,我信!但不是剧作家。电视里播过那么多戏,可没看到你的名字呢!"一语中的,真让我难以作答。回忆我那得意的剧目《希望的田野》,是本县文艺史上第一个晋京的大型现代戏,1992年4月在首都人民剧院演出后,得到文化部艺术局奖状,中央电视台新闻报道,《人民日报》发表了剧照,《光明日报》和中央人民广播电台发表了评论员文章。在《中国戏曲史·现代戏史》和《湖南戏剧史纲》《长沙年鉴》皆有记载,并获长沙市第四届优秀文艺成果奖。能不说本人当年在戏剧舞台上也曾风光过吗?然而,当年只要花几百元就可留个影碟资料的我,没有这么做。而今小孙孙质疑,有何话说呢?

感谢朋友的好心,在我退休之后,将我写的几个小品进行了现场摄录,并赠予影碟。乡里狮子乡里耍,别有一番情趣。常在家中播放,也算给小孙孙一个答复:"爷爷是编剧的,低档的剧作家呗!"

今日,70岁了。我真高兴,特将此碟复制一些,作为礼物赠给朋友和亲戚,意在诸位休闲时付诸一笑,欢乐欢乐!

献丑了!望诸位赏点面子,捧个人场,看一看吧!

(该文为2011年正月拍摄的《古稀影碟》撰写)

附：散文存目26篇

祁东人做寿酒	1991年1月《宁乡报》副刊
幽默师兄	1998年8月为好友周后昆《坛盖集》撰稿
喻东升烈士(与潘定国合作)	1987年11月湖南人民出版社《宁乡人民革命史》
碑	1980年3月《湖南日报》副刊
花明留绝唱 浓情奠国魂 (与姜福成合作)	1999年7月《湖南广播电视报》
起步者的佳音	1989年5月《宁乡报》副刊
我还是个刚刚起步的学生	1989年6月《长沙文化报》
一个农民作家的诞生	1993年3月发表于长沙《楚天星》
斯盛堂主其人其事(与戴爽飞合作)	1993年11月《湖南农村报》
宁乡县文化馆馆史	1986年12月出版的《湖南省群艺馆、文化馆概况》
剧作者的情思	1991年12月《湖南映山红报》
花明楼遐想	1998年11月长沙《楚天星》
花明楼小记	2002年2月《芳草》杂志《新世纪星杯全国少儿文学大赛获奖师生作品选》
神秘莫测的灰汤文化	1998年11月《湖南工人报》
杂枝花开	1998年7月《湖南日报》
真情倾注夕阳红	2003年在县老干部演讲赛中获奖
柳暗花明寓此楼	1998年6月长沙《楚天星》
一位稽查战士的风采	2006年长沙地税系统演讲赛获奖
窗口阳光璀璨	2007年11月《今日宁乡》副刊
灰汤之名的由来	1998年11月《湖南工人报》
花明楼史话	1998年11月《湖南工人报》
我国的四大温泉	1998年11月《湖南工人报》
奇特的碑志	1980年4月广东《作品》并于1999年入选湖南人民出版社《长沙文学艺术精品库》(散文卷)
热泪赋	1980年4月《长江日报》副刊
美龄宫逸闻	2000年第2期《沩江文艺》
花明楼怀念	1980年3月《长江日报》副刊

第二部分

DI ER BU FEN

小说故事选

A辑

小小说

虎山赴任

虎山乡的党委书记真难当！十个月内，换了两个。一个被吓下了山，一个被轰下了山。"下山"之人都这么说，"虎背"难骑！路难走，事难办，人难交，尤其是与那位烈士遗属、乡人民代表洪七奶奶打交道呀，更是难上加难。李平却不信邪，竟主动请求县委安排到虎山乡任职。

这一天，李平赶到虎山区委会报到，已是傍晚时分，去虎山乡的宿班车早已开出。李平只身独个地走上了羊肠小道，这是条直通虎山、比盘山公路足足近三十华里的捷径。落日的余晖渐渐地消失，偏僻的山冲渐渐地看不见农舍，闻不到犬吠。除了他和那手电光下的身影外，就是深山老林中不时传出的一二声猫头鹰的哀鸣，真让人感到毛骨悚然。但他还是麻着胆子向前走着，走着。

大约过了一个时辰，前面有个人影，李平匆匆赶上前去，一见是个年过花甲的老爹爹背着个鼓囊囊的布袋，忙关切地问话："老人家，背的什么呀？"

"大米呗！"

"买的？"

"不是！我山下亲戚借的。"

听到这个"借"字，李平的心战栗了一下。从今往后，他就是虎山人民的父母官了，全乡九千多双眼睛盯着他要吃、要穿、要老婆、要孩子呀！

想到这里，李平便不容分说地背起了老爹爹的米袋，一边照顾着老爹爹走路，一边询问老爹爹山上种植木耳、香菇，开发竹木、笋干的情况。俗话说，靠山吃山，靠水吃水。他这个从农学院毕业后当了五年农技员、三年副乡长、两年乡党委书记的年轻干部,虽在大湖乡创造了由穷变富的典型,但那是湖乡,这是山区,水土异也,一切得从零开始啊!所以,他不愿放过这一路同行的机会,问这问那地调查个没完。

忽然,有两个人从李平身边走了过去,他捻亮手电,喊了一声:"谁呀?"

"是我……我们呀!"

对方有点慌张地答了话,这是一对年轻夫妇,走路鬼鬼祟祟的。于是,他敏感地折转身,拦住了去路,问道:"两位同志,你们这是躲什么?"那女人没答话,男人却主动求情了:"干部同志呀,为了建房,我们在山上只是砍了一根树!"身边的老爹爹也在一旁感叹着:"唉!没办法!你们当干部的就做个好事吧!"他正想讲一番道理,不料还未启齿,那妇女却在他手里塞了点东西,说道:"请收下这点小意思,放我们下山吧!"手电光下,他看清了这是一张百元的钞票,便退还原主,道:"同志,我要的不是金钱,而是政府规定,不能这样乱砍滥伐呀!"沉默了一阵,那男的软中带硬地说道:"干部同志,何必这样呢?就是碰上了新上任的李书记,也会给我家奶奶这个面子的呀!"

"唔?你家奶奶是谁呀?"

"你还不知道吗?"老爹爹插话,"就是我们虎山乡有名的洪七奶奶呗!"

"哈哈哈哈!"李平开怀大笑了,"别糊弄人了!我敢说,洪七奶奶她老人家是不会求我给这个面子的!"

"你是新上任的李书记吗?"

"我就是李平啊!走走走,有什么话当着你家奶奶说去!"

话音刚落,一束雪白的手电光朝李平射来,随即传来了粗重洪亮的问话:"小英子呀,李书记接来了吗?"

"人是接来了!"那妇女答道,"可他硬不给你面子呀!"

"哦,哈哈哈哈,果真名不虚传哟!俺虎山有希望了!"

一听这话,李平顿时领悟到了刚才所发生的一切,便满怀激情地走向眼前的人群。

(该文发表于1996年5月《长沙党风政纪》副刊)

王法官烧香

王法官领着同伴小张、小李兴致勃勃地游览衡山。

爬上峰顶,一览众山。

突然,香烟缥缈的祝融寺,刻毒挖苦的对骂声打碎了他赏景的心境。

"厚着脸皮开价,抹黑良心要钱!"

"小小气气压价,烧香拜佛没钱!"

王法官走上前去,见一买香老头与卖香妇女吵得脸红脖子粗的,引来了好奇的众人围观。出于职业的本能,王法官便主动地问话:"同志,你这香多少钱一把?"

卖香妇女见了大盖帽,似有警觉,捂捂香篓,后退一步,迟迟不作回答。那买香老头却像遇到救星,赶忙告起状来:"噶!一十三元三角,我数了的,一把香三十三支,要合四角多钱一根。法官同志,你说说这样买卖,算合理吗?"

"谁不合理呀?"卖香妇女有点紧张地辩驳着,"买卖自愿嘛,我又没强迫你买!"王法官望望嫂子,和气地转向老头:"大爷,您嫌贵就莫买吧!"

"可是我……我……唉!"买香老头垂下了脑袋,"唉!十年前我来这里,一把香三角三分,去年听说已涨到了三元三角,而今年……哪有这样的涨法呀?"

"这还不明白吗?图个吉利呗!求神拜佛选个三字,除灾灭难,吉祥安泰。现在什么都涨,当然香也得跟着涨喽。香贵显意诚吧。"卖香妇心安理得地解释。

"哈哈！同志呀，"王法官笑着反问，"按你的说法，以后再涨，你即使要三百三十三元钱一把或三百三十元钱一把，也都是让顾客图吉利啰！"

"嘿嘿！那倒不一定呢。"卖香妇女瞟了瞟王法官及其同伴，唯恐言多有失，忙改腔换调，"唉！事非经过不知难呗。我这香呀，全靠手工制作，工艺流程杂哇！从采料到加工，要斋戒素食，还要洗澡净身哩。若是亵渎了神明，买香人烧了不会灵验，卖香人也会被圣帝爷爷惩罚的！"

"唔？……"王法官似乎抓住了契机，反问道，"圣帝爷爷真有这么灵验吗？"

"灵！灵！"卖香嫂子恢复了原来的神态，也神气活现起来，"若不灵，这祝融寺能有这么多人烧香拜佛吗？"

"既有这么灵验，我也烧几炷吧！"王法官眨了眨眼，掏出两元钱来。

"买三根？"卖香嫂子大惑不解，不接钱也不递香，因她第一次碰到这样的生意。同伴小张、小李虽知王法官从不信神，但猜不透何意。

"行！行！"卖香嫂子递上三根香，只收了六角钱，并笑嘻嘻地说道："嘿嘿！法官烧香，对折优惠。但愿你能得到好运气！"

于是，王法官领着卖香嫂子、买香老头笑吟吟地走进寺内，后跟着小张、小李。嘀！大盖帽烧香拜佛，围观者顿时里三层外三层。

王法官从容地点燃香，像煞有介事地半闭双眼，合掌祷告："圣帝爷爷呀，本人姓王，是基层的小小法官，刚才见到一买卖纠纷，是否香贵意诚，怎样明断人间是非？本法官不好判决，特烧香三炷，移送圣帝爷爷明察。"说罢，朝众人一揖，领着同伴小张、小李头也不回地走出寺门。

（该文发表于1996年2月《宁乡日报》副刊）

罗满爹的悲喜剧

鸡刚报晓,罗满爹就连声呼喊睡在侧屋的孙子:"毛毛,卖菜去呀!"可是,毫无反响。他婆婆便埋怨道:"要你买只闹钟,你不肯,硬要咯样喊渡船一样!"他却回答:"你晓得么子啰!买钟表不如买公鸡。公鸡老了,杀了吃得;钟表坏了,是坨废铁!"婆婆不服,仍在嘀咕:"哼,只有你会算账!"

不错,罗满爹是南郊村内最会算账的。一个月前,他算了三笔账:一是蔬菜自营比给菜贩划得来;二是自带干粮比进餐馆划得来;三是让自家人当助手比请帮工划得来。

于是,他的孙子毛毛小学四年级就辍学了。当时,他儿子、媳妇及婆婆都不同意,他又算账:读一年书要多少钱,一直读到大学要多少钱;若是考不取大学白花了多少钱;即算大学毕了业工资又只有多少钱;如果让其帮工卖菜,则可省多少钱,赚多少钱。

一个月来,他觉得毛毛聪明能干,只是贪睡,每天早晨不喊就不起床。但一想,年轻人谁不爱睡懒觉呀?自己年轻时不是一样吗?于是,他悄悄地洗了脸,备好干粮,便去门角摸扁担,准备外出装好菜担再喊毛毛。

屋外突然传出"嘻嘻"的笑声,一根扁担塞到了罗满爹手里,原来毛毛早就起床把菜担准备好了。

公孙俩喜滋滋地来到农贸市场。毛毛争先叫嚷起来:"萝卜萝卜,最早上市的萝卜!"罗满爹忙补充嚷道:"萝卜可以防癌呀!要得无病,多吃萝卜!零售价每公斤4角,整买5公斤优惠!"在这热情的叫卖声中,罗满爹的生意特别顺意。

"请称一点儿萝卜吧！"一个中年妇女来到担前。

"2.2公斤，8角8分钱。"

"请开个发票吧！"

毛毛这下傻了眼。虽然跟着满爹做了个把月买卖，可还是第一次开发票。他抽出笔，拿起纸，不知如何下手，罗满爹忙启示道："先写萝卜捌角捌分，再写明你的名字和时间就行了。"于是，毛毛在纸上写着：罗婆八角八分。那妇女看了，说："呀，不行！数码字要大写。"毛毛一听，忙答：好！我写大点就是。说罢把那两个"八"字填得又大又粗。那妇女急了，忙补充道："不对！是有提手的那个大写。"毛毛听了，便马上在"八"字左边加上提手，于是变成了：罗婆扒角扒分。

那妇女笑了："小伙计，你这不是写的发票，而是写的罗婆婆当小偷呀！哈哈哈哈！"

这一笑，惹得旁观的顾客也都笑了。

罗满爹也跟着笑了，只是那笑容像哭！

(该文发表于1989年8月《长沙晚报》副刊)

黎艾娜正名

把黎艾娜喊成"恋爱烂",不知始于何月何日,且这雅号一喊就出了名儿,似乎不要申请专利。可不是吗?在机修车间内,除了刘支书和王主任外,直呼其真名的不多,喊其绰号的倒时有人在。尽管有些同行出于礼貌或怕伤感情,未曾直呼那不雅的名字,但见了面也常以"小恋""小爱""爱娜"之类的称呼来掩饰其戏弄和嘲笑。她听罢,虽知对方良苦用心,但也找不出由头还击,只得坦然处之。

唉!这该怪谁呢?她今年才20岁,参加工作仅两个春秋,恋爱史却可与工龄画等号,恋爱过的青年满哥莫说有一个连,少也有一个"加强排"了。实不相瞒,"每周一哥""一周几哥","公园谈上舞厅散""舞厅攀上影院吹"的事例确曾有过。其"崩"了的原因只有一个,就是对方无能帮她跳出这又脏又累的机修车间,无能为她那苗条的身材不变粗、白嫩的手足不变色而出力献策。为此,刘支书和王主任曾找她谈话,讲了些爱情、事业方面的道理。她听着,头虽在点,心里却在嘀咕:"人各有志嘛,多谈了几个朋友,一没同居鬼混;二没缺勤误工,与《婚姻法》不相背,与'自由化'挂不上钩,我怕个鬼哟!"就是这种思想支配,弄得领导和同事们对她无可奈何,未婚的青年满哥们也一个个望而生畏,爱而却步。于是,门庭冷落车马稀,约会者少了,造访者少了,她自己也着慌了:"自古只有藤缠树啊,难道要变成树攀藤吗?"

不错!黎艾娜也曾有过这样的主动。那是在两个月前开展城市社教以后,市劳动模范文明同志被请进他们厂作报告。她走进会场,不由一惊:"呀!多帅的小伙子,年轻轻就成了市劳模,人家干一辈子还想不到哩!肯定是哪家干部的子弟!"可是,随着文明同志款款动听的报告,她脸蛋发烧了,眼角湿润了。原来他是个清洁工人的儿子,祖辈几代都是干的那一人脏万人洁的活计。特别是当听到他大学毕业后,为了继承父业,而毅然与未婚妻告吹,至今还当着光棍的事例时,她不由得心潮澎湃,脸儿发热,而且一个念头陡生,她要……

会散了,不少青年伢妹子拿着笔记本上前去请文明同志签名留言,黎艾娜也跟着去了。文明同志首先热情地询问了各位的名姓,然后挥笔写上互勉的名言或警句。当问到她的名姓时,一位调皮的满哥"嗤"地一笑,答道:"她的名字特别哩!"她听罢,却是一本正经地说道:"不特别!我不是'恋爱烂',名叫黎艾娜,从今往后请大家看我正名啊!"

(该文发表于 1991 年 12 月《宁乡日报》副刊)

送别

他调走了,仍在这小小的县城,仍是那科员的级别,仍干那舞文弄墨的行当。

她为他送别,从办公室送到大门口,直到他消失在街道转弯处才没再挥手,此时的她脸上虽挂着笑,但怎么也掩饰不了心中的另一番情感。十三个月内,她这个小小的县文化馆长,先后为五位同事送别。多么严重的水土流失啊,焉能无动于衷?

A老头子,副研究馆员。数十年编刊、办班,培训了多少文学新苗啊,可年过花甲,人事局已批准其光荣退休,身为馆长,能饶人岁月吗?

小B妹子,胸前还挂着闪光的团徽,就曾三次获得省级创作奖励,多有前途的年轻画家啊!可已决心南下弄潮,闯荡事业,身为馆长,能损君前程吗?

瘦子C,能说会道,德才兼备,尤有组织能力。多好的第三梯队人选啊!可被外系统看中,多方面商调,未到任就委以某某 新职务。身为馆长,能说不吗?

胖子D,工艺美大自费学生,毕业后应聘本馆从事本行职业,可谓如愿以偿啊,但因馆内不能解决转干问题,一年不到,苦笑而去,身为馆长,能奈何?

眼前的他,更是非凡。她属马,他也属马,但阎王爷没赐同庚,她比他大十二岁,且早一个年代到文化馆爬格子。是她从大叠的稿件中发现了他这位"做一天吊吊工"只能换个把鸡蛋的田秀才,于是,县、市的写作班、读书班、培训班,她都忘不了推荐他参加。县剧团缺编剧,领导想调她去,她口里推说体弱多病，不适应上山下乡四处奔波，请求组织照顾，心里却在想着那位无靠山无背景的青年人跳出"龙门"，于是，她推荐他实现了她的愿望。后来，他调进了文化馆，她当上了馆长。又是她鼎力支持他进大学深造，脱产学习期间，工资、奖金等等方面，尽量给予关照。后来他转干，他入党，乃至让他当上她的副手，她都竭诚出力。为此，曾有人窃窃私语："嘻，老帮着他，不知道是什么亲戚！"她闻讯坦然一笑，曰："非亲非友，不过是属马者喜马，同行者有共同语言呗！"确实，任凭内查外调，也只能这般结论：她和他纯属姐弟之情，同志之亲，没有任何狼狈之举。虽两家比邻而居，却很少情来礼往，请吃接喝。后来，馆里经费困难，堂而皇之的全额拨款事业单位，因县财政困难，空缺部分靠自我创收。于是，她和他精心磋商，开辟了 N 个有偿服务岗位。为做表率，她改行使钳子、拉锯子，承接招牌灯箱业务；他转业开机子、抹凳子，欢迎卡拉 OK 客人。虽如此，但念念不忘旧业，谁送稿件而来，像来了亲人，请喝茶，请抽烟，甚至还请吃饭，阅稿改稿，均以送稿者信任、器重而怡然自乐。P 厂有办公室主任爱玩点文字，就去那联系办个工人文学班；Q 乡有农村青年成立文学社，就去那进行写作辅导讲座……，似这样，尽心竭力地支撑着自己的门面，耕耘着自己的园地。然而，一年一年地过去，单位总摆脱不了经费上的赤字，而且赤字越来越大。唉！黔驴技穷。她不能筑巢引凤，也不能添暖留贤。文化馆管文化，没有文化人，谈何管文化！照照镜子，她两鬓斑白，年过五旬，时近黄昏，还有多少能耐去开创事业的辉煌呢？与她紧紧相邻的几个兄弟馆不也患着类似的疾病吗？她在深思自己的责任。

送别！她想到了新上任的县长、县委书记，决意找他们一吐心声。不由得合起双手，默默祷告：冬去春来啊，上苍有眼，愿这是最后的送别，迎来的是风和日丽、百花争艳的辉煌！

(该文发表于《楚天星》1995 年第 2 期)

戴墨镜的阿姨

时近中午,在 L 公园未名湖畔东侧的林荫道上,急匆匆地走来了一位青年。他手捧一束红玫瑰,耷拉着脑袋,一屁股坐在石凳上。沉默了半刻后,望望左右无人,便像雄狮一样,发出了一声怒吼:"去你的吧!"伴着吼声,他猛撕着手中的玫瑰,把一朵一朵的花瓣儿撕碎在碧波荡漾的湖水里,随着波儿散去,淹没。

可是,当那青年人欲撕第四朵玫瑰时,却被一双温柔的手按住了,旋即传出几句纯正的长沙话:"么哥!何解要咯样呢?有么子不顺心的事,不如说出来的好呀!"

那青年惊讶地抬起了头,只见眼前站立的是一位戴墨镜的女人。她身穿墨绿色旗袍,脚蹬咖啡色高跟皮鞋,蓄着短发,额头飘荡着那时髦的一片云,淡抹轻描,那饱满亮泽的脸蛋虽被墨镜罩着,看不见眼角上的鱼尾纹,但从穿戴打扮言谈举止中,他已作出了结论:这是位善良的翁妈!于是,委屈地喊一句:"阿姨!……"便泣不成声了。

男儿有泪不轻弹呀!那戴墨镜的女人敏感地做出了反应:"对对对!叫阿姨!"然后轻轻地在他的手背上摸了摸,和蔼地补充道:"我姓尚,叫尚静。哦!应叫尚阿姨!你有么子事就跟尚阿姨说吧,说不定尚阿姨能帮你解脱哩!"那青年感动了,便一五一十地向这位戴墨镜的阿姨述说了事情的原委。

那青年叫夏刚,今年 26 岁。是 C 城某食品盒厂的工人,还是车间团支书哩!一年前,某基建工程总包的女儿卉卉到该厂洽谈业务时,认识了这位团支书,并了解他在厂内厂外的口碑,于是,几次约会以后,这位堂堂大款的千金,主动袒露心扉,表达情意了。夏刚面对这意外飞来的爱情,宛如处在云里雾里之中。当卉卉第一次吻过他的脸之后,他忍不住用手抚着那灼热之处,闭着眼睛问道:"卉卉,我该不是做梦吧!"卉卉听罢,又在他脸上重复几吻,说道:"我的刚呀,你不是做梦!这是丘比特的爱神之箭将两颗意中人的心串在一起啦!"夏刚一听,很为吃惊,他真想不到这位大款的女儿还能说出如此文绉绉、情巴巴的话语来。想了想,他又试探着说道:"可是,我有个体弱多病的老娘要侍候呀!"卉卉一听,忙在夏刚的额头上轻轻一戳,甩出一个诱人的媚眼,说道:"哟!夫唱女随呗!当丈夫的那么孝敬母亲,做妻子的胆敢怠慢婆婆吗?"夏刚虽然心热了,像燃起了把火,但他仍在努力地克制着自己,深谋远虑地感叹着:"可是,卉卉呀,你还得想想,假如我厂哪一天不景气,下了岗怎么办呢?"听罢此言,卉卉扑哧一笑,故意拍了拍那丰满的胸脯,弄得衣内揣着的两只兔儿左窜右跳的,说道:"你怕什么呀!找我呗!只要我给老爸进一言,还愁不留个副总让你当当吗?钞票呀,会大大的有哩!"听到这里,夏刚再也忍不住了,疯狂地抱上卉卉边吻边说道:"我真弄不清你爱我什么!"卉卉娇嗔地来个回吻,答道:"呋!书呆子,我就爱你进步呗!""哦!爱我进步!"夏刚在心里头括量着这话的分量,真感到比吃了蜂蜜还甜。一年多来,他一直坚持进步,拿到了自学考试的大专文凭,评上了市里的优秀团支书,厂领导还把他列入了第三梯队哩!可是,由于市场竞争的激烈,厂里的产品滞销现象越来越严重。为此,厂领导作出了减员增效的决策,夏刚所在的班组就有两个减员指标。初步摸底是两位女工。那位年少的女工仗着有文凭,闻风就主动辞职去南方应聘,而另一位却是个死了丈夫的孩子妈,年近不惑,别无所长,下了岗怎么维持母子俩的生活呀!于是,夏刚争先提出了申请,厂领导和同事们都很钦佩夏刚的这一举动,欢送会上说了不少赞美之词。这天,夏刚第一个月领到了生活补助。恰逢卉卉二十四岁生日,于是,他慷慨地取出二十四元买了二十四支红玫瑰作为贺生的礼物,心想卉卉一定会支持他这进步之举,到她爸的基建工程中弄点事干的。谁知卉卉一听到他下岗的消息,就板起了脸,把玫瑰往地上一砸,说道:"你……你是这么进步的吗?真太让我失望了!"说罢闭门不出,把前来贺生的夏刚拒之门外,让爱情来了个无声的"拜拜"!!

夏刚述说完毕,尚阿姨沉默好久却没开腔,说不清她是沉浸在对夏刚的怜爱和不平之中,还是联想到别的什么。这下可把夏刚憋急了,他摇了摇她的臂膀,催促道:"尚阿姨,我该怎么办呀!""哦,好办得很!"尚阿姨从沉思中转过神来,爽朗而答,"西山不亮东山亮,丢了南方走北方呗!你年轻力壮的,还怕没人爱吗?"

"不!尚阿姨!"夏刚迫不及待地补充表白,"我担心今后干什么呀!"

"哦!这个更好办呀!"尚阿姨说话更加充满了热情,"如今不是提倡诚实劳动致富吗?只要你不怕苦和累,尚阿姨的花店里就欢迎你呀!"

"好!我明天就来给您打工!"夏刚紧紧地握住了尚阿姨的双手,双眼紧紧盯着那副墨镜,好像得到了救星一样兴奋。

第二天,夏刚按预约的时间来到了尚阿姨的花店。这花店地处 C 城南侧的小巷尽头。门面不大,花色品种俱全,服务项目也多。夏刚开口试问:"尚阿姨在吗?"那位守在店内的穿红衣的姑娘一听就笑嘻嘻地朝里屋呼喊:"老板,找尚阿姨的来了!嘻嘻嘻嘻!"尚阿姨露面了,仍然是那身墨绿色旗袍,戴着那副墨镜,递凳让夏刚落座以后,便瞟了那穿红衣的姑娘一眼,介绍道:"这就是我昨晚给你提到的新伙计夏阿哥!"接着又神情严肃地说:"小李子呀,本店成员,不分等级,别叫什么老板老板的了,从今天起,干脆都叫我尚阿姨吧!"

"哦!尚阿姨喝茶!夏阿哥喝茶!"小李子精灵地递过茶以后,调皮地朝尚阿姨努努嘴,旋即转身咯咯地笑了起来。尚阿姨不慌不忙地捏了一把小李子的胳肢窝,轻声而严肃地说道:"小李子呀,可不能乱了本店的规章喽!""是!我保证!"小李子笑声止了,尚阿姨搬出屋角的一辆单车,吩咐道:"小夏呀,从今天起这辆单车归你,送花、接花的业务也就是归你了!"又讲了些注意事项和其他职责,夏刚皆一一记在心中。初为打工仔,生怕有失误。送花、接花,他常常是风一样去,雨一样回。加上他在这 C 城土生土长,又曾在工厂搞过营销,大街小巷,轻车熟路,完成任务的速度常常令尚阿姨和小李子咋舌!他多才多艺,又勤于动脑。大凡来店装饰新婚彩车的顾客,他能根据车的颜色、形状,让原来的轿车由冷变热,由热变柔,色彩单调变得光彩夺目,富丽堂皇,由造型一般变得奇特多姿。特别是他还有个绝招,用玫瑰花在彩车上拼出的龙凤呈祥、鸳鸯戏水图案,C城任何一家都比不上他的活灵活现,栩栩如生!由是,花店的生意越来越兴隆,眼看着大把大把的钞票往店内进,尚阿姨简直喜得不得了。十天以后,主动更改了合同,包吃包住以外,每月工资由400元增加到500元,二十天后又更改到了600元,一个月刚刚结束,将他骑的凤凰车换成了南方摩托哩!小李子说道:"唉!我老板被她未婚夫一脚踢了!""被未婚夫踢了?那家伙是谁?让老子去揍扁他!""别揍了,那是两年前的事了!""两年前?……""你得把事说清楚,那家伙究竟为了什么要一脚踢呀?""很简单,嫌弃她在纱厂下岗了呗!""哼!下岗了怎么啦,下岗女而今当老板,响当当、硬邦邦的,还愁没人爱吗?""真的呀?你敢保证她有人爱吗?""我敢保证!"冲着夏刚和小李子的谈话声,尚阿姨忽地踏门而进。偏偏脑袋说道:"别保证呀?下岗后被人一脚踢开两年了,何解我至今还没人求爱呢?……"夏刚猝不及防,一时不好如何作答,只得腼腆地喊了一声。"尚阿姨……"那"姨"字没出口,小李子已摘去了尚阿姨的墨镜,娇嗔地朝他刮刮鼻尖,说道:"哎!真是书呆子。害得我也跟着你喊了一个月的'阿姨'。今天,你看个明白吧,眼前的尚小姐呀,比我小一岁,比你迟生二十一天零三小时哩!"

夏刚一听,忙对尚静问道:"那么,昨天给妈送钱的是你啰?"尚静含笑点了点头。此时此刻,此情此景,夏刚再也顾不得什么了,上前搂住尚静"叭哒"一吻,憨厚地笑道:"嘿嘿嘿嘿!这真是太……太意外了!"

"不意外呀!"小李子在一旁打趣道,"阿姨变阿妹,正好阿哥配;二人皆下岗,同把老板当。那硬是前世的姻缘哩!哈哈哈哈……"

花店里一片笑声。究竟尚静为什么要戴墨镜呢?夏刚却忘记了盘根究底。

(该文发表于2000年11月《东方新报》"市井"专栏)

B辑

中短篇小说

吻 婚

这是小说,也是戏。这不像戏,也不像小说,且取名戏剧小说罢。请看,在 20 世纪 80 年代初的江南某农村,剧中人登场了。

第一场　怨恨和憧憬的协奏

一、我

大千世界,无奇不有。谁曾见过兔公子能生崽崽,牛犊子能树上结出,不配种的母猪能窝猪娃,没经公鸡打水的鸡蛋能孵鸡仔吗?请问我娘吧,她叫王凤菇。

我爱梅萍,因为我俩青梅竹马,爱情的种子播得很早。尽管当年我娘那森严的户规家法约束,我与她没有过海誓山盟,但听到她结婚的消息,我心里沉甸甸的。去年她丈夫殉难于车祸,留下了这年少的寡妇和她那当了二十年鳏夫的桂生爹,国泰表舅曾主张金杨两家合二为一,而我娘竭力阻挠,甘心让她那当了三十多年光棍的儿子再光棍下去。能不生气吗?

哼!娘无爱子情,子无孝母心。让我毁了那承包鱼塘的合同,将存款赔偿村上损失,母子俩重当穷光蛋吧!

二、你

你骂娘,人家可要骂你哩!

记得吗?五年前的那个夜晚,也是在这桥下让人家等了个多小时。你倒先发制人:"光荣的大学生回啦!召见我这小农民有何贵干呀!"真弄得人家哭笑不得,用拳头在你肩上背上雨点似的乱捶一通,直捶得两手发软还不解恨。只可惜那是个朦胧的月夜,你看不见人家的泪花!你没还手,耍了个幽默:"揍吧!那位罹难于温都尔罕的副统帅,不是曾留下名言,好人打坏人活该吗?谁叫我是个黑五类的狗崽子呢?"就是你的这些幽默和聪明牵制了人,迷惑了人,让人萌发了某种初衷。

然而,你太令人失望了。当人家有意告诉你,有位同学写信来了,你却若无其事,连写信人是男是女也不过问。于是,人家更改了初衷,让你失去了唾手可得的婚姻。这难道能怪人娘,能骂你娘吗?

多舛的命运,使我年轻就当了寡妇。似乎欠了姻缘债,非你不能白头到老。不然,为什么那次车祸偏偏死了我的丈夫呢?

你我的事,爹娘是干涉不了的,正如你娘愿不愿嫁给我爹,你我不能干涉一样。喏!国泰叔来了,他是村民的父母官,该找找他呀!

三、他

他高兴极了,梦幻般地从乡政府走来。心头涌上历历往事——

那天,他从炼钢阵地回到本村的公共食堂。秋六姨在拉风箱烧茶水,王凤菇在刷锅盆洗碗筷,彬彬有礼地喊一声村主任,递一杯热茶。

他耳热了,心乱了!

望着这丰韵的女子,从脸、臀乃至那隆隆突起的胸脯,只觉得这年过而立的少妇,不失二八芳龄的秀美。

他绕起了"弯子":"凤菇,有米吗?工地要我借点儿米去,钢铁大军是饿不得肚子的呀!"

"有呀！"秋六娭是个瞎子婆,耳朵真灵,抢先便答,"刚才凤菇领回了一担米,放在灶边！"

"真不懂味的瞎子婆,谁要你多嘴呀？"他心里骂着秋六娭,说的却是另一番话语,"好！还得带点油呀！"

"碗柜里有三斤五两,是凤菇从粮站批的,村主任分一半去吧！"瞎子婆又一次抢先作答。

他真恨秋六埃娭爱插嘴,滴溜溜的双眸在屋子里扫视,却说:"好的！凤菇,请寻担箩筐吧！"

讨嫌的瞎子婆再也接不上话了,翻了翻白眼,似乎在催促王凤菇答话。

"箩筐在保管室里！"王凤菇望望秋六娭,边答边走出厨房。他吁了口气,笑眯眯地尾随于后。

保管室的锁开了,门也开了,室内黑洞洞的。天赐良机,他一把抱住了王凤菇的腰,叭的一声,在她脸上久久地一吻。突如其来的袭击,王凤菇从无所防,语无伦次地说:"杨村长,多丑呀,人家看见……"

他仍然眯眯带笑:"嘻嘻,都出工了,秋六娭是瞎子,谁知晓呀？"

王凤菇没作声了,他觉得这是思想防线的崩溃,便嬉皮笑脸地上前了一步:"嘿嘿,我杨大哥当村主任,全村这么多姑娘嫂子,觉得你像朵花哟！"说罢,又动起手脚来。

王凤菇不知哪来的勇气,猛地给了他一耳光,骂道:"你以为人家的男人不在,就可占便宜吗？"

他失算了,憋了一肚子气……

世事沧桑,眨眼一瞬。此次金先生回乡,除了探亲访友,还要合资办厂哩！只要专业户的农副牧产品增加了销路,劳动力多了挣钱的途径,还愁穷村不变富吗？

快去告诉王凤菇吧,她久别的丈夫要回乡了。快去告诉刘师傅吧,金先生一到县城,就请他开上手扶拖拉机去接,享受本村迎接新娘和大亲的最高待遇。哦！他还得开个村委会,确定招待的标准档次,买好肉,网好鱼,杀好鸡,打只狗或者宰头羊。反正要让人感到,数十年风雨沧桑,天在变,人在变,故乡在变。今昔的故乡是天壤之别了！

第二场　理解与疑惑的素描

四、我

我同情爹！就因为给金家当过五个月零三天的管账先生，一辈子历经坎坷，难得好报！

那年"粮不足，瓜菜代"。我娘成了村上第一个死鬼。相继三个妹妹也与娘黄泉做伴了。只有我命大，一直厮守着孤寂的爹。从此插田扮禾、喂猪种菜、烧菜煮饭、缝补浆洗这些事情，不是落在他的肩头，就是绊住了他的手脚，从没见他闲过半天。

尔后，史无前例的"文化大革命"。高中毕业的我，因为成不了上大学的工农兵学员，而躲在家中赌气，埋怨当过管账先生的爸爸。是他一次次痛心地拍打着自己的脑袋，哀叹损了女儿的前程。想不到后来出现了转机，在一次批斗会上，我爹主动上台向资产阶级的"土围子"宣战，王凤菇成了活靶子。那推荐选拔的大红榜上有了我的名字。在入学的先天晚上，我爹低垂着头，说了一句："梅萍，有一家可不能忘啊！""谁呀？""汉男他家！""哼！早几天上台批斗人家，事后又向人家讨好。真是……"我心里嘲笑，口里却是反问："我可不能阵线不分呀！"

见爹沉默不语，我心生疑团，紧追逼问，才听俺爹说出了汉男他妈的故事。是她在屋前屋后多挖了几个瓜堆，又是她放出鸡鸭来啄损我家的瓜菜，还是她指使我爹到公社去检举揭发，并上台批斗。终于赢得了公社革委 X 主任在批斗会上的这般总结："这场最最史无前例的运动，产生了最最史无前例的影响。看吧，连当年的管账先生也从他们那顽固的堡垒中杀出来闹革命了！"就这样，按照老子英雄儿好汉的逻辑，我被光荣地推荐了。

惨啊！我可怜的爹。一出苦肉计，换来上大学。岂不是只有那年代才可能出现的天方夜谭吗？

五、你

　　你在同情你爹,埋怨我娘吗?错了,梅萍,你应该同情你爹,也应该理解我娘呀!那天,我当人暴众地骂过她,但事后得到了理解。试想想,16岁出嫁,19岁做妈,丈夫外出三十多年杳无音讯,青春年少守活寡,风风雨雨不改嫁,能说不是个悲剧吗?

　　嫁鸡随鸡,嫁狗随狗。这就是封建女子的节操。你知道吗?我外婆与我祖母是嫡亲姐妹。因为家贫,我娘启蒙迟,辍学早,一本女儿经刚刚读完,就跟我外婆学起挑花绣朵来了。16岁那年,被我祖母看中,就有了媒婆的穿针引线。当时,我爹年方弱冠,在省城爱上了个同窗女友,迫于父母之命,不得不回家拜花堂。婚后三天,我爹就去了学校,寒暑假日常借故不归,好不容易熬到第四个年头,才有了我的出世。但三朝这天,他远走高飞,直到今日才有消息。我可悲,我娘不更可悲吗?

　　那年,我才10岁。地道的瞌睡虫,吃罢晚饭,小脑袋一摇一晃地打起瞌睡来。于是,爬上了床,睡梦中,似听见有人说话,便侧耳细听。

　　你爹说:"凤菇呀,梅萍多想有个妈啊!"

　　我娘说:"你就为她找一个吧!"

　　你爹说:"不找了!"

　　我娘说:"怎么能不找呢?这样来来去去会惹祸的呀!"

　　你爹说:"惹祸我不怕,要找就找你!"

　　我娘说:"不行不行,我是汉男他爹明媒正娶的妻子呀!假如他爹一旦回家,怎么办?再说,我这头上戴的会连累你呀!"

　　……

　　鸡鸣声,中止了对话,你爹离家而去。

　　打那以后,我就觉得你爹和我娘在合演一出悲剧。可不是吗?我爹要回乡了,不该组合的要继续组合,理该组合的却不能组合。人生啊,就如此多舛!

　　尊重历史,尊重现实。没给过父爱的父亲回了,做儿子的能不承认吗?更何况他是回乡合资办厂,致富乡亲呢?

六、他

他病倒了,躺在床上,呆望窗外。天朦胧,地朦胧,人也朦胧。35年前的情景重现!

他从账房出来,望着朦胧的夜色,伸了个懒腰,打了个哈欠。

时近年关。掌秤杆,端库桶,翻账本,扒算盘已够累了,多么渴望有个妻子递茶、送饭,说上几句滋肝润肺的话语呀!他叹息一声,进了卧室。呀!桌上摆着碗热腾腾的荷包鸡蛋,一张笑脸在迎接他的到来。

她就是王凤菇,红扑扑的脸,水灵灵的眼,冰塑玉雕般的身材。

他陶醉了!忘记了饥渴,忘记了疲劳,忘记了人世间的一切清规戒律。伸出刚劲的双臂,把她搂抱在床上,尽情地亲吻,尽情地发泄。"啪!啪!"他的屁股突然被猛击了两板,骨碌跌落床头,惊愕的双眼直盯着面前的凶神。待了片刻,凶神打破僵局:"姓杨的呀,老爷亏待了你吗?"

经此提醒,他确觉愧疚起来。可不是吗?在他饿肚皮之时,老爷登门看望,请他去做长工,包一日三餐有吃;在他家做工一年之后,又是他给他病故的老母赏赐了一副木板棺材;五个月以前,又是他赞扬他手脚勤快,让他当上了管账先生,掌管着金家的往来账目和钱柜仓廪。如此厚爱,且不说涌泉相报,总不能占人儿媳呀!……想到这里,他双膝跪下,打躬作揖:"老爷,这……是我糊涂啊!"

"究竟是你先糊涂,还是她先糊涂?"

面对老爷的追问,他一口咬定:"全怪我啊!"

"真的吗?"老爷反问。

"真的!"他拍着胸脯,"我可赌咒!"

老爷扫一眼凤菇:"好汉!老爷成全你,带她走吧!"说罢,拉开了房门。

天哪!这话中藏有杀机呀!他再次央求:"此事不敢,只求老爷给条生路!"

王凤菇也跪在婆婆面前:"姨妈!请重在娘的情上饶……饶了吧!"

老爷叹道:"唉!人要脸,树要皮,若这家丑外扬,叫我如何做人啊!"

他猜到了老爷的心意,再拍胸脯:"我马上远走高飞,绝不败坏金家的名声!"

就这样,他流浪他乡,背上了窃走三十块大洋外逃的污名,直到家乡飘扬五星红旗,唱起《解放区的天》才回归故里。

想到这里,他不由暗暗责难:"国泰呀国泰,是你为人家牵线搭桥,又是你帮人家破镜重圆,看你何以自圆其说!"

第三场　忏悔和迷惘的较量

七、我

我很苦恼!数十年风云变幻,我干过好事,也干过蠢事、坏事。而今,我杨国泰不管扮演什么角色,只怕难以被人理解。

就说王凤菇吧,不瞒人说,我在年轻时打过她的主意,弄来难堪。她果真数十年忠贞不贰吗?我却有异说哩!

那晚,我去她家送化肥指标。月朗星稀,晚风习习。我悄悄地隔窗而望,汉男不在家,她独坐床头,宁神静思。为别前嫌,我正思考着怎么喊门,怎么进门,进门怎么坐,用怎样的口气讲话……,忽然,她家后门传来了低沉的叫门声:"凤菇开门吧!"王凤菇闻声而起,哗啦一声拉开了门闩,迎进了杨桂生。他还是那个数十年一贯制的和尚头,光秃秃、亮闪闪,就像那低度的彩色灯泡。

"嘿嘿,迟到了!"彩色灯泡晃了晃,傻乎乎地笑开了腔。

"挺早喽!"凤菇嘌了一眼彩色灯泡,递上杯茶,言语中带上责难,"才11点呗!"

彩色灯泡看了看书桌上的小闹钟,惊讶地抓了抓和尚头:"呀,迟到了三十一分半钟!"

王凤菇那挑逗的眼神投向了彩色灯泡:"怎么办呀?"

"嘿嘿嘿!赔礼道歉!"彩色灯泡晃了晃,"罚唱山歌吧!"说罢,紧挨凤菇坐上床头;得意地哼起了山歌:约哥相会凤凰台/天黑等到夜半来/叫声贤妹莫生气/情哥下跪把礼赔!歌声落,彩色灯泡双膝落地,惹得王凤菇扑哧一笑,我也差点笑出声来。

稍倾,王凤菇收敛了笑容,把彩色灯泡推了个仰天一跤:"去你的吧,老是山歌山歌的,真不会来点现代化!"

"哦,现代化!"彩色灯泡疯狂地抱住了王凤菇,"吧嗒"就是一吻,带点结巴地说,"那……就来……来一段迪斯科呗!"

室内的电灯熄了。以下的场面,我看不见了,也不愿看了。事后,我便有了牵线搭桥的壮举,想不到她把我好心当作驴肝肺。哎呀呀,该怎样在金先生面前评价他的妻子呀!

八、你

你真了不起啊,凤菇!昨天听国泰兄说了不少情况,站在你身边的丈夫却感到羞愧难耐!

你还记得那个新婚之夜吗?闹罢新房,客散主留,带彩的灯花照映着你我两张尴尬的脸。你低垂着头,我呆望着凳。时光一分钟一分钟地过去。作为新娘的你,是羞于启齿;作为新郎的我,是不愿与你搭言哩。坦率地讲,你我的婚姻是父母强扭的瓜,是家族乱点的谱,是喝醉了酒、睡少了觉的月下老人胡牵的线、错搭的桥。花烛之夜,你我和衣而卧,同床却不共枕。翌日,你如一个热情而腼腆的新娘,迎宾待客,让人看不出破绽。然而,一近夜幕就见你偷拭眼泪,似有满腔苦楚。于是,我萌生了恻隐之心,不得不履行了一次丈夫的义务,获得了你的贞操,你心安了,似已落地生根。

然而,你越心安,我越心乱。花前月下,绿柳丛中,那位同窗女友掩面而泣,我撕了片身上的白褂,咬破手指血书了一个"等"字。寒暑假日,借故不归,让你坐守空房,受屈受辱。

又是几年后的一个晚上,你铁钳似的手搂抱着从外地归来的我,哭诉着说:"表哥呀,我得为你养个继承祖业的命根啊!"没奈何,我只得又一次履行了丈夫的义务。谁知就是这次义务以后,你怀孕了,生了儿子汉男。这个名字是我取的,我说要用稀罕的"罕",你说要用好汉的"汉",我没争辩,依从了你,也离开了你。

凤菇啊,这些年来,你有多少借口可以改嫁再婚呀!你……你真为我付出的太多太多了。收下吧!这戒指,这项链,这耳环,虽黄金赎不回你已耽误的青春,但你的晚年,理该由你的丈夫报之以甘甜的美果。

汉男儿的婚事,你就应允了吧!而今时代不同了,提倡自由、自主呀!

九、她

她在沉思!面对着那戒指、项链、耳环……

她在感叹!丈夫的肺腑之言,似和风吹皱了一江春水,像炉火煮沸了满腔热血。等了三十多年的丈夫终于回来了。

她自豪!望着那位伴丈夫回乡的秦静女士,不无妒意地自语:"你算老几呀,竟好意思与老娘的丈夫同归故里。人家是结发之妻,名正言顺的排行老大,你前面是谁?再前面又是谁?嗐!无非是妾,小小的贱妾。是看中他的财产才带着儿子改嫁的吧!哼!柴米夫妻,酒肉朋友,风云不测,还会跟着吗?只有老娘最敢说这句话。数十年身在金家,生是金家人,死是金家鬼,还为金家养了崽崽哩!"

提到崽崽,她忽感愧疚起来。这是她唯一的隐私,难医的隐痛。为了这,她受屈受辱,誓不泄密!而今,风流的丈夫能公开隐私,她该不该如此呢?不由回到了当年的不眠之夜。

锣鼓有板有眼地敲着,琴弦有韵有律地拉着。

戏子的表演、观众的嬉笑,使她越听越伤感。邻居刘老爷,去年娶上儿媳,今岁添了龙孙。三朝摆宴,搭台唱戏。她呢?嫁到金家三年了,连麻公腿也没生一只!平日公婆指桑骂槐,她少介意。这晚公婆俩的表演,她伤了心!

——婆婆嚷:"哼!只见人家的鸡下蛋,不见我家的鸡跳窝!"

——公公吼:"只怪你呗!选只不下蛋的瘟鸡、懒鸡、背时鸡,专呷空饭!"

——婆婆嚷:"老娘的空饭冒得呷。变不得鸡就变鸭(夹),夹起那只×走呗!"

——公公吼:"火!冒得这样轻松。不给老子生出蛋来,只怕出不了金家的门喽!……"

她听不下去了,一行热泪似涌泉而来,沿着脸颊,流过耳根,渗透在芦花枕上。床头无共枕丈夫,哪来摇篮儿子啊!糊涂的公公呀懵懂的婆婆,为何单骂母鸡不下蛋,不骂公鸡冒管雄呀!也罢,等着你家那呷空饭的瘟鸡、懒鸡、背时鸡下个蛋给你俩看看吧!

于是,她想起了本家的长工。

那次丈夫从学校归来,邀好友在东厢房内玩麻将,一圈,二圈,三圈……夜深沉。月偏西,寒霜降瓦。她颤巍巍地来到厢房门外,欲进不能,欲退不忍。这时,悄悄走近一个人来,他就是长工杨桂生,那光秃秃的和尚头在月光下晃了晃,轻声地说:"去睡吧,少奶奶,何苦这样作践自己呢?"她无言以对,默默地回到了自己的卧室,但怎么也忘不了那憨厚的模样!

于是,她决计去找这位长工……

想到这里,她暗暗庆幸当年的英明决策。可不是吗?她丈夫外出那么多年,妻子讨了一个又一个,养了一个亲儿子吗?嘻!原来真是只管不了雄打不了水的公鸡!

第四场 悲剧和喜剧的展示

十、我和我

"我不愿再磨嘴了!只有让生米煮成熟饭!"

"不行!我不愿意这么做。"

"连我爹劝说都无济于事,还有什么法呢?"

"正因为这样,我才想到定有隐私!"

"什么隐私呀?老封建,反对寡妇改嫁!"

"不!你知道我爸这次患病吗?"

"知道!我娘还偷偷去看了两次哩!"

"我偷听了昨晚的对话。"

"说些什么？快说给我听听吧！"

"我爸说，金先生回乡了，别再走了，那会让人误解，影响你过日子的呀！"

"我娘怎样作答呢？"

"我没听见你娘说话，但听见我爸的话：凤菇呀，他们的事你不该反对呀！"

"说得好，我娘该发言了呗！"

"我等了好久才听见你娘答话：'我……我是怕汉男儿的脾气暴……暴躁啊！'"

"嗤，这不是我娘的真话！"

"我爸也这么说，'凤菇，你没说真话！我总觉得汉男与梅萍有点相像，你说，是不是……'"

"不可能不可能，那时候我父亲在家，祖父母在世，能让一个做工卖力的胡来吗？"

"是的！我倒听到了你妈的答话：'桂生，瞎猜什么呀？'"

"行啦！既然没血缘，就该有姻缘。别管他隐私隐公的了，我俩就去乡政府登记结婚吧！"

"不，我主张再等一等！"

"天哪，我再也不能等了！喏！我金汉男敢在光天化日之下亲吻心上人啦！"

"放开我，发疯啦！"

"没什么，让我再吻一吻吧！"

"呸！真不知臊……"

十一、你和你

"好！过两天一道去启运机械设备！"

"感谢你为乡亲致富办了件大事呀！"

"看你说的！我也要感谢你这父母官哩！"

"你是说的凤菇那事吗？"

"是呀！求你帮忙帮她找个归宿吧！长年孤单单的实不忍心呀！"

"这是你的意思,还是秦女士的意思呢?"

"都有这个想法。你的评论是恰当的,我对她没有爱情,只有同情。若不然,就不会带着那位同窗女友走出海外,谁知红颜命薄,往后虽爱恋过一个又一个女人,可心里没恋过她呀!唉!可叹地厮守金家几十年哟,真造孽呀!"

……

十二、他、他和她

他和他的谈话,她听到了。

她战栗起来,像惧怕,像愧疚,又像悲哀!为了金氏天国的延伸和发展,她偷了汉子,养了儿子,数十年来,得到了什么,失去了什么……,她怨天,怨地,怨自己!

突然,传来儿子汉男的话语:"娘!快去,桂生叔死了!"

晴天一声霹雳!她赶忙奔出家门。

这是一个普通的农家。小红瓦,土砖墙,竹木相间的房梁屋檩。室内没粉刷,摆上的新床新柜还没油漆,一看便知是个刚刚解决温饱的农家。

杨桂生确实死了,是因心肌梗塞猝死的。乡卫生院的医师作出了这样的结论。尸体还在床上,低度的电灯光照着他那光秃的和尚头,因眼睛没有闭紧,则有一线亮光从双眸中射出。

梅萍早哭哑了嗓,由邻居嫂子搀扶着。

他来了。作为一村之首,屋前屋后,屋里屋外地张罗。

他也来了。陪着梅萍坐在房内,不时地重复着:"别哭了,梅萍,你是尽了孝道的!"

她闯进来了。没跟任何人招呼,一头扑在床上,抱着那僵硬的尸体,"啪啪啪"地在那头上,脸上、脖颈上连吻了数十下,然后,伴着那行眼泪,哭诉出声来:"桂生呀,你怎么就走了!你怎么不邀我呀,呜呜呜呜……

他傻了,他也傻了,满屋子的人都傻了。一个个傻呆呆地无言以对。

她再一次毫无顾忌地吻着那僵冷的和尚头,握着那双僵硬的手,一边摔打,一边哭诉:"我对不起你呀,呜呜呜呜!我欺骗了你呀,呜呜呜呜……你闭上眼睛吧,桂生!呜呜呜呜!你是我真正的男人、丈夫、孩子他爹呀,呜呜呜呜……"

他望望他,出于做思想工作的敏感,忙上前按住她摔打的手,像劝慰,又像解释:"你们的事,也是金先生所主张的呀!只怪桂生他没这个缘分,过早地走了!"

他听罢,也忙附和:"是呀,人死不能复生,还是节哀吧!"

她越听越伤感。猛见进门的汉男,忙拉拉儿子的手,带头双膝跪下,哭诉道:"汉男儿,快喊爸爸吧,这是你真正的爸爸呀,呜呜呜呜!"

汉男吃惊地反问:"妈!你疯了吗!"

他和他默默相视!

她把口袋里的戒指、耳环、项链掏了出来,啪啦一声,甩在他的身边,笑道:"哈哈哈哈,我没疯呀!我不要金子,我要男人呀!哈哈……"

诉着,笑着,她又一次在尸体上吻了吻,嘶哑着嗓音,伴着热泪,断断续续地哭诉起来:"呜呜呜呜,我对不起你呀,没答应与你登记结婚!呜呜呜呜,他表舅呀,你是村上当官的,请帮忙办个手续,做个证呀,呜呜呜呜,我今天宣布正式结婚,呜呜呜呜……"说着,在那僵硬的和尚头上吻个不止!

他以为她疯了,捧着那退回的戒指、项链、耳环……

他倒以为她没疯,似乎读懂了她那以前的故事……

(该文发表于《汭江文艺》1997年2月)

啊！丁字镇

一

青明镇长的父亲去世了，丁字镇的几家店铺陡然多了生意。买毛毯的，买羽绒被的，刘熙熙一支烟没抽完就碰上了七八个。

镇长镇长，一镇之长。谁家没有大事小事求镇长的呢？常言道，种得春风有夏雨。你不搞感情投资，人家会感情用事吗？他虽不奢望镇长感情用事，但不能对镇长漠无感情呀！"人死饭甄开，不请自己来"，这就是本乡本土的习俗，何况他跟青明镇长还是高中时期的同窗好友呢？

他在百货商店里买了张床单，南杂店里买了封鞭炮，又急匆匆地骑摩托朝花圈店奔去。

夕阳的余晖洒上了丁字镇的街头巷尾，让这个地处湘中的小镇，更加清晰地显露出那丁字形的轮廓来。夫子江穿镇而过，一条沿江而修的柏油马路，北通娄市，南连县城。粮店、医院、邮电所、镇中学、镇企业及镇政府机关，还有大大小小的个体餐馆、旅社，伴公路两旁而建，两层或三层的楼房，一栋连着一栋，形成了足足三百米的街道，这就是"丁"字的一横。就在这一横的中心处，有一条百来米长的钢筋水泥公路桥，连接着夫子江的东西两岸。过了桥，除了县直八中的校门临路而建以外，还有商店、缝纫、机修、小吃店几十家，组成了两百米长的街道，那伴山势的走向，活像个"丁"字的竖弯钩。

好个名副其实的丁字镇！

好个正待开发的山区小镇！

小镇只有一家制作花圈的店铺,且坐落在这"丁"字一横的南端。刘熙熙和他的妻子李汪汪此行吊丧,本该一同沿江北上去青明镇长家的,但为了买个花圈,他只得让妻子骑单车打前站,先去丧家上情,因为他懂得乡里的习俗,落在丧礼情簿上的最后一个名字,叫作"打圆功道场",这是吊丧的人不吉利的征兆,更何况他是搞建筑的,要图个吉利呢!

花圈店的老板王志林是前年从四中退休回乡的美术老师,学有专长,制作和设计花圈绝不比县城的逊色,故周围几十里的顾客都来此店购买花圈悼念。然而,几千年封建习俗的影响,吊丧的,还是购买香烛纸钱鞭炮曲子的居多。随着改革开放的浪潮冲击,山区人增了见识,吊丧者送个花圈,送个铜管乐队吹拉弹唱一番,已成了追赶时代潮流的新景象,但这个花圈的生意,仍然时冷时热,难以预测。比如去年,镇办中学的马副校长病故,该店一次就销售了四十多个花圈。按理说,堂堂皇皇的镇长死了父亲,买花圈的壮观场面绝不会亚于一个镇中学的副校长吧!于是,王志林一得到镇长父亲去世的消息,就发动家人和亲友前来赶制花圈。可是,从早到晚仅销售了一个。那是以丁字镇党政机关全体干部职工的名义买去的。为什么会形成这么大的差异呢?原来是镇政府院内,青明镇长亲自贴了张告白,白纸黑字这么写着:

　　本人父亲病故,从即日起请假三天,回家料理丧事。办丧期间,不设账房,谢绝一切同事、熟人、朋友的情礼(含花圈、鞭炮之类),敬希谅解,谢谢合作。

青明 手启
2011 年(农历)正月初六日

就这样,弄得花圈店门庭冷落,生意清闲。

二

此时此刻,刘熙熙只得和二人打道回府。吊丧致哀的事不干了!同窗好友的情不念了!

老话说,三年清知县,十万雪花银。可不是吗?前任镇长苟仕来,镇长当了四年两个月又十二天,先在家乡建了新楼房,后在县城买了宅基地,建了小山庄。洋楼别致令人惊羡!庭前栽花植树,屋顶养鱼喂鳖。拼木式地板,喷塑式墙面。高档红木家具再加上挂式彩电,三门冰箱,蹲式马桶,玻璃罩澡堂……于是,有人暗暗为苟仕来算了笔账,没有三四百万元上不了这个档次。三四百万元,谈何容易。你苟镇长每月工资几何?你妻子当教师,每月工资几何?你那少胳膊的儿子当企业会计,正常的工资加奖金,每月几何?就算你夫妻俩省吃俭用,有多年积蓄,可人们不会忘记你俩在近几年内,曾送走双方的父母归西,又曾为小舅子和残疾儿子举办过婚礼呀!"马无夜草不肥,人无横财不富"。瞒得了天,瞒得了地,可瞒不过平头百姓们的火眼金睛呀!不是曾有人反映你苟某人抓企业时,有一次进钢材得了万多元回扣,有一次卖水泥,又收了八千元红包吗?有时间,有地点,还有检举揭发的信件,可上级纪委、监察局,还没来得及侦查立案,碰巧在那次抗洪救灾途中,苟镇长不幸翻车丧生于卫星水库坝下。因公殉职,死得光荣!于是,苟镇长在花圈和赞词的簇拥下誉满满、荣兮兮、光灿灿地步入了阎罗地府。事后,纪委、监察的同志想查一下,不料苟镇长的那位表弟,婉转地在一旁感叹,金无足赤,人无完人。人家在抗洪救灾的途中殉职,虽没被定为英雄,但不能当作狗熊呀!再说,人死无对证,谁能保证占了便宜的活人,不会借机往死人身上堆呢?那样,事情就复杂了!于是乎,钢材案、水泥案,不了了之。

"哼!苟仕来呀苟仕来,我刘某人且不论你是英雄,还是狗熊!我只相信,我们的老祖宗卡尔·马克思,我们的老前辈毛刘周朱,在你去他们那里报到的时候,定会将你进行严格的审查的!"

此时的刘熙熙,像喝醉了酒,轻一脚重一脚地蹬着车,明一句暗一句地发着话。

刘熙熙简直像个酒疯子,跌跌撞撞地蹬着车,气喘吁吁地赶着路。

三

穿过平坦的竹鸡塅柏油路,翻过坎坷的扁担坳机耕道,再绕过眼前的斋粑山羊肠道,就是青明镇长的老家响水湾了。响水湾属龙狮乡,与丁字镇紧紧相邻,大路小路加起来也不过二十五华里,骑单车两个小时赶到绰绰有余。此时晚霞消失,暮色朦胧,长满苍松翠竹的斋粑山,就好像一道黑乎乎的屏障,竖立在刘熙熙的眼前。他猛然意识到:糟了!假如没追上李汪汪,让她单独进了屋,送了情,怎么办呢?刘熙熙并不是吝啬那几个钱,而是不愿意背上那"巴结""讨好""摸螺拐"的坏名声,让人家作为茶余饭后、街谈巷议的笑料呀!特别是当他听罢花圈店前的那番议论以后,更是吃了秤砣铁了心,决不去种这个人情了。

想到这里,他骨碌一下跳下车来,嘴里不由得发出一声长长的叹息:"糟糕——!"

话音刚落,暮色中传出了熟悉的声音:"怎么啦?是花圈弄坏了吗?"

"哦——!"刘熙熙喜出望外地朝妻子李汪汪走去,"小莉她妈,你怎么还在这里呀?"

"单车的链条断了,只好坐在这里等你呗!"李汪汪作答,埋怨声中带了点娇柔。

"哟!正好!"刘熙熙心悬的石头已落了地,说话十分响亮。

"嗤!好什么好呀!"李汪汪撒娇地拧了一下丈夫的胳膊,将单车往丈夫身旁一推,"那就请你背车走吧!"

"行!我背车!"刘熙熙果真把单车横绑在摩托的尾架上,然后,俏皮地对李汪汪来了点戏腔,"请夫人打——道——回——府!"

李汪汪满以为丈夫在开玩笑,便故作正经地一屁股跃上了摩托的后座。不料刘熙熙真的几脚就把摩托发动了,一米、十米、二十米、三十米……哎呀呀,百多米了,她再也忍不住了,便使劲地掐着、拽着丈夫的屁股和腰肌,没好气地吼道:"停车!停车!我没你那么大的牛力气,不愿做这无用功哩!"

刘熙熙这才刹住车,让李汪汪下了车,试探地问道:"怎么哪?不回家?"

"回家？请问你,今天要干什么呀？"

"不干什么呀！"

"哼！别假马列啦！我还不相信你有那么高的觉悟哩！"

"觉悟？有呀！我不是连个花圈也没买吗？"

"唔？你这是为啥呀？……"李汪汪大惑不解,一屁股坐在摩托车下。

"……"就在这时,刘熙熙听到前面有了人声,赶紧把到了嘴边的话语咽了下去。神秘地拉了拉李汪汪的手臂,李汪汪敏感地站起身来,夫妻俩各扶摩托的一边,根本不像个发生了纠纷的小两口。

这的确是一对和谐的小两口！刘熙熙已近不惑之年,是丁字镇内一流手艺的"泥水匠"（即泥木建筑工）。妻子李汪汪比他小两岁,是他的高中同学,虽不善于使砌刀、刮灰桶,但心记能力特强,什么设计图纸,什么基建预算,她看上一遍就能记下十有八九。夫唱妇随,夫妻俩成了基建承包的"合子手"。丈夫从匠工、监工到当包头,一路顺风过；妻子从预算、购物到当会计,从没塌过堂。去县城打拼,一晃十年,除赚回了推挖、搅拌、升降、震动、磨洗等超百万元的基建设备外,银行还有超百万元的存款。这时,李汪汪动了心计,抓住了床头枕边的机会,对丈夫说道："小莉她爸呀！常言道,三十而立,四十而不惑。你我快到不惑之年了,早该立业了呀！就在县城买块宅基地,建栋小楼房呗！这样,可以把小莉接到城里启蒙入学,把老妈妈接到城里看管孙女儿,一家四口住在一起,朝相见,晚相会,免得再牵肠挂肚地过日子呀！"刘熙熙听罢,吻了吻妻子,轻声地朝妻子耳语："小莉她妈呀,我还是喜爱自己那个埋包衣罐子的地方啊！"（包衣,湘中某地方言,即婴儿出生时的胎盘。按当地风俗,小孩出生后,胎盘必须用罐子装着埋在自家的屋前或屋后,才可易成人,有出息）。丈夫的话语简单,妻子却听入了耳,猜透了意。于是,又来了个夫唱妇随,重返家乡,图谋发展！听说小镇的新任官儿们,在县里立下了军令状："开办三厂两矿一中心,五年内产值翻两番,誓让丁字镇脱贫致富奔小康"。夫妻俩好不高兴呀！俗话说,新官上任三把火,这"三把火"烧得实在、烧得及时！假如真的在镇上把砖瓦厂、陶瓷厂、家具厂创办起来了,假如真的让镇上的煤厂、锰矿重新开业了,假如真的把镇上的农林牧科技开发中心建起来了,那么,小镇的剩余劳动力,有了赚钱的门路,谁还愿当打工仔打工妹,奔波异乡呢?那么,小镇的农、林、牧、副、渔就有科学发展的保障,村民们的钱包还怕鼓不起来吗?这不是新任官们纸上谈兵,也不是花拳绣腿,而是在真抓实干办的顺民心合民意的事呀!何况这新任官们中有他俩的高中同学青明当镇长呢?于是乎,夫妻俩毅然决定,自家的楼房暂不建了,带着这些资金投到镇上搞开发去,让"三厂两矿一中心"早日办成!办好!小溪有水大河满,锅里有才碗里有呗!村民—小镇;小镇—村民,就是这样的哲学逻辑。于是乎,刘熙熙兴冲冲地向镇政府递上一张申请书,准备参加镇政府举办的基建工程投标竞争。……然而,眼前的丈夫,一反常态,这……这究竟是因为什么呢?李汪汪真想问个明白,可已来不及了,借着来人捻亮的手电亮光,她看清了走上前来的是新任的镇党委书记单丹和镇纪检委员陈灿芬。便客套起来:

"哟!单书记、陈纪委夜行呀!"

"哟!碰上了我们的企业家、大老板啦!"单书记客气地打过招呼后,且抢先地询问,"两口子一路同行,要到哪里去呀?"

"哦,到孩子她外婆家呗!"刘熙熙信口作答,"想不到这讨嫌的单车不争气,断了根链条,只能让单车骑摩托……"说到这里,刘熙熙连忙打住张口的嘴巴,因为他已意识到这个谎言,没有自圆其说,试问,丈夫带妻子去岳母家,骑一部摩托足够了,还要什么单车呢?于是,他马上改口,笑道:"嘿嘿嘿嘿!请问二位领导同志,么子事夜行呀?"

单丹虽看出了事情的蹊跷,但觉得不便打听。陈灿芬却没想那么多,只知人家怎么问,她就怎么答:"青明同志的父亲去世了,去帮忙料理丧事呗!"

"噫呀呀,镇长父亲仙逝,我连不晓得呀!"刘熙熙故作震惊地搔头挠耳,"这……这这这……做点么子表示呢?"

"不要表示!千万不要表示!"陈灿芬心直口快,下意识地摇晃着捻亮的手电筒,"青明同志已委托了我们,转告各位熟人、朋友,办丧期间,一切从简。谢绝一切礼物!若不信呀,镇政府院内有他亲笔的字条哩!"

"相信,相信!"刘熙熙口里这么说,心里却在嘀咕:吹!官官相护。青明镇长的字条呀,叫作反话正听,谢绝鞭炮花圈,不辞毛毯礼金呗!真是既要当婊子,又要立牌坊。我刘某人偏叫你牌坊无人立,婊子当不成。于是乎,他来了个顺水推舟,借梯下楼,故作惊喜地对单丹和陈灿芬说道:"真是新官上任新景象呀,我们丁字镇的发展有希望了哟!既然你们当官的这么讲求清正廉洁,那么,我刘某人也该识时务,不去强人所难喽!"

"是呀!有你们这样通情达理的群众,我们丁字镇确实大有希望啊!"单丹对刘熙熙话语中所运用的"希望"一词很感兴趣,有意借题发挥一番,可是对方已发动了摩托,他只得望着刘熙熙夫妻俩匆匆离去的背影,拉长了腔调叮嘱道:"我们的刘大老板呀,千万别忘了正月初八日八点前到镇政府来参加大会夺标啊!"

四

投标竞争大会,如期举行。

丁字镇礼堂的正面墙上,贴着用红纸写的"镇办企业基建工程投标竞争大会"横幅,分外醒目。主席台前用红布蒙着的一排长条桌上,放着九块红色标牌,已经写上了五位评委的名字,还有四块空着。摆满礼堂的长条凳,按编号只能坐五百六十八个人,但这一天,却人挤人、人抱人地坐得拍满,大概有八九百。原因是以往丁字镇搞什么大小承包,从来没有投过标竞过争,全凭书记、镇长一句话,要哪个干就哪个干。而今天,参与竞争的对手们,要当众上台发表演说,摆条件,讲措施,再让评委无记名投票表决,能说不是小镇破天荒的新鲜事吗?故而,来了这么多人看热闹,看稀奇,看究竟。

八时过八分,评委主任单丹宣布会议开始,先讲了投标竞争的意义和投标的方法,接着宣布了大会纪律。因为此时评委席上还空着五个座位,肃静的会场出现了窃窃私语。单丹书记很敏感,马上作了说明,九位评委中,只有青明镇长因办理丧事还要迟到一会,但一定会赶来参加投票表决的。另外四位评委,是为了增加透明度,镇党委决定,在今天到会的同志们中,临时由大家推选两位村干部和两位村民上台充当评委。同时还决定,让年轻人"毛遂自荐",再加四位登台充当评委们的监票员和唱票员。

说到这里,会场出现了前所未有的活跃,不到十分钟,四位评委便被推推搡搡地入席就座,四位帅哥靓妹也大大方方地登上了主席台。会场陡然清静了下来,单书记宣布进入下一个议程。

　　竞争对手们上台演说了,镇党委办和行政办的两位秘书在主席台边做着记录。参与竞争的四位对手,有两位本乡人、两位外乡人。外乡人演讲更是热情洋溢,言语动人。尤其是那位陈出新,说话真有水平。他上台演讲了足足四十分钟,从丁字镇山清水秀、人杰地灵讲到开发的前景,有数有据,有史有典,让人听得入了迷,八九百人的会场上,简直鸦雀无声!接着又讲了自己参与竞争的条件和措施,愿意在县审核过的基建标底上(标底,属保密数字,归招标方的核心人物掌握,故投标竞争方只能笼统地提增减多少百分点),减少百分之六点八承包全部工程,并愿意带上百万元启动资金和价值超百万元的基建设备,来作为工程验收的风险抵押。为了表达对丁字镇的满腔热情和爱,他特意在最后一段演说中,加重了感情色彩,并辅以手势,说道:"丁字镇的父老乡亲们,我陈某人与丁字镇比邻而居呀,'亲为亲好,邻为邻安',这是我们中华民族的美德呀!如果想利用承包工程到丁字镇来赚大钱的话,我已经在××特区搞了八年基建承包,最近还有两个大工程在等着我去签订合同哩!难道那特区的钞票不比我们这山冲旮旯的钞票好赚吗?那么,我为什么要来这里参加投标竞争呢?就因为我从小就爱上了这美丽的丁字镇!儿时到外婆家去路过这里,总要在镇上绕几个圈,常害得我妈东寻西找;往后到丁字镇来读高中,这镇上的一砖一石,这江边的一杨一柳,我哪点不熟悉呀?打个比方,这丁字镇就像美丽的姑娘,我陈某人就是想与她亲一亲,吻一吻,还想在她的头上插几朵鲜花,脸上抹一把胭脂哩!"

　　听众们被逗笑了!在陈出新鞠罢躬结束演讲的时候,报之以长时间的热烈的掌声。

　　第二、三个竞争者,也讲了一些参与竞争的条件和措施,但对于县审核过的基建标底,他俩只愿意减少三个百分点来承包工程。会场上虽议论纷纷,但还是鼓了掌,表达对他们参与竞争的支持。

　　第四个上台发言的是刘熙熙。他不喜欢长篇大论,只讲了十来分钟。先说到他在这丁字镇土生土长,开发小镇,建设小镇,有不可推脱的责任,所以夫妻俩决定,县城的宅基地不买了,户口不迁移了,回到自己埋胞衣罐子的地方投标竞争,愿意以银行的一百二十万元存折和全套基建设备作为风险抵押,愿意在县审核过的基建标底上,减少六个百分点承包工程。并反复强调说:"我只能减少六个百分点呀,因为我要保障不出豆腐渣工程,也要保障农民工的工资发放,还要想想自己有点点利益可图啊!我刘某人虽不希望赚大钱,但不希望自己陷进烂泥巴里抽不出脚呀!这是我的良心话,请评委们鉴别!"

刘熙熙就这么结束了他的竞争演说,台下先是一阵出奇的肃静,接着是一阵叽叽咕咕的议论,再接着是一阵热烈的掌声。

单丹书记扫视了一下会场,望望评委中仍然空缺的席位,说道:"同志们,下面进行第三项议程,评委无记名投票表决。青明同志因父亲今天落葬,情况特殊,我们也就不再等了,少数服从多数,得票多的,就算中标了!万一出现票数相等的情况,那就只能等青明同志的那一票喽!"

九个评委,八人投票。监票和唱票的几个年轻人,不到一分钟就麻利地向大家宣布了结果:陈出新四票,刘熙熙四票。

会场上热闹了!三个一堆、五个一伙地议论开来,听不清是谁帮谁说话。

单丹书记感到为难起来,因为他确确实实没料到这样的投票结果。一言既出,驷马难追。看来真的只能等青明镇长来见分晓了!幸喜他有言在先,没在群众面前显露出一个领导干部的尴尬。

"青明镇长来了——!"

不知是谁叫了一声,会场陡然出奇地肃静下来!

青明镇长急匆匆地走上主席台,先朝全礼堂的与会者礼貌地鞠躬致歉,然后,一边用手帕拭汗,一边与在座的评委、竞争对手们握手,嘴里不停地重复着:"迟到了!迟到了!对不起!对不起!对不……"

单丹书记虽已向大家宣布休会五分钟,但没有一个离开会场的,也没有一个交头接耳的,全场几百双眼睛,直瞪瞪地望着单丹书记将秘书手里的会议记录本递给了青明镇长,会场上出奇的静!静!静!

青明镇长在评委席上坐了下来,咕隆隆几口就喝完了陈灿芬递上的一杯茶水,便认真地翻阅着会议记录,嘴角上不时地露出微笑,不到五分钟,他合

第二部分 小说故事选 125

上了记录本,还给了秘书,习惯地用左手掠了掠罩在额前的头发,抬抬手腕看看表,然后,站起身来大声地说道:

"同志们呀,快到中餐的时候了,身为镇长的我,先对各位表示两个意思。一是道歉!头年头月头次开会,镇机关没准备中餐,实在有愧!二是感谢!今天有四位参加竞争的老板和几百位观众,感谢各位热情地支持了这次会议。"

听到这里,刘熙熙忍不住从心里暗暗地抱怨起来:姓青的呀,别卖弄你那张"教师嘴"了吧,人家是来看你投票的!什么道歉、感谢之类没人关注,关注的是你投谁的票,让谁中……刘熙熙的埋怨没结束,不料青明镇长话锋一转,说道:

"同志们,朋友们,父老乡亲们!大家已经知道刚才投票的结果,刘熙熙和陈出新两位竞争者得票相等,谁能中标,就是我这当镇长的评委投下的一票了!唉——难呀!刘熙熙是我高中时期的同窗好友,陈出新是我妻子的嫡亲老兄。俗话说,朋友面前莫说假,妻子面前莫道真。可见朋友比妻子还重要喽;俗话又说,除了栗柴没好火,除了郎舅没好亲。可见得罪了舅佬爷就等于得罪了妻子,还有岳父母家那一些人都是妻子的同盟军哩!哎呀呀,就是这么严峻的现实把我推到了风口浪尖!打开窗户说亮话,脱掉裤子放响屁。看来,为投这一票,我青某人不摆他一个子丑寅卯是不行了!"

青明镇长在笑声中又一次咕隆隆地喝干了陈灿芬倒满的第二杯茶水,润了润他那干燥的嗓门,礼貌地对单丹书记说了几句:"对不起,再啰唆几分钟吧!"单丹点点头。会场笑声过后又变得静极了,刘熙熙和陈出新简直可以听到自己那怦怦的心跳声。

"我虽没听到刘、陈两位的投标竞争演说,但我看了会议记录,权衡再三,我觉得这神圣的一票要投给刘熙熙同志!"

哗!会场沸腾了。鼓掌声、议论声搅成一团。刘熙熙简直被这意外的重磅炸弹弄得浑浑噩噩,而后,只是模模糊糊地听着青明镇长在会上申述的三大理由:其一,青明镇长事先找了很多抓基建的行家里手进行了调查,认为投标者愿意在标底上再减少六个百分点来承包工程,已达到了最高极限,如若再扩大百分点,就有可能出现偷工减料或发生建筑工们劳力贬值,所以,他认为刘熙熙的投标指数比较切合实际。其二,刘熙熙夫妻俩在放弃进城买地建房的情况下,移资建设自己的家乡,凭这拳拳之心,就应该热烈欢迎,特别支持呀,何况他那姓陈的舅佬爷外地有大项目等着签约,可以做点礼让呢?其三,也就是青明镇长认为最重要的一点。他是这样在会上慷慨陈词的:

"同志们,大家不是都非常憎恨社会上的腐败现象吗?这腐败现象却与送情送礼紧紧相连呀!礼尚往来,人之常情。但'情礼'当有个标准,'千里送鹅毛,礼轻人意重',这就是我们民间的标准,即'礼轻'合乎'常情',如果'礼重'了,就不合乎'常情'了,就是忘掉我们民间的标准,值得警醒了!现在,我可以向大家泄露点个人机密。我到丁字镇任职虽不足三个月,巧得很,碰上了两次发财的机遇。一次是过年;二次是丧父。不瞒大家,我若把那些送上门来的红包和礼物全得了的话,确实是可以一夜暴富的!但是我不能得呀,因为我是农民的儿子,因为我是共产党员,因为我是人民公仆,怎么能丢掉本色,忘记誓言,抛弃自己的职责和义务去求富求贵呢?只因丧事耽搁,我还没来得及把我记载的人情礼单和现金实物如数交给组织处理。但在这里,我要大声地为老同学刘熙熙叫好!我过年,他没送礼送红包;我丧父,他也没送礼送红包。难得啊难得,就凭这一点,我这神圣的一票,一定要投给他!"

会场上掌声不息,议论不止。主持会议的单丹书记想作个会议的小结,但无法再让会场安静下来,面对此情此景他并无丝毫遗憾,倒是满意地朝大家笑了笑,挥挥手,扯开嗓门喊道:"我代表本届评委会宣布:刘熙熙同志中标!"

五

会散了。

刘熙熙随着人群走出了会场。几个靠屁股长大的年轻朋友张槟榔、李开放、王夫所以、罗匡洛夫斯基(户口簿、身份证上不是这个名字,为赶时髦改的,喊来喊去习惯了,哥儿们差点忘记他们的真名了!)一起围拢来,抱住他,又是跳,又是叫:"好啦!中标了!该请哥儿们喝一杯呀!""喝一杯就喝一杯呗!"刘熙熙从来没有这么兴奋过,手一挥,领着朋友们就往镇政府斜对门的丽丽酒家走去。

　　十二点时分。初春的阳光当头照着,好像城里人安上了暖气那般舒服,更令他增添了一份对丁字镇的亲切感!

　　丁字镇啊丁字镇,刘熙熙一家几代人都对你有特殊的感情啊!他虽在那场史无前例的运动中出生,但没在那样的岁月有辱斯文。记得启蒙入学那年,听奶奶说过,原来的丁字镇内有个关圣庙,那关老爷是泥巴塑的,红光耀眼的脸庞,金光闪闪的盔甲,笔正笔正地端坐在庙堂里,另有两个名叫关平和周仓的武士,持大刀、牵骏马站立在关老爷的两旁,好威风哟!没见过世面的乡里娃娃,看一眼都要吓得直哭。于是,有的年轻父母,当孩子不听话时,就吓唬着要送到关老爷那里去。后来,那关老爷被日本鬼子的炸弹毁了,仅留下了空空的关圣庙大院和院内的戏台。后来,这里做了乡政府,再后来换上了人民公社的招牌。月转星移,几经周折!但那大院和戏台一直保留着,因为地方上常常要开大会,与会者要进场落座,当官的要上台讲话。特别是县花鼓戏剧团每年春秋要来此地做巡回演出哩!偌大的戏台,偌大的院子,花上一角五分钱就可以看上半天县里班子的演戏。刘熙熙他妈就曾这么舒舒服服地看过了《春草闯堂》《皮秀英四告》。后来,戴着红袖章的造反派们说这是"四旧",因为戏台的梁柱雕龙绘凤,还有八仙过海、阴阳太极之类的浮雕,自然被列入横扫之列,庙院拆了,戏台砸了。于是,公社在这里建了个礼堂,拉车运石,砌墙上梁,一律调工。刘熙熙的爸爸就是个被"调工"的砌匠兼木匠,足足干了二十八天!后来的后来,镇上开始"联产承包,责任到户",有人以为"吊吊工"不做了,"大锅饭"不吃了,从此就是"黄牛角水牛角——各(角)顾各了"!(湘中方言,各与角同音)当出现"山塘水坝无人管,路塌桥坏无人修"的状况时,刘熙熙成立了学雷锋小组,搬来一块块麻石,把镇旁那段崩溃的河堤,砌得牢牢实实,至今二十年了仍完好无损哩!记得他读高中二年级的那个植树节,学校组织义务劳动,要在丁字镇街道两边栽上樟树,每隔五米一棵,从东到西两百米,从南到北三百米,总共植树一百零八棵,县八中的师生们整整义务了一个星期天哩!十年树木,而今看到街道两旁四季常青的樟树,他能不为当年挥汗换来的成果而自豪吗?然而,自豪之后是愧疚,结束学生时代快二十年了,他离开家乡闯荡了十多个春秋,亲手为异地他乡建造房屋一栋栋、一排排,而心爱的小镇呢?还是那条丁字街,东西南北,半个小时可以跑遍。小镇呀小镇,他曾多少回梦呓中呼喊:"小镇建高楼了,小镇办大厂了,小镇的父老乡亲脱贫了,致富了!"话一出口,醒了!触摸到的是枕边的家书,老母告诉他:镇上的煤窑关闭了,企业又亏了,年轻人外出打工了,山冲旮旯里,除了老人小孩外,难得找一个年轻力壮的男子汉了……,今天哟今天,难忘的正月初八,好个黄道吉日!半天的大会,让他真正改变了心态。实不相瞒,此时此刻,此情此景,他有些负罪感。觉得自己心胸狭窄,眼光短浅,真个对不起小镇的官们了!散会以后,青明镇长走到他面前,一拍他的肩膀说道:"老同学呀,就在我这里吃顿便饭,喝杯米酒吧!公事公办,你我还要在合同书上签字画押哩!"他"嗯"地应了一声,但等到青明镇长转身与单丹书记交谈什么的时候,便趁机溜出了镇政府大院。

丽丽酒家的老板叫王丽丽,是刘熙熙的初中同学。她是父母的独生女,招了个姓周的汽车司机入赘,生了个一男一女。今年来,她丈夫开县城直通娄市的长途客车,又结识了娄市直通县城的客车司机,长途车必经此镇,中餐无疑落在丽丽酒家,生意自然红火。

刘熙熙领着哥儿们进了店,王丽丽笑容可掬地迎上前来,说道:"恭喜恭喜呀,老同学成了大老板,是该请几桌客了!"话未说完,芙蓉王香烟塞到了客人们手里,打火机的光焰闪耀在客人们鼻尖。此时,两个系围兜的服务小姐递上了热茶以后,便在他们落座的大圆桌上摆筷子、放杯子,还搬上了一瓶白沙液、一瓶五粮液,王丽丽指了指酒瓶,试探地说:"对不起!本店没别的好酒了,就这两种凑合凑合吧!"话音一落,罗匡洛夫斯基接腔:"我主张喝白沙液,本省名酒!"边说边揭盖子往自己杯里筛起酒来,李开放却捂住自己的酒杯,拿起了五粮液,朝罗匡洛夫斯基笑道:"嗤!取个洋名字,还是乡巴佬。你喝那个,我喝这个!"见罢此景,王夫所以倒没忘乎所以,连忙阻止李开放对五粮液启盖,并挤眉弄眼地卖弄起客套来:"哎呀呀,怎能犯自由主义呢?客听主安排嘛,主人说喝什么就喝什么呀?"刘熙熙很慷慨,双手一摊:"两种酒都喝,该不会怪我小气吝啬了吧!""嘿嘿嘿嘿,够朋友!够朋友!!"张槟榔、李开放、王夫所以、罗匡洛夫斯基同时地朝刘熙熙竖起大拇指。王丽丽眨巴眨巴丹凤眼,递上菜谱说:"好酒要好菜呀,不知我们的刘大老板能点些什么?"刘熙熙今天太高兴了,把菜谱一摊,说道:"什么大老板,打肿脸充胖子呗!这样吧,吃了再结账,你就选几个最好的端上来喽!只是在老同学面前,莫把脚筋切得太厉害了就行!"

"切脚筋,谁敢呀!老同学回小镇搞建设,往后吃吃喝喝的机会多,谁不想图个背靠大树好乘凉啊!"王丽丽一边答话,一边指着服务小姐端来的一个大盆卖弄起生意经来,"喏——!'霸王别姬'原价二石四,收你一石二,莫说切脚筋,我这是贴血本哩!"

"噫呀——!"刘熙熙轻轻地扇了扇那香喷喷的清炖水鱼拌乌鸡,忙问,"我的老同学为什么今天准备了这么高级的东西呢?"

"实不相瞒,这是为我家老公招待司机朋友的菜。"王丽丽娇嗔地瞟了一眼刘熙熙,"先到为君,后到为臣。谁叫他们今天班车晚点呢?要吃呀,屁眼里插当归——后补。等到明后天买到了乌龟王八再说!"

"噫呀呀!想不到丽丽大姐这么讲义气!"张槟榔望望服务小姐端上的叉烧肉、卤猪蹄、酸辣鱿鱼和狗肉火锅,忍不住吐吐舌头、伸伸脖,讨好道,"若是今后我们的熙哥不把生意带到丽丽酒家呀,且看哥儿们打他一个抱不平喽!"

说罢,忍不住在餐桌旁露点功夫,原地一个"扫郎腿",却不慎自己摔了一跤,惹得哄堂大笑!

笑声中,青明镇长出现在店门口,说道:"老同学呀,我请你吃顿饭,你却嫌弃,悄悄跑到这里搞特殊了!"

"哎呀呀,真对不起!因为几个哥儿们闹着我请客呀!"刘熙熙一边解释,一边上前拉了拉青明镇长的手,"喋,添客不杀鸡,杯筷现成的,请老同学一起吃吧!"

"我已吃过了!"

"吃过了还能吃呀!俗话说,饭后站一站,吃得一碗饭;稍微伸伸足,喝得两碗粥!老同学的肚量我还不了解吗?只是而今当了官,敢不敢来凑这个热闹喽!"

"这有什么不敢呢?当官的也是人,同样要食人间烟火呗!"青明镇长习惯地抹了抹额头上的头发,爽快地坐了下来。你举酒杯,他举茶杯,偶尔也动动筷子。

希望的田野

于是，一杯一箸，畅饮抒怀！你一言，我一语，还有帮腔插话的。从伊拉克战争，到本·拉登被毙；从汶川大地震，到总书记阅兵；从粮票、布票、肥皂票，到国企、外资、个体户；从枪决刘青山、张子善，到学习焦裕禄、孔繁森……，青明镇长和大家一样感同身受，一餐饭足足吃了两个钟头，若不是陈灿芬来喊他回镇机关去的话，他差点忘了要参加镇党委会哩！

六

丁字镇扬名了！

因为小镇出了大新闻。春节以后的第一个党委会，就是民主生活会。以单丹书记为首的党委一班人，学习了有关"廉洁自律端正党风"的文件，自我洗澡，轻装下楼，主动交出了春节期间所得的红包和礼物，折合人民币15万元。县报刊登了专题通讯，县电视台播出了专题评论，省市报社、省市电视台也来了记者采访。

几天来，镇上的官们忙得不亦乐乎，连刘熙熙的家里也来了记者。

当女记者走进刘熙熙家门的时候，刘熙熙不解地问道："怎么找我呢？我可没送那些官们什么呀！"

女记者坐下来，慢慢地喝完了他妻子递过的那杯茶后，才轻声细语地回答了他："我不是来调查送礼人的，而是想问问本镇的大老板，对这15万元有什么看法？"

"看法？当然有呗！"刘熙熙被女记者的问话拉近了距离，心直口快地说道，"15万元，对比那些在报刊、电台曝了光的天文数字，确实是无足轻重，不值一谈！但我们这里是一个还没有脱贫的小镇呀！请想想，一个春节，本镇大小不等的九个官员，最多的超十万最少的一千三，能不说有人会发横财吗？难怪我们镇上曾出现过民谣哩！"

"民谣？"女记者有点迫不及待地追问，"能说给我听听吗？"

"行呀！"刘熙熙一字一板地吟唱道，"别看本镇小，油水可不少！镇长苟仕来，上任就发财；家乡建楼房，县城买'山庄'；吃喝嫖赌游，花钱不用愁；幸喜时运高,人死没穿泡!"

女记者忍不住一笑,说道:"这么说来,群众对腐败官员看得一清二楚,恨得咬牙切齿喽!"

"当然呗!哪个能容忍白蚁蛀木、蚂蟥吸血呢?"刘熙熙的情绪异常振奋,"早几天呀,我还听到有人在小镇上谩骂新上任的青明镇长哩!"

"唔?"女记者十分敏感地朝刘熙熙眨巴着眼睛,"那是因为……"

"因为青明镇长死了父亲呗!"刘熙熙坦率地讲述了那天在花圈店前的见闻和自己追妻打道回府的经历。

女记者听后,俏皮地反问道:"这么说来,你们认为自己骂错了吗?"

"骂错了,确实骂错了!"刘熙熙诚挚地朝女记者点了点头,感叹道,"啊!丁字镇啊,风和、日丽、气爽,有希望了!"

(该文收录于2014年出版的长篇小说《夫子山的秀才》,为节选)

C辑
故事新编

叶公好鼠

叶公者,乃叶氏子高老翁也。说其好龙,尽人皆知;言其好鼠,则是新说。自遇真龙而病,数月方得康复。反躬自问:龙值几何?虽可降妖驱魔,然斗米秤肉难填其肚,家有余粮万担,亦会耗尽矣!从此,为避真龙再现,则令儿孙毁其雕龙画龙之梁柱盆杯,以求安逸。

某日,公游于后山。见一鼠穴,储满板栗、花生、地瓜、谷物。公乃触景生情,合掌自语:"如此囤粮好手,理当惜一技之长,焉能过街喊打乎?"而后好鼠。自知有悖乡邻心愿,即改常规,梁柱盆杯不再雕鼠画鼠。上邻谷仓患鼠,公道整修不严;下舍衣柜患鼠,公曰翻晒不力。当其左右街坊,操刀持棒追打梁上君子之时,公或装聋卖傻,或婉言开导穷寇勿追。由是,鼠公鼠婆鼠子鼠孙得以世代繁衍,家族兴旺。

时光如逝,转眼新年。公欲清点家财,惊闻儿孙禀报:仓有鼠洞,柜有鼠窝,梁上干鱼腊肉亦横遭鼠祸。更有甚者,公之百年棺椁亦未幸免。

呜呼!公复病矣。恐耶?恼耶?悲耶?悔耶?旁人难测,唯公自知!

(发表于《中国检察日报》《明镜周刊》2000年8月)

王文清以文斗富

1765年的仲秋时节,宁乡油草铺的学堂湾来了十多个长袍马褂、穿绸裹缎的绅士财东,他们是应九溪公之约赴会议事的。九溪公,就是清代经学家、岳麓书院山长王文清。

这一天,年已76岁的九溪公,身穿蓝布长衫,手捧白铜烟袋,精神矍铄地在厅中迎接前来的客人,嘴里不停地说:"承蒙赐步寒舍,请恕款待不周!"

这时,一位绅士指指壁上的楹联,笑道:"'得好友来如对月,有奇书读胜看花'。九溪公呀,你是当朝学究国宝,拿几卷最新诗作让我等一饱眼福,不就是胜过款待山珍海味了吗?"

"是呀,读奇书胜过看花,吟好诗胜过喝蜜。九溪公,赐卷一读吧!"又一位绅士附和起来。

不料话音刚落,却被一位四十岁开外的粗嗓子大汉转了题:"九溪公呀,本汉子不爱书不爱花,只爱一杯好酒。您有就快拿出来吧!"

这粗嗓子大汉叫余八,是双江口镇上的一个盐贩鱼商。五大三粗,奸佞狡诈,有人送他绰号"鱼霸"。九溪公虽被这轻浮之举扫了点雅兴,但仍心平气和:"吾乃一介寒儒,无有珍茗佳肴美酒,仅备粗茶淡饭,实为抱歉,敬请海涵!"

"哎哟!不吃了。什么海咸(涵)海淡的!"鱼霸霍地起身,手一摊,嚷道:"有屁就放,有屎就拉吧!生意人哪,可没那个闲心静坐!"

"粗俗！非礼！"有人窃窃私语。九溪公好不吃惊，耐着性子，恭敬地向众人双手一揖，说道："既然余君没工夫久留，且容老夫讲几句吧！"接着，他动情地讲述了3年来的家乡见闻，个人的欢乐与忧虑，并表示愿尽晚年微薄之力，整修家乡大小路，重建家乡石拱桥，造福乡民。

一番话，说得大家心头火热。于是，绅士财东立即慷慨解囊。你捐铜钱，他出银两。只有鱼霸紧绷着脸一声不吭地坐在一旁。

九溪公走上前去，轻声试问："余君愿捐多少？"

鱼霸没好气地作答："九溪公捐多少本汉子捐多少！"

"老夫捐10两纹银。"

"本汉捐纹银10两。"

"只因近来老夫手头拮据，今日难以当堂兑付！"

"既难当堂兑付，又何必夸下海口呢？"

"老夫行必守信，决不食言！"

"空说无凭，抵押方为可信。"

……

九溪公忍无可忍了，即对身边的学子高声吩咐："把那箱子抬了出来！"

稍时，一只黑漆木箱摆在客堂。绅士财东们知晓，九溪公当过学政、编修，还做过书院主讲，便推测这箱内不是绫罗绸缎，就是文物古玩。然而，九溪公亲自打开箱盖，露出的是一沓沓墨迹手稿，众绅士财东顿时瞠目结舌，一时搞不准其中奥妙。鱼霸瞟了一眼，鼻子里"哼"了一声说："一堆废纸能抵几个钱呀！"

九溪公一听，如雷轰顶，声色俱厉地教训起来："有眼无珠！此乃老夫数十年之心血《考古源流》手稿，囊括易、书、诗、礼、乐、春秋、天文、地理、算术、说文，可谓是宇宙大观，别说是价值连城，起码也该将老夫算个真正富翁吧！如今修桥补路，是行善积德的好事，虽然有人不拔一毛，也无碍这千秋之举。请便！"

说罢，坦然而坐，遂接过学子的笔，在那募捐的账册上书下联语两行："腹有经纶文著千章堪称富，胸无点墨腰缠万贯亦谓贫。"客人们赞不绝口，鱼霸羞得无地自容。

这以后,九溪公的客堂,就挂上了这副楹联;他死后的灵堂,也用它做挽联。九溪公的故里,子孙后裔耕读不倦,人们给它一个美名,叫"经学之乡"。

(该文发表于1997年2月湖南少儿出版社出版的《长沙名人故事》中学版。王文清〔1688—1779〕,清经学家。字廷鉴,号九溪。长沙宁乡人。雍正时进士,任岳州府教授。后主持长沙岳麓书院达9年。编撰《湖南通志》和《长沙府志》,主修《宁乡县志》和《玉山书院志》。著有《历代诗汇》《周礼令要》等)

读书堂的故事

那是在距今 840 年前的一个春暖花开的日子,和风拂煦,绿草如茵,在县南七十里长冲(即今道林大界)的一座瓦房院内,乡娃满座,书声琅琅,一位年已半百的先生,布履长衫,往返于乡娃座旁桌前,或讲论语孟子,或吟唐诗宋词,或传柳颜书法。乡娃热心,先生耐心,引得课外观看的乡娃父老,交头接耳,窃窃私语,深表对这一私塾学堂的满意称心!

忽然,一位乡娃父亲急匆匆由山外赶来,气喘吁吁地走进教室,在先生耳边嘀咕了几句之后,先生的脸色变了,将教鞭在桌边上重重地敲了三下,堂内顿时鸦雀无声,先生才开口说道:"弟子们,实在抱歉,先生又要'躲客'了,提前放学。"说罢,习惯地将双手往胸前一合,然后转身,从后门溜出,就不见了踪影。

说到"躲客",学堂内的乡娃和乡娃父母并不陌生,因为他们已有好几次这样的经历了。俗话说,三年邻居是杆秤,何况先生是在这七十里长冲土生土长的,故而先生的为人处世,乡亲们亲身看见,早就名扬乡里,有口皆碑了。既然乡里有名,县府衙门之内哪有得不到信息的呢?当朝的县令就有这么一个深刻的印象:哦!在七十里长冲有个才子,姓谢名英,字楚华,自幼聪明,所居处有石柱高耸,平坦光莹,不生草树。谢英读书其上,刻志励学,博通经史百家,不应举,不为仕,甘居偏僻山乡,教授乡邻子弟,日以课读,著书自娱。此乃英才,当为荐举,于是令其幕友——专管文案的宁师爷登门造访,劝其赴京应举,为国效力。

谁知事与愿违,宁师爷几次当差都吃了个闭门羹。第一次登门,谢英托病不起。身体有恙,焉可强求,宁师爷只得礼而却步。第二次登门,谢英躲而不见。宁师爷再三打听,方知他闻信县府将遣差造访,便赶早离家到50里外的东雾山麓秋游去了。宁师爷扑了个空,心有不甘,便尾随而去,探其究竟,好不容易来到东雾山麓,才找到了谢英的行踪。只见东溪岸边有一尊巨石,高约四丈,腰围十丈有余,头锐身圆,背山面水,石壁如台,体形如柱,不张不显,其威严风采,坚贞气质,实实令人肃然起敬,进而浮想联翩。此时的谢英正站在巨石之下,指指点点,吩咐他的随从把其亲笔题写的"慕严台"三个斗大的楷书字,篆刻于石上。哟,慕严台。宁师爷忍不住在心底里赞叹道:"楚华先生,你是想做中国历史上第二个严子陵啦!"

这宁师爷既能充当县令之文案师爷,自然是个读了些书、有点学问的人。见了这"慕严台"三字,当然知道谢英是以东汉不愿为官、隐居于富春江的严子陵自拟了,这也算表达了谢英不愿为官的决心。

"人各有志,焉能强求?"宁师爷想到这里,再也没上前与谢英打照面,便悄悄地返回县衙去了!

谁知这县令也是个倔强人,喜欢打破砂锅问到底。听罢宁师爷的述说,对谢英更增添了一份爱才惜才之情。便带有遗憾和责怪的口气对宁师爷说道:"你也太吝惜自己的脚步和嘴巴了,严子陵隐居,其缘由后人知晓。而今楚华先生隐居,你能说出为何吗?"宁师爷一听,不由惭愧地答道:"那卑职就再去找找楚华先生吧!"县令手一挥说道:"且慢,好事不在忙中取,今秋告罢,明年开春再说吧!"

果真如此,熟人熟地,次年又是这位宁师爷登门造访了。

不同的是,此次他在县城带来了一坛陈年佳酿,说是休假春游,特来找老朋友饮酒叙旧的。而且反客为主,进屋后对谢英之妻左一声嫂子、右一声嫂子地喊得亲热,又特意从长衫里掏几块烘糕,给了谢英最小的儿子,并逗哄着说道:"快把你爸爸找回,就说有位叔叔要拜读你的大作喽!"盛情难却,谢妻只得在小儿子耳朵边嘀咕了几句,半个时辰以后,就把躲在后山池塘边钓鱼的谢英请回家了。

第二部分 小说故事选

真个是物以类聚,人以群分!三杯美酒下肚,一番内心表白,谢英与宁师爷都有相见恨晚之感。

当天晚上,宁师爷在谢英的书房里挑灯夜读,恨不得一夜之间就要把谢英的著述《志伊录》《白云素养》《循史龟鉴》全部读完。然而,锦绣华章,精辟见解,不容他狼吞虎咽。在他一次次拍案叫绝之后,终于忍不住向陪伴夜读的谢英发问了:"谢兄呀,真金不该藏在泥土之内啊,愚弟真弄不明白,兄长这般本事,完全可以赴朝应举,为国效力呀,而兄长为什么可为而不为呢?"

"自古男儿当报国啊!可是我……"谢英似有伤感地说了句半截话,机灵的宁师爷连忙追问道:"哦,兄长是觉得自己生不逢时吗?"谢英沉重地点了点头,才在知心朋友面前坦陈心扉,说出了自己年轻的时候,确有一片报国之心。耳闻异邦侵扰,朝廷无奈,迁都临安,他曾同仇敌忾,立志以岳飞为榜样,要收复失地,还我河山。正将赴朝应举之时,却闻岳忠武被奸侯秦桧所害,昏庸皇上屈辱求和,爱国名将惨遭杀戮,而他小小一介儒生,能扭转乾坤吗?自此以后,他便打消了应举之念,不求为官,安心在乡间启蒙迪智,开馆教学,日以课读,著书自娱了!

听到这里,宁师爷自然明白了谢英隐居不仕的缘由。但是,今非昔比呀!当年的昏君和奸侯人去名亡,承位的孝宗思贤若渴,谢英为什么还要躲客,不愿接受荐举呢?机灵的宁师爷便采用了激将法,试问:"哈哈,兄长呀,云开日出啦!当今皇上(孝宗)已对岳飞谥号'武穆',树碑称颂了!正是兄长这等人才大显身手的时机喽!"

"时机虽好,老朽则无可为了!"

"此话怎讲?"

"而今我年过半百,纵有'壮志饥餐'之志,也难有'八千里路云和月'之力喽!唉,心有余而力不足,何必装腔作势为仕,枉拿国家俸禄呢?是可为则为,不可为则不为,还是在乡间当个庶民百姓的好!"

这一番话,说得宁师爷心服口服了,他真佩服谢英这位德才兼备的隐士,真正把谢英当作自己的知心朋友了。回到县衙以后,在县令面前,机灵的宁师爷当讲的详讲,不当讲的只字不提,弄得这位县令对谢英的行为嘉奖不已!

于是,谢英流芳百世!他生前所居住的屋场,打破了以姓氏命名的惯例,不称呼什么"谢家湾""谢家坪""谢家老屋",而是抓住谢英在此闭门读书和开馆教授子弟的特点,命名为读书堂。似这样的命名,在宁乡的地名录中,是极为罕见的。

(该文收录于方志出版社 2007 年 7 月出版的《宁乡地名掌故》)

真假白马狭路桥头

距县城二公里许,昔日有一座石桥,横跨不足一丈宽的小河,就是用一块白色的大石板作为桥面,桥上无护栏,桥下无桥拱,虽然其貌不扬,却有一个美好的名字,叫作白马桥。这一地域新中国成立后曾有乡、公社的建制,均冠以白马桥之名,至今仍有白马桥乡。其实,白马桥原是一条小小的木桥,为什么后来变成了石板桥呢?这里有一个美丽的故事。

传说,当年伴随唐僧西天取经的师徒五个,不辞万里,历经九九八十一难,终于在西天佛国取得真经,尔后回到天庭。玉皇大帝对他们十分赞赏,根据他们各自的意愿,做出了如下决定:唐僧立地成佛,归如来佛祖门下;孙悟空武艺高强,命为镇守南天门的神将,深知他与花果山有缘,恩准他一年几次度假,可去花果山与弟子们团聚;猪八戒痴情难改,就回高老庄去吧;沙和尚精通水术,派他去治理流沙河,可为民造福;只有这白龙马是否再回龙宫呢?玉皇正在犹豫之时,白龙马跪地祈求:"我不愿再回龙宫,只想要一片树林深居,过上幽静的生活,其他什么也不要!"玉帝没法,只得依了他。临别天庭时,玉帝送了他一片石块。并对他说,此乃天宫的十大法宝之一,神力无比,念一念咒语,可以帮你在深山树林之内建个林宫,比你父的龙宫还要美。但是千万不能丢出手,一出手,你的敌人虽能制伏,自己也就没了。白龙马跪谢玉帝,来到了凡间,化作一位年轻英俊的白衣后生。

这一天,他来到了楚沩之域的一个小村落,只见田野里的稻禾东倒西歪,有的稻穗被弄断躺在田里,有的稻穗被弄得缺头少爪,黄金似的稻谷,乱七八糟地撒落在稻田里,一片狼藉。此时,十几个村民头顶烈日,忙碌在各自的稻田里,扶稻禾,拾稻穗,拈谷粒。口里不停地发出感叹:"真造孽啊!像这样闹下去,叫我们怎么活呀!"白衣后生忙上前问缘故,不料村民一见他就慌忙逃跑,并气喘吁吁地央求道:"请饶了我们吧!"眨眼工夫,这些村民都跑得无影无踪了。只有一位年逾古稀的老头,人们称他为村头长老,在慌乱的逃跑中摔了跤,跑不动了,竟跪在他面前不起身。于是,白衣后生上前扶起下跪的村头长老,亲切地说道:"老爷爷,您跑什么、跪什么呀?我不过是一个过路行人,看到这稻田里撒落的谷粒,心有不解,就随口问问,对不起,想不到把你们吓成这样啦!"此时,那位老翁才睁开紧闭的双眼,上下地打量了一番这身旁的白衣后生,惊奇地说道:"呀,原来你不是昨天那位呀,怎么长相这么相同呀?""唔!真有这么巧合吗?请老爷爷坐下聊聊吧!"白衣后生亲切地扶着村头长老席地而坐,然后慢慢地攀谈起来。

原来在一月之前,小村落来了一位穿着白色衣裙的年轻后生,刀枪剑戟,武艺高强。自称是陪唐僧师徒去西天取经的白龙马化身,看中此处的一方深山密林,心想在这里造个宫殿,娶三妻四妾,吃山珍海味。责令本村长老在一月之内要筹集千两白银,百两黄金,十个年轻美女,让他带进深山。如此贪婪,何以满足?昨天是限定的最后日期,本村连一项要求也没达到。那白衣后生火了,跑向稻田一阵刀枪剑戟,弄得稻田一片狼藉,然后对这位村头长老警告说:"再等三天,三天之内不见成果,将要来个血洗山村!"

村头长老说得声泪俱下,白龙马听得啼笑皆非!哼,何方妖怪,竟敢如此残害良民百姓!当年去西天取经时,俺悟空师兄倒有个"真假猴王"之争,想不到昔日的白龙马,今日也要来个"真假白马"之斗了!于是,他悄悄地对村头长老一阵耳语,而后各奔东西,等待三日之后河边的小桥边再见分晓。

第三日夜晚,月朗星稀。白龙马化变成本村长老,提着一个沉重的大包袱,来到了河边的小木桥旁,正在欣赏潺潺流水之时,一阵阴风吹来,月色微微一暗,只见小木桥对面站立着一个与自己一模一样的白衣后生,没等他开口,假白龙马就问话了:"金银带来了吗?""带来了!""送上来看看!"他正欲提包走过桥去,假白龙马忙问:"美女怎么没带来呢?"他耐着性子答道:"美女倒是挑了一些,老头子担心自己选的难以让你满意,还是请你到村上去选吧!""哈哈哈哈!老头子说得有理,那我就自己去选!"说罢,一跃跨过了小桥。老头连忙丢下包裹里装的沉重的砖头,一把抓住了假白龙马的双手,然后露出了真白龙马的模样。紧接着,真假两个白龙马激烈地搏斗起来。村头长老带着一些村民赶来观战了,但又分不清谁真谁假,谁也帮不上忙,真假白龙马斗了好几十个回合,正在难解难分之时,真白马想起了自己的法宝,林宫可以不建,此妖不可不除呀!想到这里,他毫不犹豫地掏出怀中玉帝赐予的那块片石,朝对方砸去,落在对方身边,只听轰隆一声巨响,化作一块大石板朝假白马压去,而后搁在河堤的两岸,小木桥没了,变成了一条横跨小河的石板桥。一溜烟,假白马不见了,真白马也不见了。就在这时,石桥的上空,现出个莲花宝座,观音菩萨手执净瓶,等待着正腾云驾雾朝她奔来的一匹白马。

从此,人们就把这座桥叫作白马桥,并在桥旁立一塔,逢年过节总有人焚香秉烛,表示对白龙马舍身除妖的感激!

白龙马自然是归天了。但假白龙马却是由回龙山下的一只白马妖精所变,为让其改变妖性,修成正果,观音罚它重返回龙山守卫白云寺500年。于是,后来出现了筲箕窝烈马奔槽的故事。

(该文收录于方志出版社2007年7月出版的《宁乡地名掌故》)

朱衣点传奇

朱衣点,原名汤达孚,乳名玄八。生于清代宁乡五都社学老屋,即当今的花明楼朱石桥村。他是太平天国起义军的一位战功赫赫的农民将领,曾被封为"孝天义王",誉为"扶朝天军"。虽已去世一百多年了,但那些富有传奇色彩的故事,至今仍在民间流传。

拦桥从军

1852年的一个秋凉的日子,在湘潭某地的山乡之中,旌旗蔽日,金鼓震天,号角长鸣,浩浩荡荡地开来了一支太平天国的起义队伍。

朱衣点闻信,跨上黄膘马,背着大箭弓,手举大刀,急匆匆地从罗西寨山头赶到靳江河的大石桥上。眼见前锋已到,他跳下马,就在桥上舞起刀来。寒光闪闪,白龙飞舞,宛如一阵狂风在桥头旋转,让路过的起义军将士看得目瞪口呆,弄不清这舞刀者玩的是哪家套数,谁家刀法。

此时,一位不知其名的将军上前,喝道:"谁在桥头习武呀?"

"罗西寨帮会龙头大爷玄八王爷!"朱衣点收刀作揖,彬彬有礼地回答。

"帮会劫富济贫,与我天国无忌,却又为何拦桥阻我天国神兵呢?"

"启禀将军,是因本汉特来投奔天国!"

"嚯!投军天国,你有何本领?"

"文通韬略,三十六计,样样熟练;武会刀枪,十八般武艺,门门知晓!"

"嚯,知晓并非精通,你以什么兵器当先?"

"手举大刀百余斤,豺狼虎豹不容情!"

说罢,朱衣点把手中大刀一顿,要个架势,脱下上衣,再打个骑马桩运气,然后,朝将军喊了一声"请看",便跃马挥刀,左旋右转,上纵下跳,马上马下,活若游龙,快如狂飙。那雪白的大刀,更是前飞后舞,左砍右杀,来如骤雨,去若暴风。

"妙哉!壮士,壮士……"那将军喜得跳下马来,双手抱拳,连称壮士!一串"嘿嘿嘿嘿"的笑声过后,紧握着朱衣点那热得发烫的手,问道:"请问壮士,为何好端端的龙头大爷不当,却来我天国从军呢?"

"为替天下穷人出气!"朱衣点铿锵而答。

"好的!还有吗?"

"把一身本领献给天国,竭诚跟随天父天兄推翻当朝腐朽专制,立一番功业!""好的好的!还有吗?"

再经盘问,朱衣点不由想起了自己的悲惨身世。原来他父亲汤伦岗,是朱石桥一带有名的壮士,只因对地霸杨某囤积粮食、勒索穷人不满,组织反抗而惨遭杀害。为图生计,他只得隐姓埋名,逃生在外。从此,汤伦岗的儿子汤达乎,从母而姓,改名为朱衣点。后来,为报父仇,讨还血债。他在罗仙寨集结了三百多仁兄义弟,扯起了劫富济贫的旗号,当上了龙头大爷。近日闻听太平天国起义军的行踪和意旨,便拿定了率众投奔的主见。当他把这些实情一一向将军陈述以后,用铿锵的一句话语作为结尾:"投奔天国,为父报仇!"

那位将军就是当年太平天国翼王石达开部的前锋李开芳。他听到这铿锵的话语,面对这眉如扫帚、眼若铜铃,牛高马大、虎背熊腰的壮士,连说几声"好的好的",便亲手将朱衣点扶上战马,令他召集部下一同兵发湘潭。

朱衣点两腿一收,领首领令,快马加鞭地赶回罗西寨,从腰间拔出海螺,仰头一吹,三百多仁兄义弟,顷刻间集聚起来,摇旗呐喊地跟着下山,成了太平天国的起义军,朱衣点也便从此成了翼王麾下的左营先锋。

逼帅投河

太平天国在广西金田村起义的消息,使当时腐朽昏庸的清朝政府闻风丧胆。咸丰皇帝多次召集满朝文武大臣商议伐剿之事。其朝廷的宠臣曾国藩自告奋勇领旨讨伐。当密探告知,太平天国起义军已步入湖南境内之时,他好不高兴。心想:"三湘四水是老夫的天下,人熟地熟,又有老夫统率的英勇善战之湘军,可笑义军自不量力,闯入老夫的地盘,岂不是自投罗网,送肉上砧板吗?"于是,他欣然给皇上修书一封,信中夸下海口,定剿义军于湘,请陛下等待喜讯。

遣差给皇上送信以后,曾国藩便与其弟曾国荃策划于密室,定谋于某地。利用地形熟悉、耳目灵通这一优势,精心地将他兄弟二人所统率的湘军,在湘潭地段,对太平天国的起义军悄悄地布了个里三层、外三层的包围合剿之阵,自以为用兵如神,万无一失。

谁知这起义军内,有个人熟地更熟的将领,他就是朱衣点。这湘潭突围一仗,是他带领义军冲入敌营,左冲右杀,半个月时间,就把曾氏兄弟的布防冲得个七零八落,损兵折将,造成了全线崩溃的势头。为了挽回败局,曾国藩慌乱地带领湘军悄悄地撤退到易俗河畔,心想休整数日,再一决雌雄,重振雄风!

不料,就在湘军安营驻扎之夜,朱衣点兵贵神速,闯入营房,湘军从无所防,只得被动应战。夜漆墨黑,军内没规定夜战的敌我标志。于是,一阵乱打乱杀,待到天亮,才弄清在自己人杀自己人,差点全军覆灭!

曾国藩羞恨得无颜面见江东父老,便扑通一声跳入滔滔的河水之中,以图一死蒙羞!幸有部属李续宾奋力捞起,未能一死了之,不得不向咸丰皇帝写出了"累战累败"的认罪书,得到陛下"削职留用,立功赎罪"的"朝示"。

这是朱衣点投奔太平天国起义军的第一仗。旗开得胜,马到成功。无疑英名大振,得到了翼王石达开的赞赏,被调到亲兵营担任大检点。从此,他跟随石达开一夺湘潭,再攻长沙,折返宁乡,挥师益阳。然后,统兵北上岳州(即今岳阳),皆立下了汗马功劳。

第二部分 小说故事选

智挫"黑虎"

岳州之城,曾国藩调来猛将鲍超把守。这位鲍超,不但打仗勇猛,而且颇有智谋,人称黑虎星。几次交锋,太平军皆遭失利。于是,石达开把攻打岳州的帅令交给了朱衣点。

朱衣点受令攻城,心生巧计。他先在岳州城外的湖边芦苇丛中设下埋伏,又在岳州城外安下地雷炸药。然后,他亲自带领一支敢死队,赤膊上阵,身画虎符,脸涂红彩,时隐时现在岳州城外。鲍超闻讯,赶忙鸣锣击鼓,大壮军威,剑拔弩张,让将士待令出击。可是,鸣锣击鼓了一整天,将士们的心弦绷紧了一整天,早晨未战,中午未战,下午仍未战,弄得将士们心生怨恨,疲惫不堪了。朱衣点却突然在城门口出现,手舞大刀,猛喝一声,便带领千多名勇士直冲鲍营。在一片喊杀声中,敢死队员们刀劈枪挑,猛冲猛杀,杀得鲍超营部的将士只有招架之功,而无还手之力。

勇猛狡猾的鲍超,虽知中计,但不甘失败。只见他命令鼓角齐鸣,倾巢出动。并声嘶力竭地在城楼上督战,还悬下特制的帅旗,上书告示:"后退者斩!连杀五个太平军者有赏,活捉朱衣点者赏万金。"清兵虽很怕死,但很贪财。不管三七二十一,一声吆喝便齐势冲向了敢死队。谁知朱衣点把马缰一带,大刀一挥,调转头来,率领敢死队急往湖边退去。黑虎星鲍超误以为太平军兵败如山,慌不择路。于是,传令:"速追!捉到朱衣点庆功摆宴!"

谁知追到湖边,忽然几声炮响,十里芦苇顷刻起火,熊熊烈焰,烟雾冲天。鲍超才知再次中计,急令后退。

然而,其时晚矣!城门外的地雷爆炸声此起彼伏,令人胆战心惊。弄得死的死,伤的伤,数千清兵哭爹喊娘,呼天抢地,形成了逃命的阵势。这时,朱衣点扬刀飞马领着敢死队员冲杀过来,预先埋伏的太平军也趁机四壁合围,号称常胜将军的黑虎星鲍超身负重伤跌落马下,若不是他的亲信心腹舍死忘生地把他背出重围,黑虎星也就见阎王爷去了!

尽忠天国

1853年,朱衣点随石达开攻克金陵(即今南京),洪秀全当上了天王,朱衣点擢升为将军。尔后,跟随翼王石达开转战浙江、福建、江西等省,朱衣点充当前部先锋。南昌之战,清兵一听说是朱衣点率部冲杀过来,竟闻声丧胆,弃城而逃。为此,石达开誉称他是太平天国中的张飞三爷,大有当年"张翼德吓退百万曹兵"的威风。浙西大战,朱衣点在清军包围圈里,杀个几进几出,石达开又夸他胜过大战长坂坡的三国名将赵子龙。于是,天王洪秀全特封他为军略使,随即加封为精忠大柱国。1859年晋封为孝天豫。

后来,太平天国内讧。石达开率部回师湖南,进入广西,意欲进入四川。朱衣点发现翼王有脱离天国另起炉灶的意图,便对自己的心腹将军彭大顺说:"扫除清制,靠的是天国上下同心协力。翼王虽把我当作心腹,但我不能因私情而忘大义!"

于是,他毅然地决定了自己的去向!

为了使翼王释疑,他特意把翼王亲自书写相赠的中堂"古帝勋华皆颂美,唐王家世尽鸿蒙",端端正正地挂在自己的营房。暗中却吩咐自己的军队二更造饭,三更整装,四更开拔。率领二十万天朝将士从广西折回湖南,夺关过隘,昼夜兼程,经历了十七个州县进入江西,与忠王李秀成的四十万大军胜利会师,使势孤力竭的太平天国,又一度军威大振。朱李二帅携手回朝,共匡王室。一路上百战不殆,好不威风凛凛。

于是,朱衣点的队伍被誉为"扶朝天军",其被封为"孝天义王",成为一名威震华夏、名传千古的农民起义军将领。

隐居山乡

1864年,朱衣点率部围攻变节投敌的骆国忠部,在常熟打了几个硬仗,不料天京(即南京)吃紧,便抽调部队回京保卫。朱衣点只留下几千兵力截击骆国忠。此时,狡猾的骆国忠乘机反扑,清兵也趁势袭来,朱衣点陷入重重包围之中。他领兵血战、连中四枪、血染战袍,毫无惧色。直坚持到弹尽粮绝,外无援兵,加上天京失落,大势已去。他只得跨上黄膘骏马,挥舞那百多斤重的大刀,领兵数百,拼力杀出一条血路,才突破重围。最后化装成卖艺的江湖游士,重返家乡,隐姓埋名地定居下来。直到1874年6月16日病逝以后,乡邻们才慢慢知晓,朱衣点就是本地好汉汤伦岗的儿子汤达乎,也就是当年罗西寨的玄八王爷。

尔后,乡邻们把他当年拦桥从军的那条石桥,叫作太平桥。把当年太平军驻扎宿营的山坳,叫作太平坳。把掩埋汤伦岗父子俩的土山堆,叫作太平堆。

于是,什么玄八王爷的故事、朱衣点的传说、汤达乎的传奇,也就暗暗地传了下来。

(该文与周德民合作,收录于《花明楼传奇》1998年11月)

护像的故事

20世纪80年代的第一个春天。

冻解冰消,和风万里。中共中央的十一届五中全会作出了英明决议,昭雪了那震惊华夏的最大冤情!这消息,传到湖南宁乡花明楼,群众奔走相告,热泪盈眶。一个个欢天喜地地聚集在刘少奇的旧居炭子冲内,打扫院子,洗抹灰尘,铲除路旁杂草,修整门前青松,将一件件原物精心摆放陈列。大伙儿正忙在兴头上的时候,突然有人悄声地叹息:"唉!要是有一张刘主席画像挂在墙上该多好呀!"

话语虽轻,却人人听入了耳。不由地望望那空荡荡的墙壁,一个个收敛了喜悦之情。回想当年的那场史无前例的浩劫,刘主席被诬为"最大走资派",故乡人被列为"老巢"的"保皇分子"。每天都有外地的造反派们挨家挨户地肃"刘毒",挖修根,若发现了谁收藏着刘少奇的书籍与画像,谁就被当作对抗革命的反动派遭到批判和斗争。面对着如此残酷的恐怖,谁敢冒犯呢?……想到这里,乡亲们一个个愧悔地低下了头。

突然,村民罗德民夫妻俩捧着一张崭新的刘主席画像出现在众人面前,大家看傻了眼,刹地围了上去,盘问这画像的来历,倾听罗德民夫妻俩讲述起发生在十多年前的那场经历!

那一天,罗德民手捧这张画像,站在火炉边心急如焚,欲烧又不忍丢入火里。因为他想起了刘主席1961年回故里访贫问苦的情景,想起了刘主席"解散大锅饭",推行"三自一包"的爱民举措,心里头不禁产生疑问:"刘主席多么关心人民群众、爱护人民群众呀！爱民的领袖怎么会是'走资派'呢？'走资派'会有心思去爱人民吗？莫不是朝廷出了奸佞,有人颠倒是非,混淆黑白,像宋代的秦桧陷害岳飞一样,扣上个'莫须有'的罪名吗？……"

他越思越不理解,心中的疑问越多！

忽然,罗德民的妻子在门前大喊："孩子他爹呀,快烧了吧！那伙'捣老巢'的就要来了！"

罗德民一听,却是很干脆地回答道："不！不能烧！就是死,我也不会把这张画像烧掉的！"

说罢,只见他仍把那张刘主席画像与毛主席画像肩并肩地挂在墙上。他妻子一旁看傻了眼,直担心,若让那伙"捣老巢"的看见了,会是多么惨的后果呀！但她深知自己丈夫的脾气,想办的事是谁也阻挡不了的。这时,又见罗德民把一张红语录覆盖在刘主席的画像上,自言自语地说道："刘主席呀,请您老人家委屈一下吧！天是人民的天,地是人民的地,我相信它塌不了啊！"

听了这些话,他妻子露出了笑容。连忙递上另一张红语录给丈夫,说："这边也要贴一张才相称呀！"罗德民点头称是。可是,刚刚贴好,大门砰的一声,呼啦啦从门外耀武扬威地闯进一伙人来。

这伙人身穿自制的绿色军装,头戴自造的红五星军帽,腰系牛皮带,手举红本本,一进门,不问户主名姓,就翻箱倒柜地搜查起来。喧嚣过后,一无所获。那头头便走上前来对罗德民夫妻察言观色。罗德民夫妻俩若无其事地正视来人,面不改色心不跳。忽然,那头头贼眼一溜,似乎找到了挑剔的话题,指着墙壁上的红语录高声质问道："为什么不把'最高指示'贴正呀？"嚷罢,欲上前揭下墙上的红语录。

那情景好险呀！幸喜罗德民急中生智,"啪"的一耳光打在他妻子脸上,旋即按住妻子跪在毛主席像前,恶狠狠地骂道："你真糊涂呀,怎能不贴正呢？快请罪！请罪！！"他妻子强忍着挨过耳光的疼痛,顺从地跪在领袖像前。

那头头不好再挑剔什么了,便又习惯地叉腰训教起来："你们瞎了眼吗？我们的副统帅在天安门城楼上高举最高指示,多么的那个！真正的那个！……哼,也应该学学那个嘛！……如果你们今后不是那个,就别怪我狠狠地那个！"

啰唆完了,才手一挥带着那伙人走出了大门。

这时,罗德民扶起妻子,抱歉地说:"还痛吗?我这也是没有办法的办法呀!"

妻子答道:"打得好!你若不打我,我正准备打你哩!"

"什么呀?你也想到了这条苦肉计吗?"

"怎么想不到呢?夫妻本是一条心嘛!"

"哈哈哈哈!……"

夫妻俩手拉手笑成了一团。事后,他们又有新招,将柜子顶板做个夹层,把刘主席画像放在夹层中间,既防搜查,又防潮湿,夫妻俩还对天发誓,严守机密。此事只有天知,地知,你知,我知,哪怕是父母兄妹,至爱亲朋,都一概不能泄露。就这样,夫妻俩守口如瓶,精心地秘密保存了十多年,直到春风拂煦,冻解冰消的这一天才公开秘密。这正是:一段非凡护像史,满载人民敬慕情!

灰汤锅子的传说

在林木葱茏、奇峰拱秀的东雾山麓,有一条由西南向东北的大河,叫乌江。在乌江中段的西岸边,有一座寺庙叫紫龙寺。一条形似太极图的小溪,自西北方向的狮桥而来,绕过紫龙寺百十米后,便与乌江交汇。约在交汇点 50 米处的小溪东侧,有口两亩大小的鱼塘,塘边有个高约丈余的焚字塔。就在这塔基、溪边、塘脚三者相邻的地方,有一个盆大的水井,长年累月有一股茶杯般大的滚烫滚烫的热水直往上冒,呼啦啦溢于井口,流入小溪。一年四季井口、塘边、小溪冒着热气。严冬腊月,更是云腾雾绕,一片朦胧。每当春寒料峭,异地他乡草木尚未复苏之时,此地却是绿草如毯,杨柳依依,菜花金黄,桃花似火般的春意盎然了。临近春花,透过薄雾,依稀可见村姑在溪边浆洗,孩童在溪中沐浴,宰猪杀鸡的农户人家在井边瓢舀汤泉,扯毛拔羽。甚而至于,还可看到外地的游客在此有趣的野餐。一个棉纱小袋,或装鸡蛋,或盛薯芋,垂浸于那滚烫滚烫的汤泉井中。少顷即熟,香气扑鼻,吃得眉开眼笑,够滋够味的。

这就是当年的灰汤锅子最原始的自然景观和人文景观。

多美的景观哟!究竟是怎样来的呢?千百年来,人们思不清解不透这一谜,于是,便流传着一个个美丽的神话和引人的故事。

玉女丢钏

在那千年一度的瓜香果熟的季节,天上的王母娘娘,欲派她的贴身侍卫玉女,给南岳的圣帝、南海的观音赠送蟠桃尝鲜。玉女跪而听命,只是迟迟不愿起身。王母生疑,忙问何故。玉女垂头作答:"此行九十九天九刻,翻九百九十九座山头,蹚九百九十九条河流,越九百九十九个平地。小女子只身独个,身无法宝,若是遇上了当年大闹天宫的齐天大圣那样的猴魔妖孽,拦路劫抢蟠桃,如何是好呀?"王母娘娘一听有理,连忙打开首饰箱,把一支金光闪闪的环钏赏给了玉女。告诉她,这环钏是修炼了九千九百九十九年的西山紫龙所变。戴在颈上,就是项圈,套入腕肘,就是手镯。若遇所难,只要取下环钏,用手指钩钏,念一轮咒语,紫龙就会随其手势出击,什么样的猴魔妖孽也奈何不得。并再三叮嘱玉女,要好好佩戴在颈上或手腕上,千万不要把它丢在地上。倘若不慎将环钏触地,它就会重新变成紫龙入地,再也收不回了。

玉女牢记着王母娘娘的嘱咐,肩背蟠桃包裹,脚踏五色彩云,从瑶池飘然而出。不觉过了七七四十九天,翻了七七四百九十座山头,蹚了七七四百九十条河流,越了七七四百九十个平地。

这一天,她踏着五色祥云,飘上了东雾山的乌江上空。啊哟!这乌江两岸尽是麻子山、和尚峰、剥皮岭。光山秃岭的,一没树木;二没花草。其时,正值数九寒天,此地的百姓因没柴烧,冬天也只得喝冷水。善良的玉女站立云端,不由长长地叹了口气。

突然,传来几声啼哭。玉女循声望去,只见一个面容憔悴的村妇,双手抱着个不满三岁的孩子,倚立在茅舍前逗哄着孩子,道:"娃娃,再忍着点吧!只等你爸打回了柴草,妈就给你煮粥,给你烤火行吗?"

一听此言,玉女顿生怜悯之心。有意解救这些饥寒交迫的百姓,便想到了随身带着的那个仙家法宝。可是,当她取出手腕上的环钏时,又犹豫起来。因为王母娘娘赐此法宝,是护卫她去南岳、南海奉送蟠桃的。虽然七七四十九天以来,她一路平安,这环钏还没派上用场,但若把它在这里丢了,万一碰上拦路劫抢蟠桃的猴魔妖孽,又怎么办呢?法宝丢弃,蟠桃被劫,王母娘娘怪罪下来,把她贬谪凡间,像这样的村妇一样受苦受难,多难熬呀!想到这里,她不由得将环钏重新戴上手腕。此时,一股寒风吹来,她连忙撩撩脚下的裙子,再次看看那座茅舍,只见那母子俩紧紧地抱成一团,浑身瑟缩。那年幼的孩子,裹在她妈妈的怀里,不时地重复着一个字"冷!……"听到这里,她再也没有犹豫了,迅速地取下环钏,在脸上亲了亲,然后,默默无声地背了一番咒语,便把它朝乌江河畔一丢。

金色的环钏,即时变成了一条金光闪闪,鳞甲冒烟,口吐烈焰的紫龙。这条紫龙,按照玉女的指点,头一摇,尾一摆,钻进了乌江西岸的地下,然后将口向上一张。于是,雪白雪白的龙诞变成了滚烫滚烫的热水从地下冒了出来。从此,这乌江河畔就有了一口温泉,给当地百姓烧茶煮饭,防寒保暖、治病疗伤,带来了说不完道不尽的好处。

再说,玉女丢了环钏以后,虽在去南岳、南海的途中,遇上了妖孽拦劫蟠桃,但她不战而胜。原来,她在乌江丢钏救民的一举一动,都被王母娘娘看得真真切切。王母娘娘大受感动,觉得这玉女真诚善良,无私无畏,其心地洁净无瑕,就像那美玉一样可爱。给她赐名玉女果真名不虚传。由此,不但没有因其擅自作主丢弃环钏触犯了天条而贬谪玉女,反而增派了她的另一个贴身侍卫金童沿途暗中保护玉女。当发现那新生妖孽意欲作乱劫抢蟠桃之时,金童在玉女到达之前将其降服了。

此后,王母娘娘觉得给仙友一个个地赠送蟠桃实在是费人费时费力,于是,将送蟠桃改成了蟠桃会。蟠桃千年一熟,众仙千年一聚。既会友,又尝鲜,两全其美,好不美哉!

不知又过了好多年,三国蜀相蒋琬衣锦还乡。某夜在自己的故居做了个梦,梦见玉女来到了他的故里汤泉旁边,跟他讲述了当年丢钏救民的故事,还讲了些为官一任造福一方的道理。梦醒之后,蒋琬满腔感怀,便致书当地父母官,在这乌江西岸兴建了一座寺庙,名曰紫龙寺。庙内还塑了一尊玉女像,启迪后人要像玉女一样善良纯朴,为民造福。

仙姑洗澡

某日,天上的八洞神仙,飘渡了烟波浩渺的八百里洞庭以后,来到了东雾山小憩。诸位神仙择石而坐,叙起旧来。

说来也巧,这八洞神仙都曾是颇享盛名的民间艺人。怀抱渔鼓的汉钟离,是个演唱道情的鼻祖;手执简板的张果老,是个有名的说唱表演家;韩湘子擅长吹箫,当年故里的年轻男女无一不曾被他那悠扬美妙的竹管乐曲所倾倒;何仙姑、蓝采和则是先后从宫廷出逃的两名歌姬优伶;吕洞宾也是个善于编写说唱的艺术家;铁拐李幼年曾是一位宰相的书童,由于瞟学诗书,被打断了一条腿而赶出相府,成了游方艺人;其貌不扬的曹国舅,曾是一个连年不第的秀才,后沦落为民间婚丧喜庆时喊礼的礼生,还是个唱孝歌的行家高手哩!

由身世的叙旧,引起了伤感。铁拐李摸摸自己那条残了的腿,许久许久不吭一声,深恨当年的不平之事,好像要即返人间,非找上那个凶残的相爷报仇雪恨不可。然而,仙家一日,凡间千年。此时此刻,只怕那凶残的相爷早已骨化如泥了!

吕洞宾是个不甘寂寞的仙人,只见他拿着酒葫芦往嘴中一倒,然后抹了抹嘴巴说道:"罢了!往事不堪回首,身在凡间之时,谁人没有辛酸之事呀!我等今日出来仙游,本来是为了逍遥快乐,何不谈扯一些令人高兴的事情呢?"

汉钟离是铁拐李点化成仙的,想起师兄的恩典,自不愿看到恩师兄摸着断腿流眼泪。只见他不住地点头说道:"是呀是呀,快说点高兴的事吧!比如,当年吕仙弟三醉岳阳楼的事,听起来,就挺让人发笑的哩!"

韩湘子不知汉钟离说话的本意,只觉得那吕洞宾三醉岳阳楼的故事,他早已听厌了,听烦了。于是,把手中的竹笛一扬,心直口快地说道:"哎呀呀,当年吕仙兄所作的诗,我简直能倒背如流了!喏——朝游北越暮苍梧,袖里青蛇胆气粗,三醉岳阳人不识,朗吟飞过洞庭湖"。吟罢诗句,他偏偏脑袋,望望吕洞宾,扬扬自得地反问道:"背得如何呀,一字不落吧!"

由于韩湘子的异议,引起了蓝采和那好开玩笑的兴趣。于是,他诡秘地朝何仙姑笑了一笑,转脸对吕洞宾说道:"嘿嘿嘿嘿,今朝难得一笑,就请吕仙兄讲讲当年去洛阳三戏白牡丹的事吧!"话音刚落,只见张果老、曹国舅摇摇脑袋,低头不语。何仙姑扑哧一笑,捂脸一旁。

原来那白牡丹是洛阳女子,年方二八,生得窈窕妖娆。吕仙一见倾心,于是,化为风流才子,以剑化随行童子,造访其家。两人如鱼得水,对饮狂欢,醉而入寝,欲显风流。幸喜有铁拐李、何仙姑巧计制止,才没触犯天条。此是吕洞宾的伤疤痛处。今日,竟有仙友往事重提,触伤戳痛,他自然羞得脸上火烧火辣的了。为掩饰其难为情的窘态,忙拿起酒葫芦往嘴里倒酒。谁知心慌意乱,竟没把酒倒进嘴里,而是灌在鼻孔里了。呸啾一声,吕洞宾口鼻喷水,喷了站在他身旁的何仙姑一身酒水、口水、鼻涕水。

何仙姑慌了,呀呀直嚷:"喏喏喏喏,该到何处洗洗才是呀?"

铁拐李朝东雾山下一望,默默念了一阵咒语以后,便睁开双眼,指指山下的大河小溪,说道:"你就到那里去洗吧,我已叫饶州王为你烧了热水,拿我的拐杖临溪一戳,就自有滚烫滚烫的热水冒出,任你受用的!"

于是,众仙在山上下棋对弈,何仙姑下山洗澡洗衣。她来到溪边,用拐杖一戳,果真滚烫的热水从地下直冒出来。她嫌这热水太烫,便在溪中扒沙分流。引冷水调热水,冷热调配好了以后,正要洗澡,忽然想起吕仙兄也弄脏了衣服,一定要下山来洗澡洗衣的。为防男女授受不亲,她灵机一动,两计齐生。一是脱了件上衣悬挂在溪边的柳枝上,示意后来的吕洞宾知晓,此是女仙洗澡处,男仙请避另一边。二是朝出热水的井口,连吹几口气,只见腾腾热气从井口升起,弥漫了小溪,朦胧了视野,让人扑朔迷离地看不清溪内的景象。

再说,吕洞宾虽已弄脏了衣服,本欲下山洗涤,但一想起当年不慎在洛阳与白牡丹留下的话柄口实,便觉得还是不尾随何仙姑下山的好,免得让仙友对他因犯有前科而新生误会。于是,他装作若无其事地观看着张果老与曹国舅下棋。铁拐李看透了吕洞宾的心思,既觉好笑,又觉同情。便一再催促吕洞宾下山洗衣。

吕洞宾下山,见到树上悬挂的女式上衣,就知那何仙姑在何处洗澡。瓜田李下,自别嫌疑,他便在小溪下边隔得远远的洗起衣来。

后来,东雾山上那么多嶙峋怪石,虽弄不清哪几块石头是当年八洞神仙谈玄弄道时所坐,但一直留下了个八石头的地名。也留下了"饶州烧火灰汤滚,仙姑洗澡树挂衣"的传说。每到寒冬腊月,附近的男男女女结伴在汤泉边的溪内洗澡。男的占一段溪流,女的占一段溪流,前来者,后到者,各自以树上悬衣的标志为界,从未乱过这一约定俗成的规章。真可谓"戏水嬉笑之声相闻,男女之间不相往来。"

于是,有人给这种有趣的露天沐浴编了个顺口溜,生动而形象地反映了当地的民俗。其顺口溜曰:树上挂件衣,下溪靠一边。溪中河水冷,扒沙引汤泉。冷热调配好,放心去洗澡,行人路上过,男女不烦恼!

鹰蛇争蛙

在很久很久以前,东雾山的山崖上有一棵奇枝秃冠的古松。古松上,用柴草竹枝垒着一个箩筐大的鸟窝。如床吊在高空,似屋建在悬崖。鸟窝里浑浑噩噩地睡着一只老鹰,她已经在这里忍饥忍渴八百年了。为的是修炼千年,终成正果,脱去毛羽钩爪,变成秀美飘逸的仙女,能到那王母娘娘身边歌来舞去,尽享天堂之乐。

然而,她感到再也不能修炼下去了。八百年来,忍饥渴,耐寂寞。山间百兽的丰盛宴会,她不能出席;林中百鸟的热闹歌赛,她不能参加。原想仙家乐,倒不如凡间欢。唉!继续修炼,度日如年;放弃修炼,于心不甘。她曾听朋友们说过,成仙也有终南捷径。这就是强者为王,弱者为寇。如果飞下山去,猎食一个修炼的小兄弟,夺其修成的仙丹宝珠,就可凑合成仙,免受长年修炼之苦,岂不美哉!

于是,她跳出了老巢,飞出了东雾山。扑打着翅膀,盘旋在乌江河的上空。哎呀呀,只见西南方向烟尘滚滚,一条丈八长蛇正在追捕一只脸盆大的土蟆蛄(即青蛙中的一种),一猜便知,这丈八长蛇定是不安分守己,而欲不劳而获,夺其土蟆蛄宝珠的。

再一细看,那条丈八长蛇少了一截尾巴,是一条秃尾蛇。哦,想起来了!老鹰不由一声狞笑:"哼哼!冤家路窄,莫怪老娘无情,今朝该由老娘来报复你这老贼的了!"

究竟这老鹰与这秃尾蛇有何前世冤仇呢?事情还得从八百年前说起。

当年老鹰与秃尾蛇,比邻而居在沩山九折仑畔。其时,老鹰是只风华正茂的少鹰,秃尾蛇是条年轻风流的公蛇。一个居在山崖的小石洞里,一个居在洞

第二部分 小说故事选 159

旁的松树窝内。你称蛇兄,他称鹰妹。蛇兄鹰妹,朝夕见面,相互点头示意,分外友好和谐。彼此间,虽不曾接吃请喝,但从没有过邻里纠纷。一天,鹰妹与自己的丈夫在山崖上举行完婚之庆。她的同族老鹰少鹰大鹰小鹰们,自然要赴约聚会,祝贺新婚宴尔。唱歌跳舞,玩笑嬉戏,追打吵闹,搞了大半天。中午摆宴,主家欲把山鸡、小兔、幼鸟等等美食,放到一张张石桌上时,突然,一只大鹰腿脚一滑,弄得一颗盆大的石头骨碌碌滚下山崖,不偏不倚,恰恰打在刚刚从外面约会情友归来的蛇兄尾上,砸断了蛇兄的一截尾巴,痛得蛇兄在地上直滚。从此,蛇兄变成了一条秃尾蛇,失去了风流潇洒的魅力。是故,曾与他海誓山盟的情友,也嫌他身残容毁而不愿与他成婚结配了。

秃尾蛇好不懊恼!于是,对他的上邻鹰妹怀恨在心。自个儿越孤寂,便越妒忌鹰妹新婚之后的和谐生活,甚而至于,连听到他们的一声欢笑,也感到刺耳。便咬牙切齿地在心底里骂道:"哼!什么鹰妹鹰妹,十足的臭娘儿们,可恶的冤家对头。你害得我单身鳏寡,我也要害得你断子绝孙!"于是,当鹰妹生下一窝鹰蛋,正准备孵蛋育后喜做妈妈的时候,他钻空潜入了鹰窝,把鹰蛋吃得一个精光,还将鹰窝弄得一片狼藉。然后,得意扬扬地离去,躲到那山洞里修炼去了。

鹰妹回家,见此情景,惊诧之余,顿感悲愤。

于是,赌气飞离汭山,来到这东雾山上潜心修炼。想起这些,老鹰简直怒火填胸。千载难逢的报复时机已到,她能轻易放弃吗?于是,急匆匆地飞回东雾山,伴峰而立,虎视眈眈,张牙舞爪,只等秃尾蛇将土蟆蛄追赶到乌江河畔,她便居高临下,猛扑过去,捕食这一快要成仙的猎物。以报昔日杀子之仇,让秃尾蛇追悔莫及。再说,秃尾蛇修炼了八百年以后,也是不耐寂寞了。于是,对山下潜心修炼的土蟆蛄起了歹意。他担心公开作乱,会遭到上下邻里的斥责,便策谋巧计,相邀土蟆蛄外出春游。一路嬉戏地下汭山,履汭水,涉楚江。远离了彼邻修炼的同伴以后,凶相毕露,狞笑道:"哈哈,小兄弟呀,这修炼成仙的事实在太难了,我想与你借件宝贝成仙行吗?"土蟆蛄大惊,不祥的事情虽已猜到一半,但还是故作不明地问道:"好兄长呀,小弟可没什么宝贝可借呀!""有,有!老兄就要小弟修炼的那颗夜明珠!""这怎么行呢,它是小弟修炼五百年才得到的一颗宝贝呀,老兄不是早已有了一颗吗?""是呀,老兄有了一颗,可还缺一颗就不能成龙,你就助老兄一把吧!"

秃尾蛇说罢,张开了那血盆似的大口,直朝土蟆蛄咬去。幸亏土蟆蛄早有所防,纵身一跳,闪过一旁,让秃尾蛇得了个"嘴啃泥"。秃尾蛇火了,慌忙吐出口里的泥土,气愤地对土蟆蛄说道:"哼,你肯借也罢,不肯借也罢,反正那宝珠,老兄要定了!"说着,便对土蟆蛄紧追不舍。于是,一路风尘仆仆地追杀,来到了乌江河畔。

眼看着秃尾蛇就要追上土蟆蛄了,老鹰便在东雾山上大笑一声:"哈哈哈哈,老冤家呀,多谢你给老娘送猎物来了!"

秃尾蛇一怔,认出了这半路上杀出来的对手,想起了八百年前的冤仇纠葛。为化干戈为玉帛,他耐住了性子,亲热地说一声:"哦,鹰妹,我是蛇兄呀!"

老鹰答道:"哼!我不是鹰妹,也不认识什么蛇兄。若要认兄妹,还清八百年前的旧账再说!"秃尾蛇知道遇上了老对手,预感到大事难成,再无言以对,便龇牙咧嘴地朝着老鹰,等待着一场厮杀。土蟆蛄知道增加了新强盗,更感到死命难逃,便纵身跃到了乌江河畔的一块大石头上,准备在此宝毁身亡,同归于尽。让其仇敌,一无所获。说时迟,那时快。不料就在鹰蛇对峙,蛙欲自尽的关键时刻,倏地从乌江河内窜出一只大鸭婆来。大大咧咧地在老鹰和秃尾蛇的眼皮底下,将土蟆蛄一口含在嘴里,便钻入乌江河里不见了踪影。

岂有此理!竟有如此大胆者拦路劫抢。老鹰火了,意欲用她那锐利的鹰爪,掘地七七四十九尺,把那大鸭婆挖了出来,撕得个粉碎。秃尾蛇更火了,意欲使出那浑身解数,沿乌江搜寻它七七四十九天,也要找到大鸭婆,夺回那土蟆蛄的宝珠。然而,当老鹰和秃尾蛇,再次睁眼细看乌江时,不由望而生畏起来。原来在那大鸭婆钻地的入口处,是一口汤泉,滚烫滚烫的热水直往外冒。鹰蛇近前不得,何谈搜寻夺宝呀!那大鸭婆为何不怕滚烫的热水呢?原来是只修炼成仙的金鸭婆,她痛恨鹰蛇所为,同情蟆蛄被欺。因此,路见不平,拔刀相助。特在这危急关头,来超度土蟆蛄成仙的。鹰蛇本属不安分守己之流,妄图劫抢珍宝成仙,自然触犯了天条,应当得到惩处。于是,老鹰当即死去,在东雾山巅化为一块崖石。秃尾蛇也当即死去,在乌江河西岸化为一路青山。

从此以后,东雾山巅的那块活像鹰嘴一样悬着的石头,人们叫作鹰嘴石。乌江西南岸的那座断尾巴的青山,人们叫作蛇兄山(后误传为蛇形山)。离蛇兄山半里远的大段之中,有一块大石头搁在稻田里,人们叫作蟆蛄石。蟆蛄石与蛇兄山之间的这一块地方,因紧临汤泉,长年受汤泉热气的影响,成了个天然苗圃场。异地他乡还未到抛粮下种的季节,此地却是瓜菜遍野,嫩苗青青的了。引得周围几十里的农户人家都来这里买菜秧栽种。人们把这里命名为蛇界捕(后误传为佘家圃)。

每当看到这些地方,人们就不由想起了那美丽的神话故事——鹰蛇争蛙。

雪龙罹难

以前的乌江是一条美丽的小河。小河里有一对美丽的鸭子,白天一同在河里游逛戏水,晚上一起在窝里酣然入梦。一日日,一月月,一年年,不觉过了九百九十九年。就在这年除夕之夜,一个白胡子老头,手端两个碟子来到了鸭公鸭婆的身边。亲切地问道:"这是两碟宝贝,你俩选其一件去受用吧!"鸭公鸭婆面对碟子里分别盛着的金黄金黄的稻谷和鲜红鲜红的桃子。想到了这乌江两岸的农田,便接过了装稻谷的碟子。白胡子老头见罢莞尔一笑,道:"好,遂你心愿,去吧!"说罢,将长袖一甩,化为一阵狂风,吹走了鸭窝,鸭公鸭婆随风飘在空中,慌乱地拍打着翅膀,嘎嘎大叫一声,睁开了蒙眬的睡眼,彼此一望,猛然一惊,原来在梦中遇上了神仙的超度,变成了一对凡间的庶民。从此,鸭郎鸭女结成了夫妻。白天在田里种稻埘蔬,晚上在茅舍里歇息。朝而出,暮而归,恩恩爱爱,好不让人羡慕。

谁知他们的百般恩爱,招惹起正在雪峰山修炼的那条雪龙的妒忌。特别是看到鸭女那如花似玉的面容,更是垂涎三尺,很想从她身上获得点什么。

一天晚上,风轻轻的,月光亮亮的。鸭郎鸭女通过一天的劳作以后,来到了河边的桥下纳凉,小两口依坐河边,鸭郎吹起了悠扬的竹笛,鸭女一边洗

162　希望的田野

衣,一边伴着鸭郎的笛声轻轻地歌唱。嗓甜歌脆,和谐悦耳,惹得那天上的星星一个个挤眉弄眼,羡慕这天生的一对。

猛然间,呼啦啦刮起了一片黄沙。河水不清了,月亮不明了。一条雪白雪白的长龙张牙舞爪地向鸭郎鸭女扑过来了。哟!这是何方妖怪呢?鸭郎鸭女猝不及防,扑通一声,双双掉进了乌江的深水潭里。不见了鸭郎鸭女的踪影,雪龙好不后悔。因为他的初衷,不是咀嚼两具死尸,而是为的将美男做佳肴,将美女做妻妾呀!

转眼,一对形影不离的鸭儿,从深水潭里蹿出水面,嘎嘎嘎嘎地嬉游在乌江河里。

"嘿嘿!你怕爷们看不出来啵!!"雪龙朝那一对鸭郎鸭女狂笑一声,便一骨碌滚进河里,张开鳞甲,向那对鸭郎鸭女追去。

原来这是一对被仙翁太白金星超度点化了的半仙之体,一旦溺水,不会死去,而是摇身一变,还原成本来面目。这时,鸭郎鸭女见雪龙识破了秘密,便赶紧逃命。

鸭郎鸭女逃呀逃,雪龙追呀追!眼看快要追上来了,鸭郎忙对鸭女说:"你赶忙逃吧,逃出一个算一个!"鸭女却回答得很干脆:"不!要死就死在一块儿。"鸭郎无奈,只得猛扑翅膀,扇起水波,把鸭女推出了好远好远,并喊道:"你快些逃吧,不要管我了……"说完,便折转身子,昂首挺胸地朝雪龙猛扑过去。为掩护鸭女脱逃劫难,他决心跟雪龙拼个你死我活。

雪龙扑来了,伸开了如刀似剑般锋利的爪子,想把鸭郎撕得个粉碎。鸭郎把嘴往翅膀里一插,任它撕扯。雪龙使尽了平生气力,也无法把鸭腿鸭翅撕碎。因为这是只被神仙超度点化了的鸭,已不是一般的凡间之鸭,成了金鸭。金鸭自有金腿金翅,能那么容易撕碎吗?

雪龙张开血盆大口,狠咬鸭郎,妄想一口把鸭郎咬死。鸭郎闭起眼睛,让它去咬。雪龙咬得唇干口燥,连牙齿都差不多咬断一颗,但也没咬伤鸭郎半根毫毛。因为鸭郎是金铸的,会怕咬吗?

雪龙急了,就把鸭郎一个囫囵吞下肚去,鸭郎在雪龙的肚子里拼命地啄,痛得雪龙直打滚。雪龙恼了,将头一下埋进泥沙里,紧闭嘴巴,妄图一鼓闷气把鸭郎憋死。

然而,就在这时候,乌江河水突然变热起来,雪龙刚有所觉察,河水变得滚烫滚烫的了。雪龙最怕热,不一会儿,便烫得满身燎泡,在乌江河里直翻直滚。鸭郎却一点也不怕,因为真金不怕火,还怕滚烫的热水吗?

为什么这乌江河里的水,突然变得滚烫滚烫的了呢?还得说说那鸭女的经历。

原来那鸭女为了逃命,顺水而下到了汹江,精疲力竭之时,便化为村妇坐在汹江边歇息。忽见一持板斧的老汉从装满干柴的船上走来,问她为何弄得这般衣衫褴褛。鸭女一五一十地向这位老汉诉说了雪龙作恶的经历。老汉一听,气得吹胡子瞪眼睛,恶狠狠地骂道:"这孽畜!真不安分!看老夫好好整治整治你吧!"说罢,朝乌江方向闭上眼,默念了一番咒语,再重重地吹了口气,重新睁开眼,对鸭女平和地说道:"回去吧,包你夫妻俩平安无事的!"

原来鸭女遇上的这位老汉,就是饶州神,此行是来龙凤山贩运柴草的。他管辖的饶州,长年有九九八十一条船从外地贩运柴草,能点燃七七四十九个窑窖,要让小小的乌江之水烧得滚烫滚烫还不容易吗?故而,窑神爷只需朝乌江方向吹口气,便出现了"饶州烧火灰汤滚"的奇观。少时,那作恶的雪龙,就被滚烫滚烫的热水煮去了皮,炖烂了肉,再也不能返回雪峰山去了,其骨头只好化成了乌江岸边的一条褐红色石山,光秃秃的,像剥了皮一样,一年四季草木不生。

事后,为防雪龙复活,窑神爷没把那滚烫滚烫的热水全部断流,而是留下了一个茶杯大的出口,让其涓涓缓流。于是,有人把这一世上罕见的奇观,命名为汤泉,有人把鸭郎鸭女当年纳凉洗衣吹笛唱歌的桥头,命名为偕乐桥。

特别是,从此以后这里有了遐迩闻名的地方特产——汤泉鸭。其鸭肉嫩骨脆髓多,成了给皇上进贡的佳品,是因为它们的祖先鸭郎曾经在雪龙的肚子里,吃了雪龙五脏六腑的缘故哩!

浪子回头

在那乌江西岸七七四十九丈深的地方，有一块七七四千九百斤的石板。石板下有一条阴河，阴河的出口处，住着一对七七四十九斤重的金鸭公和金鸭婆。其实，他俩原来不是金鸭，而是一对普普通通的鸭囝鸭囝。由于幼时一同玩耍嬉戏，少时一同捕鱼捞虾，而后又一同走亲串友，久而久之，他们相爱了。待到长大以后，便结成了一对和谐美满的夫妻。每当乡邻称赞他们为幸福的囝囝缘时，他们一个个喜红了脸，笑甜了心哩！

一天，鸭女回娘家了，留下了鸭郎在家看门。

常言道，秤不离砣，公不离婆。一旦秤离砣、公离婆，真个叫鸭郎心中好寂寞好寂寞的！

忽然，门外金光闪闪。随着闪烁的金光带来了银铃般的笑声。鸭郎好奇地走出了家门。

只见一只金色的小鹅在门前捕鱼捞虾。她窈窕的身材，优美的舞姿，甜润的嗓音，从河西一个"闷子"汆入水中，又从河东露出头来，然后一阵嘻嘻嘻嘻地傻笑。接着，再从河东一个"闷子"汆入水中，复从河西露出头来，又是一阵嘻嘻嘻嘻的傻笑。如此循环反复，她笑红了自己的脸蛋，也陶醉了旁观的鸭郎。他倚立于家门，面对着这位素昧平生的外来异性，似感到飘飘然，昏昏然，懵懵然！

突然，金鹅从水中叉到一条红鲤，那银铃般的笑声一发，口张了，红鲤跑掉了。金鹅又一次叉到了红鲤，又一次发笑，口又张了，红鲤又跑掉了！看到这里，鸭郎再也忍不住了。因为他想到了自己的妻子快要当妈妈了，不正需要这样的红鲤补补身子吗？既然外来的客人捕捉不到他家门口的美食，就让他去捉来为自己的妻子尝鲜吧！

于是，鸭郎跳入水中，与金鹅去争捕那条红鲤。说来也怪，每次都是金鹅最先捕捉到红鲤。然而，每当她口含红鲤，挑逗地望他一眼，傲慢地一笑之时，红鲤又跑了。鸭郎见了，很不服气。难道一个大丈夫还不如一个弱女子吗？他紧随金鹅追呀，捕呀，不知游了多少里，也不知失败了多少次。

"哈哈哈哈！我抓到了,到底抓到了!"鸭郎自豪地一笑,扬扬红鲤,一闪从金鹅身边晃过,准备赶回家去。

刚刚迈开步子,却被金鹅拦住了去路:"郎君呀,这红鲤是你我共同所捕,怎能由郎君独享其成呢?理该有小女子一半喽!"

鸭郎一听,似觉好笑。答:"笑话!红鲤是我亲手所捕,有什么道理与你平分呢?"

金鹅望望鸭郎,似有些羞涩腼腆地低下了头,柔声细语地说道:"偌大偌大的一条河流,难道只有这么一条红鲤吗?是小女子最先发现了它,又是小女子最先捉到了它。郎君乃堂堂大丈夫,别的地方不去,其他鱼儿不抓,偏偏来争抢小女子只身独个能抓到手的鱼儿,郎君的心肠呀,是不是太……太……太那个了一点吧？"

话语虽轻,却掷地有声。鸭郎猛然一怔,暗暗地自责起来:是呀,一个堂堂男子汉,怎么能欺侮一个弱女子呢?传将出去会遭人耻笑的。于是,鸭郎把红鲤往金鹅身边一放,说道:"好,这鱼就给你吧!"

谁知金鹅却把红鲤退还了鸭郎,伴着银铃般的笑声,说道:"嘻嘻嘻嘻,还是留给你家美娘子去尝鲜吧。小女子不过是开开玩笑,逗逗你哩!"鸭郎一听,深感意外。笑了一笑,不解地问道:"小姐怎么知道这鱼是给娘子的呢?"金鹅再次妩媚地一笑,道:"嘻嘻嘻嘻,看得出来呗!郎君若不是为了讨得自家美娘子的欢心,会这般不辞辛劳地追捕一条红鲤吗?"

鸭郎被逗乐了,笑道:"哈哈哈哈,小姐褒奖了,算你言中了一半,告辞了!"说罢,拱手一揖起身欲走。

金鹅却又轻轻地一拦。说道:"走?请郎君看看,这是什么时候了呀,还回得去吗?"

经此提醒,鸭郎方才望望天空。只见朦胧一片夜色,眼前的光亮全是四周的灯火照映。不由地长叹了一声:"哟,我这是到了哪里呀?"

金鹅委婉地告诉鸭郎,这是到了她的家乡窑州,已经远离鸭郎家七七四百九十里了。当晚是赶不回去的,就到她家借宿一宵吧!她家大小鱼池都有,将红鲤放在池里养着,临行时捞上来给娘子带去保管新鲜的哩!再说,夜漆墨黑地赶路,万一途中出了什么险失,又如何是好呀!"

鸭郎经不起如此真诚的劝说,便怯生生地走进了金鹅之家。只见院内雕龙绘凤,悬珠嵌宝。牙床骨凳,金杯玉盏。简直看花了眼、弄傻了心。直到金鹅在餐桌摆上了热气腾腾的美味佳肴,香喷喷的玉液琼浆之时,才开口问了一句话:"小姐,令尊大人呢?"

话音一落,又传出金鹅银铃般的笑声:"嘻嘻嘻嘻,父母外出多日了,小女子只身独个在家,实在孤寂难耐,故特来请郎君做伴哩!"

似这样,金鹅献尽了殷勤,耍尽了手腕,让鸭郎乐不思蜀,怎会想到住了多少时日呢?

话说那鸭女从娘家回来,不见丈夫身影,心中预感不祥。当晚,伴灯而坐,通宵达旦。第二天,细寻蛛丝马迹,在河西岸拾到了一片金色的鹅羽,鸭女似明白了事情的原委,不禁摇头一声长叹。回到家中,朝也盼,晚也盼,只希望自己的丈夫早日回还。

一天,来了几个买柴火的客商。见鸭女忧心忡忡的模样,便关切地询问鸭女。当鸭女一五一十地叙说详情之后,那客商随即一拍大腿,说道:"哦,对了!难怪那位金鹅小姐近晌不来我们窑前纠缠男子汉了喽!原来是她来了个'金屋藏夫',夺人之爱呀!"说罢,便凑近鸭女耳边,小声地建言献策。鸭女一听,觉得合情合理,便从自己身上扯了片白色的鸭羽,连同那片金色的鹅羽,一起交给客商,拜托转交鸭郎。

客商领受重托,趁某日金鹅出门之机,找到了乐不思蜀的鸭郎。二话没说,仅递上了鸭女托其捎带的礼物——两片羽毛。

鸭郎如梦方醒。他猜测在这里的所作所为,妻子已经知晓。何去何从呢?这无言的信物,就是庄严的警告。二者必选其一。他不由自责起来:糟糠之妻不可弃呀,何况是青梅竹马,信誓旦旦呢?于是,他不辞而别,回到了鸭女的身边。

金鹅回家,不见了情夫,很不甘心,觉得非占有这位风流潇洒的公子不可。于是,她花钱买通了窑州的王爷,让他所掌管的那七七四十九座火窑的出口都朝着阴河。心想,把阴河水烧热了,鸭郎在家里待不住了,就会出门逃命的。一逃命,再拦路劫抢岂不玉成吗?

再说鸭郎鸭女团圆以后,发觉家门前的河水突然变热起来,便猜测这定是那金鹅女妖在搞鬼作祟。这恰恰出自那买柴客商的预料,便遵照客商的嘱咐,朝七七四十九丈深的地面外打了个孔,让它直冒热气,河水升高温度的速度就大大地减慢,鸭郎鸭女就可以一步步地适应这逐渐加热的河水。久而久之,阴河水就沸腾起来了,鸭郎鸭女也就久炼成金鸭了。

金鹅夺人之爱的美梦破灭了,浪荡的鸭郎迷途知返,任金鹅怎么招惹也无动于衷了。于是,"饶州烧火灰汤滚,浪子(鸭仔)回头金(金鹅)不换(唤)"的故事,就这么传下来了!

鞭断直山

秦始皇为了统一中国,南征北战,东讨西伐,好不容易把楚、燕、齐、赵、魏、韩六国的疆土,更名为秦国的河山。从此,建都长安,在中国历史上破天荒地做起了皇帝。

这长安城本是周幽王就曾在此建都的地方,多姿多彩的亭台楼阁,雄伟繁华的寺庙商行,自然把古老的长安打扮得十分可爱。然而,秦始皇却嫌这里有个大大的不足,就是缺水。他只觉得那南国的水乡几多可爱,那南方的温泉沐浴几多开心。假如能把南国的温泉引到北方来又几多顺民愿合朕意呀!然而,他只能仰天长叹。自愧只能把六国的山水改换成另一个名姓,却无能把六国的山水更移到另一个地方。叹息呀叹息,是夜,直到入寝安睡,他还在暗自地叹息!

谁知这当上皇帝的人,非同一般凡夫俗子,称天子。天子,天子!乃天上玉皇大帝的儿子。既是天上玉皇大帝的儿子下凡当皇帝,想干什么,自有神明相助的。

就在这月朗星稀的夜晚,一个手持小瓷瓶的女菩萨,大大咧咧地来到了他的床边,不称陛下,也不喊万岁,却是直呼其名地说道:"嬴政呀,你不是羡慕南国水乡吗?这根赶山鞭送给你,趁此月夜,快去南疆用它赶一座山来接在骊山顶上,保管冷泉多了,温泉也有了!"秦始皇听了,有些不解地反问道:

"怎么赶一座山来就有了水呢?"女菩萨扑哧一笑,道:"嗐!'水奔高山血奔头'呗,亏你当上了皇帝,连这个都不懂!"

秦始皇连声称是。接过鞭子,步出宫廷。长鞭一挥,他就腾云驾雾地飞了起来。飞呀飞呀,不觉到了南疆的一个不知其名的地方,只见崇山峻岭之间,流泉飞瀑,有的滚烫滚烫,有的冰凉冰凉,好不喜煞人也!事不宜迟,他怕被人发现另生枝节,便迅急地朝那崇山峻岭拦腰一鞭,只见山岭被削去了一截。说来真怪,这削下来的山山岭岭,竟非常听从鞭子使唤,像一列牦牛骆驼似的,朝北边的方向飞速地行进起来。秦始皇紧跟其后,生怕误了时辰,便不断地扬扬鞭子,示意快速赶路。

霎时间,到了烟波浩渺的八百里洞庭上空。忽听一声鸡鸣,秦始皇急了:"呀!还得加快呀,天亮以前赶不到骊山,就有违女菩萨的意旨,会误大事的!"于是,他手持那根赶山鞭,使劲地一抽,扑通一声,只见好几条牦牛骆驼从天空掉进了洞庭湖中,未掉下的牦牛骆驼们,宛如受惊的野马,疯狂地直朝北方飞奔。天亮以前,果真赶到了骊山。秦始皇这才松了口气,忍不住合掌叫了一声:"朕成功了!"手一动,口一张,醒了。太监和宫妃们以为万岁出了什么意外,慌忙走近龙床,如金刚样地站立不语,想询问其究竟,却又不敢启齿。秦始皇虽知南柯一梦,但见床侧多了一根带子。心想:这就是女菩萨赐的赶山鞭吗?

待到下榻,御膳以后,他令驾临骊山,果然见到那里有地下温泉,便颁下圣旨在此建了个"骊山汤。"

又是一个月朗星稀的夜晚,秦始皇兴致勃勃地来到骊山汤沐浴。突然一阵凉风吹来,他感到有些凉意,忙把刚刚脱下的衣服重新穿上。这时,他似乎觉得有人来到,不由一惊。莫非有行刺之歹徒吗?四下搜寻了一番以后,只见一位美如天仙的少女走近温泉。他便悄悄地转入一角,目不转睛地望着这位突然从天上掉下来的姑娘,只觉得这世界上再没有如此漂亮的美女了。不由猿心马意,起了邪念。倏地,跃身上池,猛然向少女扑去。那少女见秦始皇向自己扑来,既不害怕,也不躲避。随口啐了一把唾沫,不偏不倚,恰好啐了秦始皇一脸。秦始皇顿时满脸生疮,痛痒难忍,方知自己身边站的不是凡女,而是神女。于是,吓得心惊肉跳,后悔不及。连忙双膝跪地,叩头求饶,道:"不知是仙姑驾临,有失回避,请求饶恕冒犯之罪,今后再也不敢了!"

神女看到秦始皇狼狈可怜的样子,动了恻隐之心,斥责道:"你身为国君,竟如此轻率,岂能长久!今且饶你,以后休生邪念。"说罢,用手泼温泉水于秦始皇脸上,痛痒即止,不久疮疤痊愈,竟脱了一层壳哩!

从此,秦始皇常来此沐浴,只感到一身轻快,百病皆除,怪舒服的,故心中特别感激那位神女。便把驱山汤,叫作神女泉。后来,又有人把神女泉,改名华清池。尽管名称更换,但秦始皇洗澡遇神女的故事,一直传了下来。

遗憾的是,这个故事在骊山只传了其结尾,没传上其开头。因为秦始皇没想到在洞庭湖上空,抽的那一猛鞭。扑通一声,那落入八百里洞庭湖中的"牦牛骆驼",当即成了湖中的一座山。这就是而今地处沅江的直山。只有直山人才常常说起秦始皇赶山鞭丢下直山的故事。秦始皇更没有想到这"直山"往洞庭湖中猛的一压,却压破了南疆通往北国的温泉龙脉。于是,在离直山不过几十公里的地方,龙脉破口出了个灰汤温泉。乍听,似乎风马牛不相及。细想,又觉颇有道理。秦始皇既能鞭断直山,就不可能泉泄灰汤吗?

不信,请来灰汤温泉沐浴一回,就可知晓,这汤泉水呀,确是神水,它像骊山汤、神女泉、华清池一样神奇,同样能治疗秦始皇脸上当年那种又痒又痛的疮疾哩!!

竹林雀鸣

在灰汤温泉的西南方向,湘乡与宁乡的交界地段,有一处竹林环抱的农舍,名叫泉湾。这就是三国蜀相蒋琬的故居。一天早晨,蒋琬手捧竹简,在竹林里高声地吟诵着:"关关雎鸠,在河之洲。窈窕淑女,君子好逑……"忽然,叽叽喳喳几声鸟叫,打断了他的吟诵。扭头一看,一只美丽的小鸟,被麻线缠住了腿,倒挂在竹枝杈上,因脱身不得,而焦急地拍打着翅膀。蒋琬顿生怜悯之心,放下竹简,走上前去,嘴里喃喃自语道:"哎呀呀,这是谁家的童友干的蠢事呀!多可爱的林中歌手啊,怎能成为笼中之囚呢?"说罢,他忙将那鸟儿腿上的麻线解开,双手捧着那美丽的小鸟朝竹林一抛,扑啦啦,小鸟展翅飞开了,留下了一串"嘻嘻嘻"的笑声。蒋琬也笑了,只是未笑出声来,因为他为那美丽的小鸟脱离险境,得到了自由而高兴,望着那鸟儿飞去的身影,暗暗地祝福道:"小生命呀,祝你好运!"

又是一个早晨,蒋琬照旧在竹林中诵读诗文。

读着,读着,他忽然停住了吟诵,侧耳倾听起林中的鸟叫声来。他爸以为蒋琬在贪玩好耍,便悄悄地步入竹林窥探。只见蒋琬站立于竹林之中,傻呆呆地朝着竹林上那群鸟儿发笑。爸爸不解,忙问:"你怎么啦?"蒋琬被这突如其来的问话一惊,回过头来,见是自己的爸爸,便不好意思地含笑作答:"嘿嘿嘿嘿,我是在听鸟叫哩!"

爸爸见他说话诚实,笑了笑,善意地责难道:"傻孩子,有书不读听鸟叫,会荒废学业的呀!"蒋琬不服气地申辩道:"爸爸,你不知晓,今天这鸟叫的声音有些特别呀!"

爸爸不屑一顾地望望林中的小鸟,答道:"嚯!什么特别,不过是几声叽叽喳喳呗!"

"不!那小鸟是在对我说话,告诉了我一件事!"蒋琬天真地望着小鸟。

"对你说话?"爸爸疑惑地侧耳听听叽喳的鸟语,什么意思也没听出来,便反问蒋琬,"它告诉了你什么呀?"

蒋琬偏偏脑袋,眨巴眨巴了双眼,像煞有介事地朝他爸说道:"你听,鸟儿不是在对我说'尚书令''将军帽'吗?"不说不像,一说的确像。爸爸也顿时觉得这叽叽喳喳的鸟语,确实是这个意思。莫非这孩子真有什么出息吗?再想,不对,尚书令是官名,将军帽可不是官名呀,怎能与自家的孩子沾上边呢?于是,摸摸蒋琬的小脑袋,爱抚地说道:"傻孩子,还是认真读你的诗文吧!别想入非非了,这鸟儿并没有说你会当'尚书令'呀!"

蒋琬却是一本正经地朝他爸偏偏脑袋:"说啦!是说的我呀!"

"是说的你?"

"嗯!那鸟儿明明白白地说了,'尚书令'的官儿是'将军帽'这个人当的!我姓蒋,将字上加个草头,不就是将军头上一顶帽吗?那尚书令的官儿当然是我当的呗!"

第二部分 小说故事选 171

爸爸被蒋琬逗得哈哈大笑了。尽管他当时还不相信孩子的话语是真,但对孩子那奇特的想象力感到惊讶!实实在在地感觉到自己的孩子才智非凡,以后定会有出息和作为的。于是,因势利导地给孩子讲了些要勤奋学习,只有学好本领,才能报效国家的道理。

数十年后,蒋琬真的当上了尚书令(即相国),顶承诸葛孔明掌管蜀汉江山。于是,有人在他的故居泉湾的竹林里建了个小小的亭子,取名雀鸣亭。茶余饭后,常常有些热心的人坐在亭内潜心地倾听叽叽喳喳的鸟叫。然而,再怎么认真地倾听,也捉摸不出有什么"尚书令""将军帽"之类的鸟语了。于是,有人悄悄地打听其中的奥秘。当得知蒋琬是因为解救了一只缠绊于竹枝上的小鸟,才听到这类鸟语的故事后,更被传得神乎其神了。说什么蒋琬所救的是天上鸟王爷爷的小女儿,那天她外出春游迷了路,在林中被一顽童所捉,麻缠线绕地成了笼中之囚,好不容易钻空飞出囚笼,却又缠绊于竹林之内,幸遇好心的少年蒋琬搭救,这一少女才回到鸟王爷爷的身边。鸟王爷为谢蒋琬救女之恩,特地在天上玉皇老子那里为蒋琬报功请赏。于是,赐了个相国、尚书令的官职。那竹林中的鸟鸣,就是鸟王爷委派喽啰小卒们前来为蒋琬送讯报喜的!常言,无功不受禄。打这以后,此地的乡村百姓分外爱鸟护鸟,当地的所谓"春来不捉林中鸟"的习俗,就是从那个时候兴起的。因为他们生怕因捉鸟玩鸟,而误伤鸟王爷派出来春游的儿女们。虽不奢望像蒋琬一样得到鸟王爷的赏赐,但也害怕遭到鸟王爷的惩罚哩!!

相国还乡

在一个北风呼啸的日子,乌江河畔的汤泉池边,出现了三匹高头大马。马旁边有三个身着便装的男士,一个年长的五十开外,两个年轻的二十挂零。年轻者瓢舀汤泉忙着给马调配饲料,让那高头大马,吃得摇头摆尾,津津有味。年长者双手捧着一碗汤泉,慢慢腾腾地喝了一口,眉宇间挂满笑容,感叹而语:"美哉!家乡水!"

这年长者就是顶承诸葛孔明当上了蜀国宰相的蒋琬。离别家乡三十多年来,他南征北战,数过家门而不入。此次回家,一没穿戴相国服饰;二没侍卫鸣锣开道,却是轻装简从,三人三马,悄然无声,能算衣锦还乡吗?

　　蒋琬就是这么一个人,他从不愿去考虑这些。

　　想当年蜀汉丞相诸葛亮病逝,后主刘禅根据诸葛亮生前的多次荐举,擢升了他这位蜀国大将军为尚书令,接替诸葛亮管理国家的政务和军事。上任之初,原丞相府的几个老部属很不服气,有的在他身边傲然而过,有的对他问话避而不答,有的甚至在同行中公开评说他做事糊涂,着实不如丞相。当有人把这些情况告诉他,并献计要在这些人中惩一儆百,以树威严时,他却坦然一笑,说道:"千人千面孔,人心各不同。我的才干,确实不如丞相。只有勤勤恳恳、兢兢业业地为国家尽忠效力,才是正理呀,又何必去责怪别人说长道短、评头品足呢?"他不仅是这么说的,也是这么做的。一天,有个曾经对他蔑视和诽谤的将军杨敏,其军中不慎失火,烧毁了营后屯集的一些粮草。按当时的军法,是要处以极刑的。杨敏自己也担心他这位新任宰相大权在握,正好借机公报私仇。可蒋琬没有马上判决,而是先进行实地调查了解。得知那几天,杨敏患头痛病,卧躺在床,动弹不得,是因两个小吏帐中醉酒而发生失火事故,杨敏闻到警报,立即带病起床,忍着病痛救火。他在得知这些实情以后,免去了杨敏的极刑,严厉地责备杨敏对部下管教不严,仅责令打了一顿军棍,让其牢记教训,并仍叫他官复原职,杨敏感恩涕零。从此,蒋相国声威大振,将士们言听计从。蜀汉江山又一度出现了诸葛孔明在世时的良好局面。

　　此时,蒋琬由治军理政的记忆中回到了对家乡的眷恋境地。他一边喝着家乡水,一边手之舞之地向那两个年轻的随从说道:"儿时,我在这儿求学,每天要走前面那条小桥。炎天酷暑,我还常在那河边的深水潭中洗澡哩!……"说完这些,他似有伤感地低垂着头,轻声叹惜道:"唉,好壮士实难忠孝两全!当年为战报国,父母双亡皆未回家披麻戴孝,更难言酬报乡邻,造福乡民了呀!"两位年轻的随从皆被这位还乡相国的眷眷深情所感动,一个个热泪盈眶,默不作声。

　　突然,从前边柳林的嬉戏声中窜出几个童男稚女,蹦蹦跳跳、追追赶赶地来到了汤泉的小溪边,面对这三位陌生人,一个个踌躇不前,眨巴着双眼不说话。

蒋琬笑脸相迎地抢先开腔了："娃娃，想洗澡吗？胡子爷爷陪你们洗好吗？"众娃娃解除了紧张、疑虑，一个个高兴地点了点头。于是，跟随着蒋琬爷爷扒沙引泉，跳进了溪边的泉水里，一番尽情地戏水沐浴以后，有一个娃娃突然指着汤泉问蒋琬："胡子爷爷，这样好的热水是从哪里来的呀？"

蒋琬被问住了。他怎能说清楚这一罕见的自然奇观呢？想了一想，他爽朗地含笑作答："嘿嘿嘿嘿，胡子爷爷也说不清楚呀！一句话，天老爷赐的呗！"

那娃娃兴犹未尽，继续嘀咕了一句："哎呀！要是天老爷能把这热水赐到我家就好了！"这娃娃的话语虽轻，却引起了众娃娃的争议。

只见他们一个个争先恐后地嚷道："不！请天老爷把热水赐给我家！"

"赐我家！"

"赐我家……"

此时的蒋琬确实被这些幼稚可笑的娃娃们逗乐了。只见他双手一摊，然后捋捋胡须笑吟吟地道："哈哈哈哈，别争了，别争了，娃娃们都在这里洗澡，岂不是天老爷把热水赐给了大家吗？"

是夜，蒋琬未投宿家乡的亲友，而是借宿在临近的一个小庙里。白天的见闻，使他夜不能寐。从娃娃们洗澡的言谈中，他似乎感觉到有负于家乡的厚望。于是，在自谴自责中进入了梦乡。一个窈窕的女子来到他的身旁，自称是天上王母娘娘的贴身侍卫。手指着沸沸汤泉叙说了当年丢钏救民的故事，原来沸沸扬扬的汤泉之水，乃是王母娘娘赏赐的环钏——西山紫龙的龙涎所变。还讲了些为官一任，造福一方的道理。

梦醒后，琬深受感动。即以当朝蜀国宰相的名义，致书地方父母官，词恳意切地提出了两点要求。一要父母官爱民惜民，廉明清正，绝不可肆意增加赋税，苛敛庶民百姓。二要父母官建座玉女的寺庙，并以西山紫龙的名义给寺庙命名。还要求塑一尊玉女像，启迪后人像玉女一样善良纯朴，为民造福。

不久，这汤泉旁便有了一座寺庙，名叫紫龙寺，寺内还有一尊玉女塑像。寺庙前有一副四字楹联：汤泉沸玉，乌水扬金。百姓们为了赞扬相国还乡为民造福的美德，便把他当年还乡时所经历的地方，根据特点分别更名为相公桥、相公潭、相公庙。灰汤温泉也曾有过"饮马泉"之称。

希望的田野

鸭宴潭州

传说,乾隆皇帝每次下江南体察民情,都是轻装简从,微服私访。当年的汤泉人家,养了不少鸭子。常有地方官吏,借来汤泉观赏沐浴之机,划拳饮酒,猜谜食鸭。吃罢分文不给,扬长而去。汤泉的百姓看在眼里,恨在心里。只想告一御状,整治贪官污吏。

要告御状,谈何容易。庶民百姓,一没钱;二没权。且远隔京城数千里,没有足够的盘缠路费,是那么好去京城的吗?即使到了京城,深宫宦海,戒备森严,没有相当的品级,是那么容易见得着皇帝的吗?

然而,穷人有穷人的对策,百姓有百姓的计谋。相传本地就有一个姓汤的年轻汉子自告奋勇地找上了这门差事。

这一年,正值江南莺飞草长的暮春三月。桃花流水鳜鱼肥,猪羊膘壮鸭嫩鲜。汤某担着一笼鲜活的汤鸭离别家乡到了潭州(即现今的长沙)。心想,如果皇帝要下江南的话,此季正是最好的时期了。他选上了一处商摊林立、顾客如流的十字街头。将挑来的两只鸭笼朝一家生意兴隆的酒店门前一放,便操着生意人的口吻,吆喝起来:"汤鸭汤鸭,好呷(吃)好呷!酒宴鸭,嘎嘎嘎。呷了汤鸭说鸭话,延年益寿无牵挂!"

嘿!好个奇怪的招商语。真个引来了不少好奇人的围观。更有好事者,当众挑逗道:"鸭老板呀,什么是鸭话呀?"汤某胸有成竹地作答:"刚才说清楚了呗!'酒宴鸭,嘎嘎嘎'谐音哈哈哈。常言道,笑一笑,十年少。就是说,呷了汤鸭,会讲笑话,可以延年益寿喽!"

那好事者便激将起来:"好呀!鸭老板定是呷过汤鸭的,就请先说几句鸭话供我们笑一笑吧!"汤某听罢,掏出腰间的酒葫芦喝了口酒,拍拍胸脯眨眨眼,然后,神秘兮兮地说道:"好!我给大家说段笑话。叫作'女人三点可怕,皇帝可怕有三'!"

话音刚落,只见围观的人面面相觑后,便一个个悄悄地抽身离去。有的还低声嘀咕了一句:"哼!真是胆大不要命,皇帝老子的笑话也可说吗?"汤某眼望纷纷离散的观众,却是故意大声地召唤着:"莫走莫走,我的笑话还没开始讲,为何就走呢?"

就这样,他在这十字街口的酒店前一连吆喝了三天,原腔原调,有板有眼。每次吆喝都招来了不少过路客人。可每当他要讲"皇帝可怕有三"的故事时,客人们都傻了眼。不是匆匆走开,就是愤然地骂一声"神经病",而抽身离去。更没有人敢与他做生意,买他的汤鸭做酒宴了!

眼看着身上的盘缠要用完了,笼内的鸭食要吃光了,可还没有碰上他所预谋的真正买主,心中难免惴惴不安起来。

突然,前面的大街上走来了几位布衣长衫模样的客商,前后左右似有一些闲游的男女跟随,走来者大大咧咧,跟随者躲躲闪闪。眼明脑灵的汤某,似乎觉察了与往日不同的端倪。于是,又一次大声地吆喝起来:"汤鸭汤鸭,好呷好呷。酒宴鸭,嘎嘎嘎,呷了汤鸭说鸭话,延年益寿无牵挂!"

吆喝声一停,有位高个子客商领先上前询问:"这鸭话怎么说呀?"

汤某仍像以前一样地重述了一番,有些围观者,一听这鸭话要笑话皇帝,唯恐惹火烧身,便匆匆抽身而去,唯有那高个子客商所领的几个人赖着不走。笑吟吟地要求汤某叙说那"女人三点可怕,皇帝可怕有三"的笑话。

面对此情此景,汤某却卖起关子来。叹了口气,说道:"小民出门买卖,三天还未开张,客官若是真心要听笑话,就请怜惜小民生意清淡,买上几个鸭子在店内酒宴,小民再在鸭宴期间,慢慢述说行吗?"

那高个子客商满口应承。当即买下了两只汤鸭。就在酒店老板精心烹饪之时,汤某绘声绘色地说起了他自编的"鸭话":

"从前,有个乡民和几个朋友外出做生意,晚上投宿在一起讲故事,故事中十有八九不离男人怕堂客的内容。于是,有人感慨发出一声号令:怕堂客的人,请站起身来。话音一落,房间里十几个客人都先后站起了身,只有这个乡民没有站起身。众人惊讶,皆向他伸出大拇指,夸他是英雄好汉,这么多人中,只有他一个人不怕堂客。谁知这位乡民在众人的恭维中,却是说了一句话:不,我这是听堂客的话呀!因为出门之前,堂客就嘱咐了的,凡是人多的那边切莫去!说罢,惹得哄堂大笑,原来这位乡民最怕堂客。大家便你一言我一语地嘲笑起来,这位乡民却是一本正经地辩驳道:笑什么呀!女人本身就有三点可怕嘛!初娶到时,像菩萨一样神圣,哪有人不怕菩萨的呢?生育儿女后,像老虎一样凶恶,哪有人不怕老虎的呢?年老以后皱纹多,像苦瓜鬼一样难看,哪有人不怕鬼的呢?"

听到这里,那位高个子客商忍不住哈哈大笑起来,连说几声有趣有趣,不由自主地拍拍汤某的肩头,催促汤某快说那"皇帝可怕有三"的笑话。

汤某灵机一动,指指桌上摆出的酒肴,故作推婉地说道:"嘿嘿嘿嘿,还是请客官饮酒尝鸭吧!下面的笑话呀,可难说啦!小民进城几天了,一开口说到'皇帝可怕有三'时,围观的人便匆匆离去。今日客官虽然胆子大不害怕听,可小民害怕讲哩!"

那位高个子客商扫视了身旁的几人一眼,然后,小声地在汤某耳边说道:"讲吧!我等不向外声张就是,包你没事的!"

经这一说,汤某才敢在客商面前,小声地叙说起来:"圣明君主,社稷为天。何以治国,可怕有三。嘿嘿嘿嘿,不瞒客官,就连当朝开明圣主乾隆皇帝也怕对这三点是最最可怕的喽!"

"是真的吗?请说其一!"那高个子客商饶有兴趣地催促道。

汤某一字一板地作答:"其一,英明圣主,励精治国,故而最最可怕忠臣早逝!"

"这个可怕是实,那其二、其三呢?"那高个子客商忍不住插言。

汤某继续说道:"其二,英明圣主,爱民如子,故而,最最可怕百姓受苦。其三,英明圣主,明察秋毫。故而,最最可怕微服私访时庶民百姓回避隐匿,不吐真情!"

听到这里,那高个子客商,忍不住一拍汤某的肩膀,笑道:"哈哈哈哈!所说三条,条条在理呀!真想不通,那些百姓为何要回避你要讲的皇帝可怕呢?"

汤某答道:"这正说明庶民百姓的竭尽忠诚,对当今皇帝的称颂不是露在嘴上,而是藏在心中哩!"

"哈哈哈哈!说得好,来,一同饮酒尝鸭!"说罢,那高个子客商,带头举杯酌酒,举箸尝鸭。另外几个客商只是含笑应承,却是迟疑着不动杯筷。

汤某看在眼里,记在心里。只觉得今天所遇非同一般。不是遇上了微服私访的皇帝,就是遇上了奉旨出巡的钦差。管他什么人,决计先告一状再说。

于是,他在鸭宴筵间,先讲了汤鸭的美丽传说,再三说明了这汤鸭的非同一般,是因为汤鸭的祖先吃了雪龙的五脏六腑而变得肉嫩、骨脆、髓多。吃得那位高个子客商眉飞色舞连声称赞:"佳肴,佳肴!"并反问汤某,"如此非凡的美食,你们为何没给皇上作为贡品呢?"

此问正中汤某胸怀。便一五一十地叙述了近年来,地方官吏们借宴食汤鸭而敲诈勒索乡间百姓的情况,听得那位高个子客商,脸露愠色,神态威严,在散席之前,对汤某说了一句话:"回乡去吧,此事会有人为你做主的!"

事后方知,汤某在潭州宴鸭的就是乾隆皇帝。他那御状告灵了!从此,汤鸭成了向皇上进贡的贡品,并可以此减免地方赋税。地方官吏再也不敢骚扰百姓了。

于是,鸭宴潭州,成了乾隆盛世的一段佳话。

诗涌汤泉

清代的文学家王文清,乡邻尊称他为九溪公。

他很喜欢游览汤泉胜景。从年轻到年老,曾多次邀上文人好友到汤泉举行过鸭酒会,即景生情,沐风吟咏。最后一次游览汤泉,是他77岁的时候。当时他早已从朝廷御史的禄位告老还乡。布履蓝衫,鹤发童颜。在自己的老家油草铺学堂湾内,本当乐享天伦,安度晚年。可他不愿清闲安逸。虽年事已高,还在家院开馆从教,传授学子。除此而外,更是关注乡邻,热心为家乡做些力所能及的好事。这一年,他感到最满意的是,由他亲自捐资募款,历时一年数月,重修了家乡的铜瓦桥。车来担往者,童叟妇妪者,无不在经过铜瓦桥时,念及九溪公的行善积德,为乡邻做了一件流芳千古的好事。就是在这种大好的心境中,王文清由学子们陪同,来到了汤泉,借宿在紫龙寺内。

是日夜晚,月朗星稀。紫龙寺的住持桃花方丈,久闻王文清满腹经纶,出口成章。于是,设酒宴于汤泉边,举行诗酒宴会,要求九溪公宴中答话以诗代语,九溪公欣然点头应允。

刚刚坐定,桃花方丈递上一杯清茶。谦恭地施礼说道:"贫僧桃花方丈,恭迎朝廷御史九溪公光临,愧无佳肴美酿珍茗,仅献清茶一杯,乞求见谅!"

王文清接过茶杯,旋即作答,出口成章:

久慕汤泉滚滚来,渴时求拜讲经台,

欣然酌得桃花水,直作杨枝玉露猜!

桃花方丈一听大惊,果然见到九溪公文思敏捷,且立意非凡。忙将茶杯悄悄地移开,满满地斟上一杯上等米酒,问道:"请问九溪公,朝廷告老还乡以后,贵居何处?"

王文清酌酒而答:

家近双江口,双江古今流。

溪光秋不断,岚气午方收……

"哟!"桃花方丈知晓自己出题吟咏家乡的诗作是难不倒九溪公的,故意在九溪公一诗未成时,忙转换话题,"难怪老先生如此酷爱家乡,年事已高,还不忘乡邻,亲自主持募捐修建了铜瓦桥喽!"王文清高兴地点点头,接过桃花方丈的诗题轻声地吟咏:

铜雀何年瓦,飞来覆此桥。

云霞连浦动,烟火四山遥。

春到鱼能化,秋深柳林凋。

常观车马过,终不染尘嚣。

桃花方丈感叹地询问:"哎呀呀,真个是前人植树,后人乘凉。偌好的铜瓦桥,只见人家的车来担往,老先生就不曾抽闲信步吗?"

王文清含笑即咏:

小水通何处,桥边一草堂。

有时来濯足,随便好流觞。

布帽笼风暖,芒鞋踏月凉。
渔郎元未到,何处觅沧浪。

一听此诗,桃花方丈觉得似有机可乘,望望九溪公身旁的学生,故作取笑道:"哈哈哈哈,古语有云,乐不思蜀。老先生有如此这般的桥头之乐,只怕会忘记院内那些莘莘学子喽!"

王文清摇了摇头,即咏:
万卷藏书在,千秋识此溪。
牖开青宇古,楼满白云齐。
廊庙知龙肉,天涯策马蹄。
襄城存旧辙,七圣未曾迷。

经过几个回合,桃花方丈心服口服,只觉得这位九溪公不愧是当朝的文人、御史。于是,上前虔诚地一揖,并呈上文房四宝,说道:"久闻先生才学非凡,今宵果真让贫僧大开眼界。常言说得好,心记不如笔记。喏——!贫僧敬酒三杯。一求老先生饶恕贫僧今宵的粗鲁冒犯;二求老先生留下墨宝,让贫僧白天黑夜,春去秋来,随时随刻都有缘吟诵老先生的诗文!"

王文清到这时才改吟咏为口语,道:"多射师僧盛情,老朽年迈,三杯美酒无能畅饮,几曲小作倒是不难草就的,师僧能出题否?"

桃花方丈想了想,说道:"古邑宁乡,钟灵毓秀,老先生生于斯,小贫僧业于斯。就请老先生吟咏一番西宁十景吧!"

王文清矜持少顷,便拿起笔来,借着天上的月光和身旁的烛光,果真在纸上龙飞凤舞,一气呵成,连咏十章,生动形象地赞颂了古邑宁乡十处有名的地方胜景和乡土人情,留下了九溪公诗涌汤泉的佳话。

其"西宁十咏"如下:

一咏:玉潭横秀
玉水流芳自古今,茫茫难问逝波心。

石潭影抱寒云静,乳窦光凝夜雪深。
坝上可怜桥尽圮,汉南那后树成荫。
独余傍岸渔家子,一曲年年出苇林。
(注:圮,pǐ,毁坏,倒塌之意。)

二咏:天马翔空
云鬃雾鬣赖低头,猛气腾腾不可留。
自爱长空无絷绊,顿教上苑逸骅骝。
昂霄万里归何处,牧野千秋战早收。
芳草石溪天共老,追风莫遣蹴神州。
(注:鬣,liè,胡须。絷,zhì拴,捆。骅骝,huá liú,骏马。)

三咏:飞凤朝阳
阿阁巢深肇太平,何年飞下到孤城。
池开五色丹山彩,风送千寻翙羽声。
自集高冈梧正老,不吹嶰谷管长鸣。
万峰缭绕如群鸟,同学来仪宇宙清。
(注:翙,huì,象声词。《诗·大雅·卷阿》:"凤凰于飞,翙翙其羽。"嶰,xiè,山涧,沟,无水叫嶰。)

四咏:灵峰夜月
月满空山思悄然,倚峰无话对前贤。
危岩乱滴秋江雨,老树寒笼大壑烟。
华表五更清鹤梦,赤城千仞射芝田。
桴比座上传薪后,七百年余不夜天。
(桴,即鼓,击鼓传花之意。)

五咏：汤泉沸玉

云蒸霞涌乱溪横，翻笑寒泉只浅深。
不见素车乘玉女，长流琼液寿苍生。
出山冷后鱼龙浴，煮石潜收霹雳鸣。
悟得五行颠倒意，始知水宅火来成。

六咏：大汹凌云

大汹顶上辟天门，金粟传灯此地寻。
满壑霜飚寒日御，何年石壁寿云根。
香熏别种禅门戒，壤沃千家寺里村。
招隐南轩悲落木，此中风物至今存。

七咏：石柱书声

带得遗经去荷锄，清香千载绕吾庐。
自无尘世弹冠念，先作山中却聘书。
石柱台孤云漠漠，玉漠风定月如如。
斯人邈矣余空谷，我意返心赋遂初。
(注：遗，wèi，赠予。邈，miǎo，遥远。)

八咏：香山钟韵

九天高响落嶔崟，不借蒲牢发远音。
昏晓噌吰惊客梦，阴晴历乱任风心。
闲云动处山僧静，冷韵浮来看室沉。
莫怪清霜催落叶，仙香缥缈下寒林。
(注：嶔崟，qīnyín，山势高峻。噌吰，chēnghóng，钟鼓的声音。)

九咏：楼台晓色

不须丝管下楼台，簇簇青山带晓开。

肯许暮烟霾日色,平分曙景上天台。

歌莺喜送晨光出,惊鹤偏乘早露来。

戏马迎仙今在否,瞳眈长自射崔嵬。

(注:霾,mái,烟尘混浊。崔嵬,cuīwéi,高大耸立的山峰。)

十咏:狮顾岚光

狻猊吼罢怒双眸,惊落山光不敢收。

为抢清江时顾腹,却贪白石自回头。

日从晓后苍烟暖,风送晴来紫气浮。

草树纷披争欲滴,寒威辟易乱峰秋。

(注:狻猊,suānní,传说中的猛兽。即指狮子。)

泉边戏联

从前,有位小姐游览灰汤温泉,见到这沸沸扬扬的汤泉水,甚是欢喜。便接过丫鬟舀上的汤水喝了起来。谁知心急手快,不慎烫了舌头。哭笑不得地张开嘴巴,吐水流涎,在窘态中,露出了一口洁净如玉的白牙。

此情此景,恰被一刚刚来此汤泉浴后的相公看见,不由诗兴大发,顺口拟成了半边楹联:"嘻呀呀!汤泉沸玉。"

小姐望望这位汤泉浴后,正在柳树下晾衣的相公,知道他在取笑自己。但不甘受辱、眼睛一眨,计上心来,当即回答了应对的下联:

"呼啦啦!乌水扬帆。"

相公大惊,知晓这是在反讽自己晾衣不雅。心中暗暗佩服眼前的这位小姐反应灵敏。真可谓出言不逊,答之有余。他不甘失败,抓抓脑袋,故意当着小姐的面,望望汤泉旁边的那座名叫紫龙寺的寺庙,感叹地戏言:

"唉!紫龙寺龙涎烫舌。"

小姐亦不甘示弱。眨眨杏眼,故意从相公身边走过,挥手朝汤池内戏水的鸭子吆喝几声,幽默地答话:

"嚯！汤鸭池鸭嘴啄人。"

相公再次失败，忙上前拱手探问："请问小姐，自哪厢而来呀？"

小姐回答："三千湾。"

相公听罢，重复了一句："哟！三千湾。"再次抓抓脑袋，似乎找到了难以反击的话柄，便摇头晃脑地吟咏起来：

"三千野鸭过灰汤——经数！"

小姐闻联，也不慌不忙地上前施礼问道："请问相公，到哪里去呢？"

相公傲然作答："八石头！"心想："看你怎样作联喽！"

小姐望望相公，鄙夷一笑。即照相公的样重复了一句："哟！八石头！"也再次眨眨杏眼，从从容容地吟咏她所对答的戏联：

"八十豺狗①下禾洞——难熏！"

相公一听，大惊失色。生气地反问："小姐，你怎么非礼，骂人呀！"

小姐答曰："不！只因贵公子非礼，骂人。小女子才来个以其人之道，还治其人之身喽！"

相公狡黠地解释道："喏！小姐家住三千湾，今日来到灰汤游览，这灰汤不远处有个地名叫野鸭塘，还有个地名叫金（经）薮（数）②，本公子一时心血来潮，用这四个地名组成了一句歇后语作为联语，词词，句句，言之是实。有何非礼呢？可见小姐太多疑了呀！"

小姐听罢，从容反驳道："哎哟哟，相公既言之是实，也别责怪小女子言之是实呀！喏——！贵公子要到八石（十）头去，可知八石头那边有个豺狗洞和下禾洞的地名吗？另外灰汤这边有个南（难）勋（熏）③堂，小女子不过是见样学样，模仿了贵公子的格式，用这样四个地名，组成一句歇后语作为联语应对，词词，句句，言之是实，既没非礼，也没骂人，公子何必生气呢？"

---

①豺狗，宁乡方言词。即指狐狸。
②金薮，谐音宁乡方言"经数"，即数目很多，要一五一十地数起来，很费时费力。
③南勋，借音宁乡方言"难熏"，即难用烟熏。

184　希望的田野

"这……这……"相公再无言以答。

相公、小姐的纠葛虽告平息,泉边的戏联却被传为趣谈。

龙口落葬

从前,有个地仙,看了一辈子地,总觉得真正的风水宝地,他还没看出来。这一年,他已经满了80岁。一日在山野闲游,突然发现这乌江沿岸尽是一派褐红色的山峦、褐红色的石头、褐红色的土,草木不长,袒胸露背的,活像一条紫龙,浑浑噩噩地依伴着乌江而眠。心想,天赐紫龙,定有福地。于是,他手拿罗经盘(即地仙用的指北针),带上自己的贴心徒弟,从乌江的发源地湘乡羚羊山北麓的大乐坪吉家洞出发,沿着山峦走势,罗经盘这里一扫,那里一描。然后,朝东西南北细细一望,皆不由自主地摇摇头,说道:"不行!不行!走了这么多地方,不是找到个龙爪,就是找到个奇鳞异甲,当然算不上天赐的福地喽!"

就这样,他带着徒弟寻了七七四十九天,翻了九九八十一座山头,来到了一个叫作江家铺的地方。他站在江家铺的后山一望,大吃一惊!原来这紫龙到这江家铺后,只见来龙,不见去脉。也就是说,前一段他带着徒弟把这条紫龙的龙尾、龙爪、龙腰、龙背,全都查得个一清二楚了,可到这里却不见了龙颈龙头!

龙头哪里去了呢?他慌忙拿出罗经盘来,这里扫扫,那里描描。然后,站在山顶朝山下的大段中一望,高兴地笑了:"哈哈!找到了!找到了!原来这条紫龙,并未浑噩贪睡,它正在乌江河中嬉水哩!"

接着,他给徒弟指点着说:"你看你看!那龙头龙角全淤没于乌江的泥沙之中,只微微地向上翘着嘴巴,正在尽兴地口吐白气,吹着水泡泡哩!"

好地!好地!葬于龙口,定出圣贤!于是,他带着徒弟从江家铺的山下走去,来到了大段中的乌江河岸。见到这河岸边的滚滚汤泉,便悄悄地对徒弟说道:"此地就是紫龙的龙口,汤泉井就是紫龙的咽喉境地。老夫死了以后,就把我想方设法埋葬在这里吧!子子孙孙定会大有出息的!"

听到这里,徒弟急了,忙说:"师傅呀!你老人家一生单身鳏孤,无妻无室,无有子孙,埋葬龙口,此地又怎好显灵呢?"

地仙答道:"老夫生时为人谋利,死后也为人送福。虽然单身鳏孤,无亲无嗣,可这乌江沿岸的各姓子孙,都可与我有亲,也都可替我为嗣呀!所以,此地葬我最为合适,也最公平!此话只让你这贴心的徒弟所知,可得千万千万保密呀!"徒弟听了,感动得掉下了眼泪。

事情偏有这么凑巧,就在找到龙口的当晚,这位八旬地仙老翁猝然去世了。徒弟为了给师傅保密,就谎称是死者的孙子,祖孙俩因逃荒讨乞流落于此,无家可归,乞求当地乡亲施舍几块木板,做副小小的棺材,就地埋葬在这乌江的河堤路旁,免得到各家后山乞讨葬身之地,争抢了各家的风水宝地。乡亲们听信了那徒弟的话语,十分同情他祖孙俩的遭遇,便尽力尽心地帮助办好了这件丧事。从此这汤泉边的河堤上多了一座孤坟荒冢。

直到后来,这乌江两岸出了个"一里三台",又出了不少名人,这龙口落葬的故事,才由那地仙徒弟的子孙传了出来。

美嫂疗疮

唉!红颜薄命。美嫂不到三十就死了丈夫,留下个5岁的儿子,孤儿寡母,相依为命。好在家住107国道边,伴着公路摆个茶摊、卖点儿水果,再加上哑巴叔子帮耕作了那两亩多责任田,生活还算过得下去的。每当有人说媒,她都婉言谢绝,因为她心中牵挂着那个哑巴叔子年过而立还在打着光棍。这一天,邻居的基建老板在省城揽了个大工程,看中了哑巴叔子的老实、勤快。愿出高额工资请他去基建工地看管材料。哑巴叔子虽动心了,但脑袋直摇晃,口里咿咿呀呀地直嚷。美嫂听懂了哑巴叔子的意思,忙比画着手势,脉脉含情地告诉哑巴叔子:"放心去吧,家里的一切,我会料理好的。"说话间,她那5岁的儿子玩耍归来,听说叔叔要到省城去,便紧搂着叔叔的身子不放,吵闹着也要进城去,真弄得哑巴叔叔左右为难。老板便用钢笔一个个字地向哑巴叔叔表白:看守材料轻松,但责任心强,你带上侄子去是可以的,多一个人就多一双眼睛呗！哑巴叔子傻笑不止,真的带上她儿子去了省城,留下了美嫂独撑门户。

一天傍晚,电闪雷鸣,滂沱大雨。美嫂的门前,突然走来了湿漉漉的一男一女。男的四十开外,女的不过二十。一进门,那男客人就嚷嚷道:"老板娘,开个房间！"

美嫂说:"对不起,先生！你找错了地方,我家不是旅社呀！"

男客人借着灯光,扫视了一下院内院外,忙说:"行啦行啦！狂风暴雨的,不好赶路了。请嫂子行行好,让我们夫妻俩借个宿吧！"

夫妻？……美嫂望望这一男一女,似觉得有些异常,便应酬着:"哎哟哟！真是在家千日好,出门一时难呀！和和美美的两口子出门旅行,竟遇上了这狂风暴雨,到我这寒酸人家借宿,实实是太委屈了呀！"

女客人低头不语,男客人却抢先作答:"嘿嘿嘿嘿,只是太麻烦嫂子了！"

"噫哟哟,这有什么麻烦的呀,谁个不求人呢！"美嫂热情地拉拉女客人的手,"你和我这个大姐睡里间,让先生睡外间,若我家老公回了就两人同睡一床,若是不回呀,就让他独霸天下吧！哈哈哈哈！"

男女客人听罢,只是赔笑,不好答话。美嫂更主动起来:"喏！只顾扯谈,客人还未吃晚饭吧！"说罢,忙着煮饭、炒菜,客客气气地招待起来,直忙到入寝睡觉,美嫂让男客人睡在外间,她与女客人睡在里间,闩紧房门,蒙上被子,便与女客人说起悄悄话来。原来那男客人是个拐卖妇女的色狼,这女客人因被骗上钩,正苦于脱身不得。幸喜美嫂察言观色,巧施了救人之计。夜漆墨黑,单门独户。再加上狂风暴雨,只见门前车辆穿梭,不见常来串门的邻里哥嫂,她只能装作若无其事,等到天亮,再设法捉拿歹徒。

谁知,天亮起床,那男客人早已逃之夭夭,女客人虽对美嫂解救危难感激不尽,但怕影响个人的声誉,便急着离去,怎么也不愿说出自己的真实姓名和家庭住址。心善的美嫂,不愿强人所难,只得让那女客人走后,才去派出所报案。弄得那王所长哭笑不得。对美嫂不好表扬,也不好责备。

几天以后,麻烦来了。谁知那客人身患疥疮,美嫂没及时消毒被褥,惹上了疮疾,从早到晚痛痒难耐。寡妇门前是非多。有好事者,根据美嫂所说的情况,改头换面,添枝加叶,说成了美嫂偷人惹汉,染上了一身疮。哑巴叔子似懂非懂,狐疑不定地走进家门。一见嫂子与以往判若两人,脸上、手上、脚上尽是疮疾,便咿咿呀呀地比画起来。

邻居们不知何意,美嫂却是全知。哑巴叔子在骂她不要脸,败坏门风,不配做他的嫂子,更不配做孩子的妈妈。骂罢,头也不回地扬长而出,借宿邻里,次日清早去了省城,再也不愿与嫂子照面。美嫂含冤受辱,一串串眼泪直往心里流。此时此刻,她能拿什么来证明自己清白呢?

又是一个大雨滂沱的晚上。美嫂家门口又来了一位借宿的汉子。说什么在外打工,钱财被盗,无奈只身返家。美嫂虽有怜悯之心,但记取了前次的教训。一狠心肠,把门关上,灭了电灯,好久好久睡不落觉,便悄悄地爬起床来。透过门窗,只见那汉子倚坐门边,紧抱双臂,冷得全身瑟缩。

美嫂实不忍心,便扯亮电灯,打开大门,递了件衣服给那汉子,说道:"外面太冷,会冻病的,你就睡到那里间去吧!"

一听此言,那汉子却连连后退几步,说:"不,不,不!嫂子,是我不知您的丈夫外出未归,冒冒失失地开口借宿。你去睡吧,我在外面挺……挺好的!"

美嫂倒更同情了。说:"不借宿就进屋坐坐吧!大门打开,又亮着灯,怕个甚呀!"

经此激将,那汉子便进了屋。美嫂递过了茶以后,便陪着扯起了家常,美嫂知道汉子家住宁乡灰汤,是个上无父母、下无弟妹的单身光棍。汉子也知晓美嫂的不幸遭遇。单身怜寡妇,寡妇疼单身。越说越投机,真怨相识太晚。当美嫂叙说她身上疮疾的遭遇以后,汉子一拍胸脯说道:"嫂子呀,莫急!你这病,我保证诊好。明天就跟我走,住我的,吃我的,我用神水为你洗澡疗疮,包你一分钱不花,个把月诊好这个病回家!"

美嫂听了,有些犹疑地叹了口气,说:"好倒是好,只怕人家更会说长道短呀!"

汉子说:"谁人背后无人说呀!趁你儿子外出,门一锁就走,是个好机会呀!"

美嫂被汉子说服了。写了张字条留在家里,告诉哑巴叔子和小儿子的去向,第二天一早,就同着汉子到灰汤来了。

为避闲言,汉子趁着月夜悄悄地把美嫂领进家门。美嫂因疮痍满目,巴不得无人看见。于是,从早到晚,躲在汉子家不出门,等着汉子给她挑来汤泉洗澡。送走夕阳迎月亮,辞别月亮看朝霞。不觉地,一个月过去了,美嫂的疮疾好了。汉子发现美嫂变得美如仙女了!于是,一挑起盛满汤泉的水桶,就忍不住唱起了自编的花鼓戏来:"小刘海在茅棚早失娘亲,担水桶运汤泉喜笑盈盈……"

戏腔一出口,引起了邻居快活嫂的嘲笑:"汉子哥呀!你应唱成'担水桶运汤泉侍候美人'吧!"

汉子一惊,慌不择言:"噫哟哟,没这样的事,你……怎么晓得的呢?"

"嘻嘻!若要人不知,除非己莫为呗!"快活嫂挤眉弄眼地说道,"那嫂子什么时候进屋的,患的什么病,我们心里都有数哩!"

"是呀!我这是行行好,帮人家治病哩!"

"嚯,治病!"快活嫂心直口快地叮嘱着,"治好了病,就得找政府办个手续,可不能违反政策呀!"

"哎哟哟!嫂子呀,你想到哪去了!"汉子委屈地辩解着,"我连手都没碰过她一下哩!"

"真这么规矩吗?天知道!嘻嘻嘻嘻……"

快活嫂带着一串笑声走了。善良纯朴的乡邻都是这样,懒得盘根究底。单身娶亲,寡妇改嫁,有情人终成眷属,也是乡邻们的心愿啊!所以,当汉子带着异乡的小寡妇回家隐居的时候,他们佯装不知。巴不得这世界上少一对单身寡妇,就多一个温馨之家哩!

然而,他们怎么知晓,这破天荒的一个月,寡妇睡床铺,汉子躺竹椅。寡妇那么单纯,汉子那么老实呢?

不过,快活嫂子的这一玩笑,却像一颗石头,激起了寡妇和汉子心内的浪花!

人非草木,孰能无情!一个月来,年轻的寡妇与汉子,面对着新的生活,能不想点儿什么吗?想了!美嫂想到了死去的丈夫,想到了年幼的儿子,还想到了哑巴叔子多年来的关怀和那天的恩怨……汉子想到了那次借宿的经历,这

第二部分 小说故事选

一个月来的日日夜夜,以及事情的可能结局……然而,想归想。双方都像煮沸了的一锅水,憋得心中滚烫滚烫的!

又过了几天,汉子特意去了趟县城,为美嫂买了件时髦的衬衫,因为疮疾的污染,他觉得应该换件新的了。清早乘车出门,下午两点准时返家,风风火火,往返两百余里,汉子仅用了大半天时间。原因是汉子惦念着美嫂,不愿在外多误一时一刻哩!

走进门,只见美嫂坐在床头哭泣。一封书信散落在地上,一个三十挂零的男子垂头丧气地跪在美嫂身边。汉子拾起了书信,这是王所长亲笔写的,告诉她,那个拐卖妇女的色狼已在××抓获,还找到了她曾相救的那个年轻女子的下落,证实了她以前所说的一点不假。并告诉她,哑巴叔子悔恨骂错了嫂子,此次特来负荆请罪,迎接嫂子病愈还家。

汉子看罢,没有说话。只是一桩一件地帮着美嫂收拾行李,并悄悄地把那件新买的衬衫塞进了美嫂的行李袋中。

第二天,美嫂含着眼泪,迟迟不愿跨出大门。汉子却是小声地催促道:"去吧,美嫂!我本来是接你治病的呀!"话外之音则是:这就是我们灰汤人的良心啊!

第二年开春,美嫂带着一个女人又来到了汉子家里。她是特意给汉子说媒的。然而,雨过送伞,汉子已在前几个月结婚了。原因是美嫂疗疮的故事一传开,汉子呀,单身不单,光棍不光,简直成了本乡年少寡妇们心中的白马王子了!

(以上故事皆收录于《灰汤温泉美谈》1981年11月版)

附：小说故事存目 27 篇

疯子少爷	1985 年 2 月长沙《白沙文苑》
悦来茶馆（与肖重洲、陈泗海合作）	1980 年 5 月湖南人民出版社《红缨烈焰》
双爱堂	1978 年 6 月湖南人民出版社《华主席率领我们大办民兵师》
还锄头	同上
手心手背都是肉	1986 年 5 月长沙《雅俗报》
神水迎宾	1998 年 12 月《灰汤温泉美谈》
小卫黄当掌柜	1983 年 11 月《长沙晚报》副刊
小卫黄的故事	1986 年 6 月长沙《雅俗报》
何宝珍传奇（中型传记文学）	2001 年 1 月《沩江文艺》连载（8 万字）
教子篇三题	1980 年 12 月《长沙演唱》
温冲的荡达子山	2007 年方志出版社《宁乡地名掌故》
玉龙化作回龙山	2007 年方志出版社《宁乡地名掌故》
粟溪的潘家大屋	2007 年方志出版社《宁乡地名掌故》
奇特的石桥"乌龟桥"	2007 年方志出版社《宁乡地名掌故》
美女爱长工	2007 年方志出版社《宁乡地名掌故》
停钟　沉鼓塘　磨子山	2007 年方志出版社《宁乡地名掌故》
猴子石的传说	2007 年方志出版社《宁乡地名掌故》
慕严台	2007 年方志出版社《宁乡地名掌故》
罗仙寨与白鹭山	2007 年方志出版社《宁乡地名掌故》

姊妹桥　百墓山　神仙桥	2007年方志出版社《宁乡地名掌故》
两江总督题店名	2007年方志出版社《宁乡地名掌故》
金牛金耙助发家	2007年方志出版社《宁乡地名掌故》
花明楼风光	2001年8月长沙新闻频道拍摄专题片
	受镇党委之托,由本人任电视脚本改稿并兼任现场故事解说
阎王爷断案	1986年1月 长沙《雅俗报》
唉！姑娘	1985年12月长沙《白沙文苑》
鹏程曲	1980年7月益阳《群众文艺》
荒冢奇闻	1986年6期湖南《文艺生活》并入编

《长沙文学艺术精品库》(民间文学卷)湖南人民出版社1999年版

第三部分

DI SAN BU FEN

戏剧选

A辑
大型戏曲

希望的田野

吴新邦、邓正凡编剧

时间：九十年代某年春。

地点：湖南某乡村。

人物：张桂林　男，23岁，省农学院毕业生，大沩乡科技兴农服务站站长。

　　　李玉英　女，22岁，农村知青，农业广播电视学校毕业生（简称农广校），桂林高中同学、新婚妻子。

　　　李玉秀　女，20岁，农村知青，农广校学员，玉英之妹。

　　　张　爹　50多岁，桂林之父。

　　　李　妈　50多岁，玉英之母。

　　　高德厚　男，22岁，农广校学员，桂林青梅竹马的朋友，诨名"搞得好"。

　　　秦发财　男，个体户餐馆老板。

第一场

（幕启，闹新房场面。新郎新娘鞠躬。）

高德厚：好，下一个节目叫《喜鹊含梅》！

　　　〔众推搡桂林、玉英上前去咬用竹竿悬吊的糖粒，咬不着，二人一吻，众笑。〕

张桂林：（一瞥玉秀，反攻）"搞得好"呃！你少种些苦瓜子好啵？

高德厚：何解哪？

李玉英:(神秘地)等到你们的那个时候呀,小心我报复你啰!

高德厚:嘿嘿!莫逗宝啰!(瞟玉秀一眼)我们的事呀,八字还冒①一撇呐!(众笑)

张　爹:好了!好了!桂林呀!你看那边还有好多客人,在等着你敬酒咧!

李　妈:是呀!亲家爹说得好,莫把客人凉起了哟!

张桂林:"搞得好"呃,先让玉英休息一下,我们两个再陪客人干一杯好啵!

高德厚:好呐!为朋友两肋插刀。上——

　　　　(与众人下)

李玉英:(唱)手抚喜字心神往,羞羞答答情满腔;

　　　　常言道美满姻缘龙凤配,我爱上了桂林好同乡;

　　　　喜如今他农学院毕了业,留在母校挑大梁;

　　　　我农广校学植保也把文凭捧, 要随他展翅高飞翔;

　　　　展望未来前景美,我好像掉进蜂蜜缸。

张桂林:(上)玉英!

李玉英:桂林!冒喝醉吧!

张桂林:嘿嘿!冒醉!陪客人干了几杯以后便跟几个朋友讨论蜜橘的事情去了。

　　　　哦!我忘记跟你讲了!

　　　　(唱)你看这蜜橘新品种,它凝聚我多少汗水和热忱;

　　　　要让它苗长尺多就结果,每棵挂满小红灯;

　　　　摘下红灯一过秤,只只足有半公斤。

李玉英:(唱)哪有咯②号事,听来蛮时兴。

张桂林:(唱)我特地带回家乡搞实验,定要将它培育成。

李玉英:(唱)优化桔蜜蓝图美,敬佩你这好精神;

　　　　只是你农学院兼重任,哪有闲工管这家乡的小果林!

　　　　(白)哎!……桂林,你打算什么时候把我这新娘子接到省城去呀?

张桂林:(一愣)把你接到省城去?

---

① "冒"为方言,是"没,不"之意。此文中多用此解。

② "咯"为方言,是"这,这个"之意。此文中多用此解。

希望的田野

李玉英:是呀?

张桂林:(旁白)哦,她在故意试探我哟!(对李)玉英呀,我不打算留在省城工作,这是吃了秤砣铁了心的!

李玉英:哈哈!(旁白)桂林平日蛮老实,今日当了新郎官倒开起玩笑来了!(对桂林)未必在省城当科研人员还不满足呀?

张桂林:不满足! 告诉你啰,我当站长了呐!

李玉英:当站长了呀! 啊吔,又高了一个档次哒!

张桂林:哈哈! 玉英呃(亮红本本)你猜咯是什么?

李玉英:那是你们省农学院的站长任命书啰!

张桂林:不是的。

李玉英:立功证书!

张桂林:也不是的。

李玉英:那我猜不着了!

张桂林:玉英呃——这是我从县农业局领来的服务许可证。

李玉英:唔? 你们正正当当一个省科研单位,何解要到我们县来领服务许可证呢?

张桂林:玉英呃,我要当的是中华人民共和国湖南省宁乡县大沩乡科技兴农服务站的站长呐!

李玉英:嘻……算了算了,莫开玩笑了哟!

张桂林:你还不相信呀?(递红本)喋……!

李玉英:(展红本本念)服务许可证。大沩乡科技兴农服务站。站长张桂林。
(旁唱)哎呀呀,
姓名,照片加钢印,过硬不假而是真。
原以为他似黄金价无比,却原来是块锈铁不是金。
一场美梦成泡影,我孪心蒂蒂冷冰冰!

张桂林:(搬桔箱出)玉英!

李玉英:(责难地)省城那样好的单位你不留,哪个要你跑到乡里来的哟! 哪个要你跑到乡里来的哟!

第三部分　戏剧选　197

张桂林:哪个呀?(将橘子一亮)就是它!这是我们乡出产的蜜橘,品种退化,又酸又涩,顾客买了都说上了当。咯是我从垃圾堆中捡回来的,你说,我作为一个家乡人心里能好过吗?所以我才放弃留城工作的机会,主动要求到家乡来呀!

李玉英:那……咯号重大事情,你……你为何不告诉我?

张桂林:我已写信告诉你了呀!

李玉英:哼,写信……(把信一递)你看吧!

张桂林:(展信,念)我……愿意留在省城工作……哎呀,何是少了个"不"字啰!

李玉英:你!你骗人!(摘下红花,扔、跑下)

张桂林:(拾起花)玉英——(切光)

第二场

(高德厚没精打采地上。)

高德厚:唉!提起桂林哥的婚事呀,我"搞得好"连冒搞得好呐!

(唱)我和桂林是知交,推心置腹赛同胞;

上月接到他一封信,述说他将出新招!

邀我鼎力来相助,个人得失一边抛;

另捎给玉英几句话,我看罢心里直发毛!

(插白)信是咯样写的:"玉英,来信收悉。祝贺你农广校毕业,所学植保大有用武之地。科技兴农,莫忘乡土情恋,我不愿意留在省城工作,望能体谅我意。"唉!他冒想到玉英想的就是外出哩!我怕影响他的婚事,就用褪色灵搞掉了那个"不"字,唉!

(接唱)帮了倒忙闯了祸,我躲在家中似煎熬;

今日找桂林去认错,只怕是——

他刮胡子不用刀!(下)

[张家、张桂林浇水。

张爹端饭菜上来,看桂林拼命干活,自有难言之痛。]

张　爹:(提醒地)伢子呀,要吃饭啊!

张桂林:(掩饰地)爹爹!你老人家也要吃饭呀!

张　爹:好,吃饭!都吃饭!(发现多摆了一双筷子,怕引起桂林伤感,忙悄悄收藏,掩饰地搛菜给桂林)喋!咯是你最喜欢吃的糖心荷包蛋。

张桂林:吃唦!……(硬喉,放碗起身)……

张　爹:(无话找话地)桂林呀,你拉胡琴,我们唱支歌快乐快乐!

张桂林:好吧!

〔父子合唱《在希望的田野上》数句触到伤心之处,停唱。〕

张桂林:爹!唱跑了调呐!（收碗筷入内）

张　爹:哦!是唱跑了调。咯只歌呀,只有玉英唱得好。(感叹地)唉!我何是又扯到咯上面去了罗!

（唱）背时事弄得我苦难言,几天来我整夜难入眠,

此一回启动亲友办喜事,不料想落个花残月不圆,

出了我儿的丑,花了我儿的钱,

几天来他饭不思来茶不饮,

把苦闷藏在心里边。

眼见他满面红光全消失,

圆圆下巴变成了斧头尖。

这样下去我着急,心中好似乱麻缠?

〔张爹拾掇水桶扁担,高德厚上。〕

高德厚:张爹!

张　爹:"搞得好"呀!何是几天没看到你了呢?

高德厚:唉!还喊"搞得好",有一桩事我硬冒搞得好呐!

张　爹:什么事冒搞得好哪?

高德厚:不瞒张爹,就是玉英的事……

张　爹:哎呀!玉英的事不能怪你唦!……

高德厚:咯号事何是不怪我呢?就是那封信……

张　爹:哎……

张桂林:(上,追逼地)那信是你改的吗?

高德厚:(为难地)我……我……

张　爹:(调解地)你让他慢慢讲沙!……(入内)

张桂林:(再逼)是你改的吗?

高德厚:我……我……

张桂林:讲——呀!

高德厚:我是为你好呐!

张桂林:哼!为我好!

　　　　(唱)怒火一团涌心头,恨你将我人格丢,

　　　　　　为讨堂客当骗子,未添欢乐反添愁;

　　　　　　我恨你自作聪明改书信,

　　　　　　我恨你捅出娄子翻了舟!(击一耳光)

张　爹:(茶杯落地)你发疯呀!

高德厚:你!……(捂脸跑下)……

张　爹:(高呼)"搞得好"——(斥责地)你……咯是一个站长的行为吗?

张桂林:(一惊)哎!……

张　爹:一个篱笆三个桩,一个好汉三个帮,你连咯号真心的朋友都得罪,看你这服务站搞不搞哟!

张桂林:哎呀——

张　爹:一定要去找他做个检讨(随桂林入内)。

李　妈:(上)哈哈哈哈!……

　　　　(唱)脚步轻轻心喜欢,

　　　　　　一步能跨三尺三,

　　　　　　玉英从城里回了信,

　　　　　　餐馆当上了服务员。

　　　　(捧信,想入非非地)我家玉英一定是——

　　　　　　健美裤、羊毛衫,

　　　　高跟皮鞋尖又尖；

　　　　电吹头发一片云，

　　　　阳雀尾上彩绸缠；

　　　　脸擦胭脂眉描线；

　　　　鹞子眼睛她睁开半边，

　　　　哎呀呀——

　　　　有了咯号俏模样，

　　　　何愁无人把花攀，

　　　　(呼)哎呀,亲家！张爹呃！

张　爹：(出)哦,亲家妈来了,进屋坐啰！

李　妈：外面打打讲要得啰！桂林呢？

张　爹：他在屋里,哦,玉英回了吗？

李　妈：只怕不得回了呐？

张　爹：不得回了呀？

李　妈：喋！她回了信,已经在城里找了工作。

张　爹：找了工作,咯快呀？

李　妈：啊呀！如今的妹子呀！那硬是三十晚上的甑皮子——俏得很呐！

张　爹：(讥讽地)那倒是的呐,对面屋里"三满叫鸡公"快六十岁的老倌了,也在城里找了个工作呐！

李　妈：是的哟！人往高处走,水往低处流。不像有些"宝",要往乡里钻。

张　爹：听说了吗,那"三满叫鸡公"又发了呀！

李　妈：又发了？

张　爹：他发到班房里去了！

李　妈：何解哪？

张　爹："三满叫鸡公"伪造证件假扮灾民在城里行骗(做手势)扣起了！

李　妈：哎哎哎,那我家玉英不同呐,她是在一家什么……什么……(看信)哦,秦发财餐馆工作,靠的是诚实劳动致富……(一顿)哎呀！莫扯散了,今天是来拿东西的。

第三部分　戏剧选　201

张　爷:什么东西?

李　妈:东西倒不多啰,只有几套被帐,一皮箱衣服。

张　爷:哦,你是来接嫁妆的吗?

李　妈:嘿嘿!反正人冒在咯里了,再放到咯里也冒必要哟!

张　爷:亲家妈,你莫做得咯样绝哟!想当年互助合作的时候,我们还有点感情呐!

李　妈:……啊呀,那时候是那时候!咯如今呀,感情不感情,兑现数现金。咯嫁妆我就拿定了!

张　爷:他们还冒办手续,这嫁妆就拿不得!

李　妈:办手续容易啰,嫁妆先拿回去再说!

张　爷:呸!(唱)才见你这样糊涂娘,说话做事欠思量;
　　　　女儿外流不管教,还好意思接嫁妆。

李　妈:(唱)才见你这懵懂爹,枉在世上混时光。
　　　　儿子无能讨堂容,厚着脸皮赖嫁妆。

张　爷:(唱)不是我要赖嫁妆,是你办事太荒唐,
　　　　子时结婚卯时散,一女要嫁几多郎?

李　妈:(唱)管他一女几个郎,你我不用扯空腔,
　　　　而今婚姻兴自由,合理合法又何妨?

张　爷:(唱)管他何妨不何妨,我守家财也应当,
　　　　还来那只金戒指,算清账目还嫁妆。

李　妈:(唱)戒指不能抵嫁妆,米是米来糠是糠,
　　　　若要去找玉英要,算账不用找老娘!

张　爷:不算清账就拿不得。

李　妈:今日我偏要拿!

张　爷:拿不得!

李　妈:偏要拿!

张桂林:(搬嫁妆出)莫吵了!

张　爷:桂林你……

张桂林:(对妈)东西在咯里,拿去吧!

李　妈:嘻嘻!还是桂林同志开通!不要老百姓一针一线呐!

张　爹:桂林你太老实了哟!

（李玉秀暗上）

张桂林:爹——我只要她人能回来,别的什么都可以不要。

李　妈:(奉承地)桂林呃!

　　(唱)你思想蛮开通,

　　　　办事像切葱,

　　　　有句俗话说得好,

　　　　捆绑夫妻难同心

　　　　世间好女多得巧,

　　　　你放走麻雀把凤凰擒!

张　爹:(讥讽地)哼哼——

　　(唱)我麻雀不得放,凤凰不得擒;

　　　　有句俗话说得好,易反易复小人心。

　　　　世间好女都不要,张家只要李玉英!

李　妈:哎呀,张家大爹呃,而今村上搞选举是少数服从多数,你看你看,我是多数,你是少数,二比一。

李玉秀:(上前)慢点!

李　妈:玉秀!来得好来得好!(对爹)吷,咯只怕是三比一了呐!

张　爹:十比一老子都不怕!

李玉秀:张爹呃!你猜会是几比几哟!

张　爹:几比几哪?

李玉秀:二比二。

李　妈:哎!你你你!

李玉秀:妈,咯嫁妆的事,我们再商量商量哟!

李　妈:新娘子都跑了还商量什么啰!

李玉秀:新娘子跑了,可以找回来哟!

李　妈:她在城里找了工作不得回了!

李玉秀:妈妈敢打赌啵?

李　妈:打赌就打赌。

李玉秀:要是新娘子能回呢?

李　妈:嫁妆退还,再加一番,要是不回呢?

李玉秀:那就……那就……

李　妈:那就怎样?

李玉秀:我做新娘子!……啊呓!(捂脸)

众:(一惊)哎?……(切光)

第三场

(高持"大汔乡科技兴农服务站"的招牌,张背旅行袋,推单车,相遇。)

张桂林:德厚!

高德厚:(不理)……

张桂林:(故意偏偏脑袋)来,还我一个耳光!

高德厚:(击中伤心之处,欲哭却止)……

张桂林:好!就算我欠了你一笔账吧!

　　　　(告别地)我走了!

高德厚:哪里去哟?

张桂林:进城去!

高德厚:进城?

张桂林:进城。

高德厚:(爆发性地)站住!把话讲清楚再走。我问你,作为九十年代的新型农民,
　　　决不能满足眼前的温饱,而应该向小康水平奋斗。这是你说的吗?

张桂林:是我说的。

高德厚:我再问你,党和政府号召我们科技兴农,我们的田野大有希望,这也
　　　是你说的吗?

张桂林:也是我说的。

高德厚:哼! 这是你说的,那也是你说的,口是心非,受点挫折就经不起考验,要走! 走!(怒吼地)你走吧!

张桂林:(欲解释)德厚……

高德厚:莫喊我!(斥责地)谁看不起家乡,就是看不起自己!

［李玉秀推单车上。］

李玉秀:(看表)桂林哥,要走了!

高德厚:(对玉秀)你……(反常地)哈哈哈哈!……好! 好! 玉英走了,桂林要走,你也要走。你们都走吧! 告诉你,就是剩下我一个人,我……我也要把这块牌子(亮牌子)亮出去!

张桂林:德厚,你讲得好,讲得好呀! 我张桂林还是那句老话,回家乡办农科服务站,我是吃了秤砣铁了心的!

高德厚:那你们?

李玉秀:告诉你吧,我们今天进城是去把玉英姐请回来!

高德厚:真的呀?(负疚地傻笑)嘿嘿嘿……

李玉秀:(学舌地)嘻嘻……(告别地)拜拜!

［与桂林骑单车下。］

高德厚:桂林哥,玉秀! 祝你们马到成功!(下)

［某城市个体餐馆一侧,李玉英擦地板。］

李玉英:(唱)昨天舅妈捎来信,家中为嫁妆闹纠纷,
说什么玉秀代做新娘子,桂林他默认不张声,
虽是谣言不可信,我心中总觉不安宁。

秦老板:(上)哎呀! 你这地板拖得真久呐!

李玉英:我……

秦老板:莫我我我了,你看那边一堆碗还冒洗,快洗碗去,又来客了!

李玉英:嗯!(无意地撞倒拖把)……

秦老板:(砸了脚)哎哟! 喋喋喋! 咯只妹子呀,连冒得心在咯里呐!

［内喊:秦老板,搞几个菜哟!］

秦老板:好！来哒,来哒！(入内)

　　　　〔桂林、玉秀骑单车上。〕

张桂林:(唱)单车快如箭,

李玉秀:(唱)晚霞染天边,

张桂林:(唱)行程百多里,

李玉秀:(唱)汗水湿衣衫,

张桂林:(唱)为把玉英请,

李玉秀:(唱)回乡办橘园,

张桂林:啊吔！(唱)这是鸭婆巷,

李玉秀:对！秦发财——(唱)餐馆在眼前！

　　　　〔二人下车。〕

李玉秀:桂林哥,还是你先进去,先讲几句感情话,让她燃起那爱情之火,我等
　　　　下子再来,添一把柴哟！

　　　　〔张桂林整装欲进,玉秀回避,秦老板上。〕

秦老板:玉英呃,碗还冒选完呀,客要上菜了！

李玉英:哦,上菜！

　　　　〔过场。跌碗声,呵斥声:"你何是搞的啰,溅了我一身的油。"〕

秦老板:呵呀,对不起,对不起！她是新来的,(对玉英)你……
　　　　你何是尽帮倒忙梦啰！不做还好些！(入内)

李玉英:唉！(转脸抽泣)……

张桂林、李玉英:(重唱) 她(我)手忙脚乱尽闯祸,
　　　　定然是(只因我)重重烦恼压心窝,
　　　　而今她(我)所用非所学,
　　　　自己把自己来折磨；
　　　　玉英(桂林)呀——
　　　　我又爱你来怜(恨)你,
　　　　只因你太不理解(不该欺骗)我！

　　　　〔秦老板上。〕

206　希望的田野

秦老板:好啰!今天下班了,我回去了,你要帮我把门窗关好,守好店子呐!唉!(下)

〔李玉英拾掇店铺,桂林入,拖地板。〕

李玉英:(发觉有人帮忙洗筷拖地板的迹象)噫呀!咯是哪个……

张桂林:玉英!

李玉英:桂林,你什么时候来的呀!?

张桂林:刚来呐!

李玉英:坐吧!

张桂林:好(入座,关切地)你在咯里过得好啵?

李玉英:(违心地作答)好呐!

张桂林:(故作惊讶地)呵吔!你衣服上何是咯多油啰?

李玉英:(搪塞地)咯是……咯是……嘿!天天跟饭菜打交道,难免不巴油哟!

张桂林:啊吔!你眼睛通红的,是哭脸了吗?

李玉英:冒……冒呐!是眼睛里溅了辣椒粉。

张桂林:哪我去倒水来帮你洗一下。

李玉英:(抓住张手)桂林!……不用啦!(递果盆)桂林,你吃点东西哟!

张桂林:(拿蜜橘,感叹地)橘——子!玉英,你还记得四年前的那一天吗?

(唱)气爽风柔十月天,

你我约会在橘园。

摘一只蜜橘猜瓣数——

(插白)我猜的十瓣,你猜的八瓣。

〔灯暗,转场景:橘园。场外音:"八瓣""十瓣""八瓣""十瓣"……〕

(伴唱)笑笑闹闹,追追打打,尽情地唱,纵情地笑,乐坏了这对初恋的好青年。

〔灯转明,呈现当年约会的情景。〕

张桂林:我猜对了,十瓣,要罚你!

李玉英:罚什么?

张桂林:亲我一下。

第三部分 戏剧选　207

李玉英:(忸怩地)唔？……

张桂林:(故意赌气不理)……

李玉英:(命令地)闭上眼睛！

张桂林:(闭目而坐)……

　　〔玉英一吻桂林,二人依偎一起。〕

李玉英:(唱)祝贺你考上了农学院,

张桂林:(唱)祝贺你农广校成了新学员,

李玉英:(唱)你学园艺我学植保,

张桂林:(唱)说不完道不尽那共同语言。

李玉英:(唱)愿将心血化春雨,

张桂林:(唱)点点滴滴洒田园。

李玉英:(唱)到那时大汈山上满坡果,到那时仓里粮食翻几番。

张桂林:(唱)到那时你给我生个小宝贝,长大成人好接班！

李玉英:看你想到哪去了啰！（跑下）

张桂林:玉英——（追下）

　　〔暗转,复原地。〕

　　(伴唱)志同道合橘林会,实实难忘那当年。

张桂林:(唱)当年的情景犹在眼,当年的话语在耳边,

　　理想当现实,意志可要坚,

　　解决了温饱奔小康,党号召科技兴农写新篇。

　　玉英呀！

　　我这服务站少不了你,专程接你把家还！

李玉英:(余怒未消地)你……你就是不该欺骗我！

李玉秀:(忍不住进门)哎呀,姐姐！

李玉英:玉秀！你也来了！

李玉秀:嗯啰,姐姐呃,那封信的事情,快莫提了,反正我晓得,这件事怪不上桂林哥！

李玉英:你何是老站在他一边啰！

希望的田野

李玉秀:哪个叫他是我的姐夫哟!(对桂林)桂林哥呀,有八成把握,事不宜迟,你去找秦老板帮玉英姐办离店手续哟!

张桂林:好呐!(下)

李玉英:(欲呼)喂!

李玉秀:(制止地)姐姐!还有什么犹豫的呢,回去哟!

李玉英:我……

李玉秀:哎呀!你若不回去,我就下不了台呀!

李玉英:你下不了台?

李玉秀:嗯!我和妈打了赌的,你若不回去呀,就会害得我做新娘子哩!

李玉英:你做新娘子?

李玉秀:嗯(装样地一坐)

李玉英:(有意试探)玉秀呀!妈妈真的去要过嫁妆吗?

李玉秀:去哒!跟张爹还闹起场合来了哩!

李玉英:桂林他同意退东西吗?

李玉秀:嗯啰!若不是我去了呀,就是只二比一!

李玉英:玉秀呀,你今天是同桂林哥一路来的啵?

李玉秀:是啊!我跟桂林哥是坐单车来的呐!

李玉英:坐单车?……你桂林哥真好呀!

李玉秀:那就是呐!桂林哥呀,思想好、品德好、学习好、劳动好,样样都好!
（旁白)来个激将法哒!(对玉英)姐姐呃,你要是不回去呀,这个大学生只怕会被人家抢了去呐!

李玉英:哎……
（旁唱)原当谣言不可信,果然有浪必有风;
一部单车坐两人,可想感情有多深,
烧干水的炉锅见了底,才知他是咯号人!
（将桂林、玉秀的旅行袋往外一丢)……

李玉秀:姐姐咯是何解啰?

[在玉秀出门捡袋子时,玉英关上店门。桂林拖秦老板上。]

第三部分　戏剧选　209

李玉秀:(敲门)姐姐！姐姐！……

张桂林:出了什么事呀？

李玉秀:唉！我只怕是添了一把湿柴。

张桂林:(敲门)玉英！我们等你回去！

李玉英:(店内答)我不回去！

张桂林:何解六月的笋子变了卦呀！

李玉英:哼！乌龟吃萤火虫——自心其明！

张桂林:啊！

秦老板:乱弹琴！……(下、切光)

第四场

（高德厚穿戴非凡地上。）

高德厚:(摘下墨镜一笑)同志们望哒我笑是啵！我这乡里伢子何解突然变得咯潇潇洒洒呢？(神秘地)我呀,是在等等等——

(唱)等情人——

我等的情人非别个,就是新娘子李玉英。

同志们听了莫责怪,我"搞得好"并非起歹心！

只因为劝她把家乡返,桂林和玉秀都呷了一个闭门羹；

于是我又把城进,乔装打扮唱戏文！

餐馆一旁把玉英等——

(一望)嘿,她出门了！噫呀,有两只流里流气的伢子在玉英身后唧唧哝哝,怕莫是只水老倌想打玉英的主意啵？嘿！

［城市公园。石凳石桌。］

李玉英:(接唱)河滨公园散忧心,秦老板把我来辞退,

我手捧工资笑无声。从今往后何处去。

好比江中一孤篷！

(一望)啊吔！我的钱包呢？……(惊慌地)咯何得了哟？

〔高上,除旁白外,皆改用广东话或普通话与人对白。〕

高德厚:女同志呀,你在找什么呀?

李玉英:我丢了钱包咧!

高德厚:刚才有两个不三不四的人跟着,你知道吗?

李玉英:哎?是有两个人跟着我呀!同志,你看见了吗?

高德厚:哎呀!你丢了钱还不知道呐!

李玉英:咯何得了哟!

高德厚:是这个包吗?

李玉英:正是它,正是它!

高德厚:点点数吧!

李玉英:一分钱都不少呐!

高德厚:幸喜碰上了我!要不然呀……

李玉英:(递上两张钞票)喏——!

高德厚:你这是做什么呀?

李玉英:意思意思哟!

高德厚:维护治安,人人有责嘛!

李玉英:(忙鞠躬)那就谢谢你呀!

高德厚:不要谢!女同志呀,人家成双结对,你怎么独自游园呀?

李玉英:(难言地)我……我爱人出差去了!

高德厚:(旁白)莫瞒我哟,唉!在家千日好哇,出门时时难,像你这样的单身在外,多不安全呀!

李玉英:是啰!

高德厚:请问女同志家住哪里?

李玉英:(想了想)同志——

(唱)家住长沙八角亭,鸭婆巷内五号门。

高德厚:你叫什么名字?在哪个单位工作呀?

李玉英:(唱)我名叫做杨莉莉,建新纱厂纺织工。

高德厚:(旁白)嘿!咯谎扯得蛮像哒!(一顿)哦!原来是工人老大哥,不不不,

　　　　是工人小妹妹杨莉莉同志哟！来来来,这里坐,坐！(失口地)嘿嘿！我是老熟人呀！

李玉英:老熟人呀?

高德厚:(旁白)呀！差点露了马脚、(机灵地)哈！女同志呃！这还不懂吗？你是搞体力的工人阶级,我是搞脑力的工人阶级,我们一个队伍中的人,能说不是熟人吗?

李玉英:哦！是熟人,是熟人呐！

高德厚:请坐,请坐！(亮出食品)这是潮州蜜橘,这是你们长沙九如斋的高级点心——沙利文的奶油面包,随便吃！吃！

李玉英:(饥饿地转背而吃)……

高德厚:(旁白)嘿！她只怕没吃早饭。

李玉英:(自知失态)同志,你是干什么工作的呀?

高德厚:女同志呃！

　　　　(唱)我工作单位在农科所,本行干了整十春。(亮亮水果)

李玉英:哦！你是农科所的园艺师么?

高德厚:是呀,女同志！

　　　　(唱)而今岗位有更变,抓抓人事和政工!

李玉英:那你是农科所的所长啰。

高德厚:嘿嘿！小小的人民公仆。

李玉英:所长贵姓哪?

高德厚:(唱)百家姓上是老大,年纪已有四十零。

李玉英:哦！赵所长!

　　　　(旁唱)好个赵所长,真是不寻常,

　　　　　　　说话蛮和气,一副热心肠,

　　　　　　　工作在农科所,牌子响当当,

　　　　　　　若是结织这赵所长,我何愁工作冒地方!

高德厚:(有意玩弄照相机)……

李玉英:赵所长,你会照相啰?

高德厚:哟,这是一分钟快相,就照就有,你想照相吗?

李玉英:我最爱照相了!

高德厚:好!我给你照几张!

　　　　［李玉英摆出各种姿态让高拍照。］

高德厚:(有意地)莉莉同志,合个影好吗?

李玉英:(警觉地)合影?

高德厚:吷!作个纪念嘛,别封建呀!

　　　　［二人合影。］

高德厚:好呀!莉莉同志,现在我们算交上朋友了!（递照片）

李玉英:是呀!交上朋友了!

高德厚:以后要多联系呀!

李玉英:是的咧,是的咧!

高德厚:请把电话号码告诉我吧!

李玉英:电话号码……

高德厚:对,电话号码是多少呀? ……

李玉英:是"119"……

高德厚:哈哈哈哈,"119"是全国统一的火警号码呀!你记错了吧!莉莉同志!

李玉英:哦,是"000119"呐!

高德厚:吷,有这个号码吗?你不能说谎呀!

李玉英:赵所长呃,跟你讲老实话,我是叫李玉英,从乡里来的,在这城里还冒得工作呐!

高德厚:我可以帮忙介绍工作,你怎么不早说呀?

李玉英:我——我是刚刚认识你,不好意思开口咧!

高德厚:这有什么不好意思呀!（掏本欲记）哦,李玉英,女,年龄,你什么文化程度呀?

李玉英:高中毕业。哦,我在农广校学植保(掏出红本)略是已获得的中专文凭咧!

高德厚:(一瞥文凭)OK!我们农科单位欢迎你!

李玉英:真的呀!

高德厚:真的,我就送你到那里去好不好呀?

李玉英:就送我去呀!

高德厚:就去,走吧!

李玉英:走——呀!(二人载歌载舞)

高德厚:(唱)我有个表弟是能人,办个服务站蛮火红!

水稻、棉花他荐良种,柑橘、葡萄他搞革新;

就是缺个植保员,你去定会受欢迎;

东村接,西村请,南村去罢北村行。

李玉英:赵所长,咯只单位还是在农村哟?

高德厚:农科单位是要一心为农民服务嘛!

李玉英:(旁白)搞了半天,还是到农村去哟!(一想)赵所长,少陪了!

高德厚:哪里去呀?

李玉英:这你莫操心哟!

高德厚:我怎么不操心呢?李玉英同志呀,在这城市里人生地不熟的,这种胡碰乱撞的盲流滋味还没尝够吗?

李玉英:管它呐!到哪只山上唱哪号歌!

高德厚:(旁白)看样子,还得加温!(对玉英严肃地)喂! 你必须跟我走!

李玉英:必须跟你走呀,笑话咧!

高德厚:不是笑话,你已是我的人了,

李玉英:是你的人了,神经病咧!

高德厚:不是神经病,你不但是我的人,还是我们那个团伙的人!

李玉英:团伙,我可冒入什么团伙呐。

高德厚:喏,(亮相机)这就是证据!

李玉英:(忙撕毁照片)……

高德厚:喏!(亮出另一张)还有咧!

李玉英:你……(上前欲抢)……

高德厚:嘿嘿嘿嘿,哈哈哈哈! 从现在起,你跟我"夫妻夫妻",以后呀,再跟我哥儿们"夫妻夫妻"！

李玉英：(大惊)哎……(跑下)

高德厚：抓住她！(追下)

　　　［高内喊："抓住她"！李玉英复上。走投无路，急躲入树丛。］

高德厚：(暗上，旁白)啊吔！我"搞得好"差点又冒搞得好！咯样乱吓一气，假如她不往家乡跑又何是搞呢？……

　　　［高唱双簧。分别模拟赵所长和"搞得好"的声音。］

赵："这小妞儿，怎么不见人了？"高："你找哪个哟！""我找谁你管得着吗？""哼！你青天白日耍流氓，我就是要管。""你敢？""我敢！""小心我揍你！""哼！要打架么？搞到我饭碗里来了！"

　　在假造的斗殴声中，高卸妆，更换旅行袋，然后尖叫一声："哎哟！哥儿们饶了吧！下次不敢了。""滚！"

高德厚：(拍掌，诙谐地揣摩《平原游击队》中敲梆人的声调)平安无事哟！

李玉英：(从树丛中爬出)德厚！(扑向高)

高德厚：(故意地)啊吔！还是玉英呀！本喜碰上了我呐！快！快跟我回去！(欲拉玉英下)

李玉英：回去？我……(执意不走)

高德厚：(手拉玉英上路，滔滔不绝地)哎呀！玉英呃！

　　(唱)你我农村长，情系众乡亲，

　　　　农荣我亦荣，农兴我亦兴；

　　　　盲流城市不安定，快快跟我返回村。

　　(拉英下)

第五场

(李玉秀提点心上。)

李玉秀：(唱)星光闪闪月色皎，出了果林过小桥，

　　　　亲家爹爹得了病，我手提点心去慰劳。

〔转圆场,桂林上,二人相遇。〕

李玉秀:桂林哥!

(同时地)你到哪里去呀?

桂林哥:玉秀妹!

李玉秀:去看看你爹爹呀!你呢?

张桂林:一是为爹爹捡药,二是有事找你呀!

李玉秀:找我?

张桂林:找你——

(唱)姐姐不回我把妹妹找,

冒得你我真是日子难熬;

我求你成全美事莫犹豫——

李玉秀:成全美事?

张桂林:(唱)我好比夹着螃蟹等火烧!

李玉秀:(旁唱)我脸发红来心发跳,

莫非他将那玩笑当目标。

桂林哥,那不行啰!

张桂林:哎呀!你要是不答应,我又找哪个吧!

李玉秀:这……我晓得你去找那个哟!

张桂林:(忙递一封信)喏,咯是给你的,你先看看再表态哟,等下子我们好好谈谈。(下)

李玉秀:信?……(呼)桂林哥!……(自语)哎呀,咯又何是搞哟!见左右无人,忙拆开,(念)秀妹! ……哎呀,酸酸涩涩的,(捂脸少顷,持信再念)科技兴农担子重,春光一刻值千金,玉英未回拜托你,火速上马抓园林。(再念另纸)大汊乡果木剪枝及防病治虫调查表。……(感叹地)啊吔,闹了半天还是我自作多情。哈哈哈哈!(下)

张　爹:(上,唱)桂林进城把玉英请,这鬼婆就是不肯回,

乡亲邻里传笑柄,风言风语一大堆;

原想他夫妻重和好,看来希望已成灰,

我劝桂林要长骨气,她就是仙女也不再追。

李玉秀:(上)张爷——

张　爷:哦,玉秀!

李玉秀:(递上礼品)听说你老人家病了,我妈特叫我来看您的呐。

张　爷:(余怒未消地)那倒不用她挂心啰!

李玉秀:(调皮地)我妈何是不挂心呢?那天是在气头上说错了几句话,她事后连不好受哩!喋喋!听说你和我妈当年搞互助合作的时候,都是积极分子,好有感情的啰,唉!只怪我外婆不懂味!

张　爷:哈哈哈哈!你咯只妹子呀!

　　　　(唱)喜鹊子嘴巴甜蜜蜜,聪明能干懂情义;

　　　　虽是同胞不一样,让人见了心欢喜!

李玉秀:(唱)我年轻不懂事,多谢你老看得起,

　　　　求你原谅我姐姐,莫把怨恨放心里。

张　爷:(唱)不提你姐犹自可,提起你姐我生气。

李玉秀:(唱)我劝张爷莫生气,好好歹歹是儿媳。

张　爷:(唱)她是金枝和玉叶,我家无缘受不起!

李玉秀:张爷呀!

　　　　(唱)浪子总有回头日,玉英会要归家的。

张　爷:那她会回啵?她要进诚当贵夫人哟!

　　　　喋!我家桂林一冒做官,二冒存钱,三冒留省城,四冒好工作,五冒、六冒、七冒、八冒,一句话冒得出息。

李玉秀:冒得出息呀!张爷——

　　　　(唱)他科技兴农走在前,个人得失丢一边;

　　　　带领我们育新桔,一把汗水洒果园;

　　　　他说要狠抓千元土,开发吨粮田;

　　　　畜牧也要管,水产要钻研;

　　　　规划蓝图无限美,共同致富记心间。

　　　　张爷呀——

　　　　　这就是你儿的大出息,知情的姑娘定喜欢!

张　　爹:哈哈哈哈!你喜欢他啵?

李玉秀:(坦然地)我呀,当然喜欢他哟!

张　　爹:真的呀?

李玉秀:真的。

张　　爹:(有所思的)玉秀呀,今天冒得好招待,我去打荷巴蛋给你吃!

李玉秀:莫啰!莫啰!我吃了饭哒!

张　　爹:(故意地)我还没吃哟!

李玉秀:好!那我就去打给你老人家吃!

张　　爹:那你也要吃;

李玉秀:好,我吃!(入内)

　　　　〔爹跟入内,高扯玉英上。〕

高德厚:啊呀!到屋了。玉英呀,下面的戏就靠你自己唱哒!

张　　爹:(喜滋滋上)哈哈哈哈!飞来了咯只金凤凰呀,我就不怕
　　　　跑了那只孵鸡婆!

　　　　〔三人一愣。〕

高德厚:(机灵地)杀孵鸡婆接媳妇要不得呐,张爹呃,要杀就要杀仔鸡!(对玉
　　　　英)喊爹哟!

李玉英:爹——

张　　爹:(冷淡地)嗯——(起身)

高德厚:(对玉英)喋喋喋,家爷老子看见媳妇回了就让凳呐!

张　　爹:(递茶给高)……

高德厚:(对爹)热情点子哟!(忙递给玉英)喋喋柴,咯是爹爹给你的茶哩!

李玉英:爹!谢谢你老人家!

张　　爹:(强笑地)不要谢呐,坐啰!

高德厚:(有所思地)张爹,咯只任务总算完成了。喋,咯是我进城顺便为服务
　　　　站买回的东西,你这保管员点下子数哟,我还有事去哩!

张　　爹:你……有什么急事啰!

高德厚:嘿嘿!嘿嘿!(出门,自语)我找玉秀报信去哩! (下)

　　　　[爹,英尴尬少顷。]

李玉英:爹,坐啰!

张　爹:站哒好些呐!

李玉英:吃饭吗?

张　爹:拍饱的!

　　　　[内玉秀喊声:"张爹!咯荷巴蛋要放胡椒啵?"]

张　爹:放点,放点!我最爱吃胡椒了!(借题发挥地)咯胡椒呀驱寒散气,玉秀妹子几多好呀,又是送点心,又是打荷巴蛋,真会体贴人哩!

李玉英:(自找下台阶梯)爹,我去看翁妈去哒!

张　爹:好呐,去啰!去啰!(见玉英下后)嘿!咯如今呀,你再要走我也不急了!

　　　　[玉秀端蛋出。]

李玉秀:张爹,吃蛋!

张　爹:嘿嘿!咯两碗都是你的,我吃了饭!

李玉秀:哎呀,看你老人家啰!我吃得咯多啵!

张　爹:吃唦!吃唦!

高德厚:(上)有蛋吃呀。

张　爹:德厚!

李玉秀:"搞得好",事情办好了吗?

高德厚:你还不晓得?玉英被我请回来了哒!

李玉秀:真的?人呢?

张　爹:看她翁妈去了!

李玉秀:那我去找玉英姐去。

张　爹:哎,吃蛋,吃蛋!

李玉秀:(递蛋碗)给你一个奖励!

高德厚:那你的呢?

张　爹:(将另一碗给玉秀)喋,咯里有唦!

李玉秀:(接碗)张爹,我吃不进!

第三部分　戏剧选　219

高德厚:张爹,我也吃不进!

张　爹:吃不进呀?那就是看不起我!

李玉秀:那不是的咧。

高德厚:(附和地)那不是的咧!

张　爹:不是的就要吃。

李玉秀、高德厚:(互望)好! 吃——

张　爹:哈哈哈哈!（入内）

李玉秀:(对高)帮帮忙吧!

高德厚:(推让地)我吃不得咯多。

李玉秀:咧! 堂堂男子汉,还吃不得咯多啵!

高德厚:(忙更正)嗯,吃得,还多些都吃得!

张　爹:(问李)什么样呀?

李玉秀:(一瞟高吃蛋的神态)蛮好呐!

高德厚:蛮好!

　　［高殷勤地收碗筷。］

高德厚:我来洗!

张　爹:哎哎哎! 我来洗!"搞得好"呃,你在咯里陪客!（入内）

高德厚:陪客?

张　爹:(神秘地)喋,就是陪玉秀哟!（入）

高德厚:陪玉秀?(旁白)怕莫张爹想当媒人吗?啊吔……(忙整衣冠)玉秀呃,张爹要我陪客,嘿嘿,只……只怕我陪不好呐!

李玉秀:何解哪?

高德厚:我是只乡里伢子哟!

李玉秀:我也是乡里妹子哒!

高德厚:噢,乡里伢子陪乡里妹子正合适是啵?

李玉秀:你说呢?

高德厚:哎呀,玉秀呃!

　　(唱)自从农广校当学生,你成了我的活女神；

电视机旁同听课,数你学习最认真,

眼睛连不眨,记录快如风,

有次我听课打瞌睡,是你暗暗揪耳根。

李玉秀:何是啊！揪了耳根就恨我啵！

高德厚:崽伢子恨你啰！

(接唱)就因你耳朵揪得好,我学习进步成绩上升;

有心感谢你,机会可难寻,

那一天田间搞实习,看哒你晒得汗淋淋;

李玉秀:唔?

高德厚:(唱)

我心想变块毛巾为你擦汗,我心想变棵大树为你遮阴,

我心想变条石凳为你歇气,变杯果露为你补身;

我我我……我还想……

李玉秀:你还想什么呀?

高德厚:(唱)我还想变成那金丝、银丝、铜丝、铁丝织成网,编成绳,将你睡觉的房间,前前后后左左右右,南北西东团团围得紧呃——

李玉秀:(不解地)咯是什么意思呀?

高德厚:(小声地接唱)做你的忠心实意的好男(拦)人!

李玉秀:(领悟地追打高)啊吔,你咯只坏蛋！讲出话来不怕丑！

高德厚:嘿嘿,后面的话就算我冒讲啰！

李玉秀:讲了就莫怕哟！

高德厚:莫怕呀?(旁白)嘿！咯硬有百分之九十的把握哒！

［爹端脸盆上。］

张　爹:洗脸,洗脸！

李玉秀:(对高)你洗哟！

高德厚:你洗,你洗,我抹下子就要得了！

李玉秀:(洗脸后端水入内)……

高德厚:我来我来！(追玉秀入内)

第三部分　戏剧选

张　　爹：嘿嘿！一只兔子换只羊，咯只生意做得强。

　　　　（解开袋子核对货物，猛见一张照片）咯是玉英哒！她在城里与人家有了订婚照，可叹桂林还在痴情地等她回乡呐；（收照片）咯就是活教材！

李玉秀：（端茶上）张爹，喝茶哟！

张　　爹：喝茶！玉秀呃——

　　　　（唱）锣鼓听音话听声，你的心思我知情，

　　　　那一天你和妈打的赌，张爹我至今印象深。

李玉秀：张爹，我那是顺口溜出来的哒！

张　　爹：妹子呃，莫怕丑啰，咯……咯号事又不是冒得，我看过那出戏，叫什么《姊妹易嫁》呐，嘿嘿！只看你还有什么要求！

〔高德厚暗上。〕

李玉秀：这……

张　　爹：你要什么东西，只管讲哟！

高德厚：（旁白）你看张爹好热心啰，刚开始做媒，就安排聘礼哒！（对爹）只怕要意思意思啵！

张　　爹：是要意思意思呐！

高德厚：我家里有！（跑下）

张　　爹：我家里有！（欲入内）

李玉秀：张爹！我……我已经……已经……

张　　爹：我晓得，你已经看上了一个人！（欲入内）

李玉秀：张爹！……（欲拖）……

张桂林：（上）玉秀！（对爹）爹！药捡回来了！

张　　爹：哎呀！还吃什么药啰！我的病好了呐！

李玉秀：桂林哥，我姐姐回来了！

张桂林：唔？……玉英！（误以为在室内）……

李玉秀：（扯住）她去看我翁妈去了！

张桂林：那我去接她！（下）

张　　爹：（一赌照片）桂林！（追下）

222　希望的田野

〔高捧衣料上。〕

李玉秀:张爹！（追下）

高德厚:玉秀！（追下）

第六场

（桂林上,爹追上。）

张桂林:爹——！你拖了我做什么咾！

张　爹:伢子呃！

（唱）骨气最重要,劝你莫发"宝",

　　玉英那号妖精婆,我家受不了！

张桂林:爹！（唱）知错能改正,往事莫计较,

　　玉英回家我高兴,夫妻应和好！

张　爹:伢子呃！

（唱）伤好留只疤,横直是烦恼,

　　你是正牌大学生,堂客易得找,

　　有个好妹子,心灵手又巧,

　　她比玉英强百倍,就等你把态表！

张桂林:咯是哪个哪？

张　爹:玉秀哟！

张桂林:哈哈！你老人家提错了炉锅呐,玉秀跟"搞得好"早就恋上了爱！

张　爹:哎？……（发泄地）就算是咯样,我也不同意你和玉英的事。

张桂林:我就是爱了玉英！

张　爹:你爱我不爱！

张桂林:你老人家莫霸蛮啰！

张　爹:霸蛮呀！（亮照片）喋……！

张桂林:（大惊）哎！……

张　爹:她还冒办手续,就跟人家照起订婚像来了；

张桂林:爹,咯是哪里来的?

张　爹:莫问了,明摆着的事实还假得了吗?

张桂林:(恼怒地)好呀!李玉英呀李玉英,算我张桂林瞎哒眼,认错了人!(冲下)

张　爹:唉!(跟下)

　　　　[李妈急匆匆上。]

李　妈:(唱)城里舅妈搭来信,玉英在城里不顺心,

　　　　今日回乡冒进屋,急得我四处来找寻。

张　爹:(暗上,旁白)还是要找了玉英,要回那只金戒指着!

　　　　(见妈)哎呀!那日子与她弄得眼睛不对鼻子,今晚见　面何是开口哟!唉!冒办法,为了要把戒指拿,我再喊一声亲家妈。(轻声地招呼)亲家……妈——呀!(捂脸一旁)

李　妈:(误听,忙上前)哎呀!崽——呃!

　　　　(唱)玉英我的乖乖崽,跌了跤子爬起来,

　　　　还是回到婆家去,夫妻和好花又开!

张　爹:(解释地)嘿嘿!我是……是你的亲家咧!

李　妈:(惊讶地)哎?……你开什么玩笑啰!

张　爹:那不是我开玩笑,是你自己冒听清楚,错怪了人!

李　妈:哎呀!又错怪了你呀,对不起,对不起,亲家呃。

　　　　那天我言语粗鲁,得罪了你老人家,请看在你我是亲家又是当年互助合作时"老交情"的份上,原谅我呀!

张　爹:嘿嘿!那倒是的呐!想当年我们俩呀,为了那水稻"单季改双季"、"稀植变密植"的事,好积极啰!

李　妈:是的哟,当时若不是我妈反对呀,说不定今天我们还不是咯号关系呐!

张　爹:哎呀!算哒算哒!莫陈谷子烂芝麻了,玉英还冒回家呀!

李　妈:冒呀!她冒到你家来呀?

张　爹:冒,冒!

李　妈:哎呀！冒出事吧！

张　爹:快找玉英去！（下）

　　　[李玉秀、高德厚上。]

高德厚:玉秀,玉秀！衣料！

李玉秀:你呀,只晓得衣料,不晓得……

高德厚:何解哪？

李玉秀:告诉你啰,桂林与玉英姐的事,张爹会打间卦呐！

高德厚:那不会吧！媳妇妹子回了,咯是好事哒！

李玉秀:哎呀！你不晓得……

高德厚:不晓得什么？

李玉秀:他要我跟桂林哥……

高德厚:（大惊）哎？那你呢……

李玉秀:我呀……（接过衣料,吻高跑下）……

高德厚:（受宠若惊）啊吔！……（追下）

　　　[橘园。张桂林独坐橘树旁,发泄似的拉起二胡,传出《在希望的田野上》的旋律,如倾如诉……]

李玉英:（旁唱）蜜橘树下琴声起,当年情爱涌心间,

　　　我知自己有过错,且伴琴弦吐真言！

　　　（对桂林唱）桂林呀！

　　　自从离乡进城去,我也时常心挂牵,

　　　饭时思你可吃饭,睡时想你可入眠,

　　　还想你那科技兴农服务站,谁来当那植保员。

张桂林:（唱）你我熟人打熟讲,讲点实际心安然。

李玉英:（唱）想我离乡二十日,餐馆干了十五天,

　　　只因为学非所用心烦闷,出差错引得老板把我嫌；

　　　游公园一次再次遇惊险,幸喜我有救星才返家园。

　　　思来想去家乡好,只盼那明月再度圆。

张桂林:都讲完了吗？

李玉英:都讲完了。

张桂林:冒留一手吧!

李玉英:冒留一手。

张桂林:哼,李玉英同志,真菩萨面前莫烧假香呀!

李玉英:(恼羞成怒地)噫呀,咯样说来,只有你清白啰!

张桂林:清不清白要让事实说话!

李玉英:哼!莫讲得咯样漂亮,你怕我就不晓得你的事实啵!

张桂林:(反问)我有什么事实呀?

李玉英:(反问)我有什么事实呀?

〔爹、妈、秀、高暗上。〕

张桂林:我问你,我们结婚办了手续吗?

李玉英:办了!

张桂林:假如离婚要不要办手续呢?

李玉英:要办。

张桂林:是的嘛!冒办手续就另找对象好不好呢?

李玉英:哼!咯只事要问你!

张桂林:问我呀?(旁白)她还倒打一耙呀!

李玉英:(气恼的)张桂林同志呃,我们实话直说好不好,我李玉英知道自己的过错,对不起你,如果你有了心上人,我不会来竞争,愿你们永远相爱,白头到老!

张桂林:你你你……这是什么意思吧?

李玉英:这……这是我的感觉!

张桂林:具体点儿,指哪个?

李玉英:就是跟你一路坐单车进城,在你家打荷巴蛋的那个!

李玉秀:啊吔!咯是指我哒……玉英姐,你千万莫错怪了桂林哥呀,那是张爹……

高德厚:(补充地)正是的,那是张爹在给我们两个牵线搭桥哒!张爹,你说是啵!

张 爹:嗯,是……是呐!玉英呀,直话告诉你吧!桂林他对你硬冒得假心咧!

李 妈:好好好,事情论清楚了就算了!

张　爹:不！还有事冒清楚。

李　妈:亲家呃,算得唦!

高德厚:张爹呃,咯就是你的不对啰!好马也有失足的地方唦!玉英她人也回了,礼也赔了,你还有什么事情冒清楚啰!

张桂林:(亮照片)……

　　众:(观照片,各具心情)哎?

李玉英、李妈:(旁唱)一见照片吃一惊,

李玉英:(旁唱)我跳到黄河洗不清；

张　爹:(旁唱)快快交代"第三者"。

高德厚:(旁白)哎！我"搞得好"差点又冒搞得好!

　　　(旁唱)解铃还靠系铃人!（入内）

张桂林:(唱)你我本是窗友恋,源远流长乡土情,

　　　次次约会皆发誓,携手建设新农村,

　　　不要辜负我情和意,我七尺男儿爱自尊,

　　　但愿你步入歧途能知返,

　　　(白)若不然呀——

　　众:(反问)怎么样呀?

张桂林:(接唱)分道扬镳各西东!

　　　［高上,戴墨镜,贴胡须,恢复赵所长模样。］

高德厚:(亮相,变声腔)喏!

　　众:(大惊)啊!

张桂林:(拖高,扬起巴掌)你……

高德厚:(挡住,诙谐地)唔？又要打耳巴了吗?

张桂林:(拥抱高)你咯只逗把鬼呀!哈哈哈哈!好了,玉英回了,人也齐了,"搞得好"呃,我们把服务站的牌子亮出来吧!

［在《在希望的田野上》音乐声中,众围着服务站的招牌翩翩起舞。
· 幕缓缓而落·剧终。］

（该剧于1992年4月参加湖南"映山红"晋京汇报演出代表团，在首都人民剧场连演几场，博得观众好评，誉为宁乡特产"刀豆花"，甘甜味美，获文化部艺术局奖状。中央电视台做了新闻报道，中央人民广播电台及《光明日报》皆有专题评论，《人民日报》发表了剧照。1995年获长沙市第四届优秀文艺成果奖，入编《长沙年鉴》《宁乡县志》，并在《中国戏曲史·现代戏史》《湖南戏剧史纲》《长沙文学艺术精品库》等书中存目。该剧前身为《丝竹情》，已于1991年荣获中国·湖南第二届映山红戏剧节创作、演出等七项大奖。《光明日报》《长沙晚报》均有专题评论。《湖南日报》、湖南电视台均有报道，湖南人民广播电台录制全剧，曾多次播放。《丝竹情》前身为《追新娘》，1982年由沅江县花鼓戏剧团排演，先后在益阳地区、岳阳地区、湘潭地区、长沙市等地演出了一百多场，荣获益阳地区戏剧演出百场奖。由此可见，"十年磨一戏"，乃创演箴言。）

汤泉恋

吴新邦、黄湘群编剧

时间：现代。

地点：湘中某农村。

人物：柳琴琴　女　某餐饮集团股东　（琴）

　　　陈月月　女　琴之好友　　　　（月）

　　　卜丽丽　女　农村青年　　　　（丽）

　　　小　虎　男　丽之恋人　　　　（虎）

　　　大　牛　男　虎之好友　　　　（牛）

　　　虎　妈　女　虎之母亲　　　　（妈）

　　　汤书记　男　镇党委书记　　　（汤）

　　　剧中其他人物略写。

第一场　出村入村

（锦绣的田野，漂亮的楼阁，汤泉镇景象繁华。琴，月上。）

琴：（唱）离开省城喜下乡，

　　　　神奇汤泉好风光。

月：（唱）云腾腾，雾茫茫，

　　　　云里，雾里，好似仙女舞天堂。

琴：（唱）虽然是年初岁首春寒峭，

月:(唱)却见这杨柳青青菜花黄;

　琴、月(唱)好一个人间仙境春来早,

　姐妹俩为创业激情满腔!

　(白)哟!蝴蝶……(二人扑蝶,追入花丛)嘻嘻嘻嘻!

　〔丽用双手拉小虎,以背推大牛,磨磨蹭蹭地上。〕

丽:(唱)过了春节莫徘徊,

　来个孔雀东南飞,

　乡里伢妹子比出息,

　打工攒钱显作为!

虎:(唱)而今的孔雀心眼变,

　　愿留家乡不远飞;

　　家乡的汤泉几多好,

　　我就想养鸭养鳖养乌龟!

牛:正是的哩!

　(接唱)家乡的汤泉几多好,

　　我也想养鸭养鳖养乌龟!

丽:(撒娇地)两只木脑壳呃!搞养殖到哪里贷款哪?即算贷了款,稍一不慎踏了场,那风险谁担得起啊!还是揿哒地上打浮泅——稳当!

虎:(反问)只求稳当,会有作为吗?

丽:(难为情地)小虎哥呃,你何解咯样不理解我哟!

牛:(逗趣地)嘿嘿嘿嘿,理解!(一字一板地)男女年纪皆不小,攒钱结婚生宝宝。是吗?

丽:(撒娇地)多嘴多舌,看我打你!

　〔丽追打牛,与琴、月撞个满怀。〕

琴:(主动地)哟!么哥么妹们咯样高兴的,有什么好事呀?

丽:什么好事喽!外出打工,攒钱呗!

琴:那……何必外出呢?

丽:什么意思呢?

琴:实不相瞒,我是省城餐饮集团的股东,受集团委派,特来贵镇开发利用宝贵的汤泉水养鸭养鱼养鳖养乌龟哩!

虎:唔?你准备哪样搞呢?

琴:同志——呀!

(唱)昔有汤鸭作贡品,

今当开发宴嘉宾。

特办公司兴养殖,

自带贷款助乡亲;

同担风险同创业,

这是广告觅同仁!(亮广告)

虎:(唱)看得心发热,

看得脸发红。

人家有情来乡下,

我怎有脸离乡村!(欲揭广告)

[汤暗上。]

丽:(唱)而今的广告不可信——

汤:(插白)怎么不可信呢?

(接唱)汤某我愿作担保人!

虎、牛:(忙招呼)汤书记!

汤:(对虎、牛招招手,转脸)你俩是小柳、小陈吧!刚才接到县委于书记的电话,特赶来迎接两位贵客呀!小虎、你们陪客人去汤泉宾馆吧!

琴:报告汤书记,我不是客呀!三十多年前,我妈作为知青在这里锻炼过哩!故妈妈要求我住到她当年的老住户家去!

汤:咯①样说来,你还不愿意住宾馆喽!

琴:这样做,更有利于工作哟!

汤:那……你妈的老住户在哪里呢?

---

① "咯"为方言,是"这、这个"之意。此文中多用此解。

琴：临泉村。

丽：临泉村？……（敏感地追问）那住户是……

琴：卜桂生！

汤：卜桂生？（对丽）好哇！你家来了老朋友新客人啦！

丽：那……你妈妈叫柳梅是啵？

琴：正是的！叫柳梅。

丽：那你就是省畜牧水产局柳局长的女儿喽！（奇怪地打量琴）……

琴：（尴尬地）何解哪？不相信吗？

丽：（将行李一撂）哼！相信个屁！（跑下）

众：（大惑不解）丽丽——！（追下）

第二场　谢客请客

（丽急匆匆开门入内，牛紧跟其后，汤、琴、月、虎追上。）

牛：（不解地）丽丽，你这是何解哪？

丽：（气愤地）无可奉告！

汤：（敲门）丽丽，开门呀！

丽：不开，就是不开！

汤：（开导地）人家是看中了老朋友家来的哩！

丽：谢谢！我卜丽丽一家受不起咯样抬举！

琴：（敲门）丽丽同志——呀！

　　（唱）你我今日初相识，有何缘故请相告！

丽：（唱）我恨你妈无情义，

　　见异思迁把恋人抛！

　　害得我爸遭不幸，

　　娶个妻子是肺痨；

　　熬烂药罐生下了姐姐和我，

　　坐月期丢下我长眠山腰；

怜我爸育两女苦酒独饮，

你妈她却在城步步升高；

当工人、当干部、再当局长，

却忘了当知青的患难之交。

忆往事爸能容忍女儿难忍，

因此我闭门谢客请莫——再敲！

汤：(开导地)丽丽——呀！

(唱)对往事心生怨恨可理解，

但不能萝卜、白菜一锅熬；

女是女、娘是娘当分对象，

面对面谁是谁非慢慢聊！

丽：(固执地)冒得什么好讲的！对于那号"高衙内"呀，我惹不起躲得起！

汤：(耐心地)丽丽，开门好啵？今天就是你爸在家，这个面子也是会给的呀！

丽：我最最尊敬的汤书记呃！若是平常，我会理恭毕敬地迎接你！今天呀，对不起，只怪那痛脚连累了好脚！

汤：(开导地)丽丽，我们汤泉人素来热情好客，可不能因为个人恩怨影响了整体形象呀！

牛：(摸摸脑)说得有理呀！

〔牛欲开门，丽固执地拦阻。琴在门外对月耳语。〕

汤：(无奈地)嘿嘿嘿嘿，还是请客人住汤泉宾馆去吧！

月：(高声地)不！当年的知青们有好多住户哩！既然丽丽家不能住，就去找美美家、乐乐家、桃花家、杏花家吧！(故意地重步走去轻步返回)……

〔丽误以为客人已去，开门窥探。〕

琴：(乘虚而入)哈哈哈哈，谢谢！

丽：(恼怒地)你——狡诈！

琴：兵不厌诈嘛！你既能闭门谢客，我就可破门访主呀。

丽：(斥责地)你——无聊！

琴：进来了，就有话要讲明白哟！不是"无聊"是有聊喽！

第三部分　戏剧选　233

汤:(打圆场)嘿嘿!年轻人都爱开玩笑!

丽:我可不是开玩笑哩!喋——,爸爸到姐姐家带外孙伢子去了,半年后才能回家。我要出外打工,咯样住着会冷落客人吵!

琴:丽丽——呀!

（唱）你有怨恨还未化解,

我也有话该说明白!

那年我妈十六岁,

初中毕业下乡来。

人生地疏身体弱,

幸遇你爸多关怀;

修渠替代她挑重担,

扮禾安排她守秤台;

记得中秋节杀只鸭,

是你爸在她饭碗里把鸭腿埋……

发展到海誓山盟把婚姻订——

丽:(唱)可你妈忘情负义太不该!

为招工恋人分手本是假,

可你妈假戏真做怀鬼胎!

琴:(唱)此事曾听我妈讲,

她恪守承诺心不歪;

只因你爸先毁约,

结婚之后再摊牌。

假戏真做谁之过,

丽丽呀,委屈好人该不该?

丽:咯样说来,是我爸抛弃了你妈喽!

琴:也不能说是我妈抛弃了你爸吵?

丽:你怪我爸?把证据摆出来吧!

琴:你怪我妈,又有什么证据呢?

丽、琴:(僵持片刻)哼!你怕我当真摆不出证据吗?(同时地拨手机)喂!爸爸(妈妈)吗?有个事情急需作证!就是三十多年前,你与柳梅姨(桂生伯)毁约另婚的事,到底谁是谁非呀?发个短信来吧!要快呀!(关机,稍等;铃响,同时展屏诵读)当年毁约另婚,责任全是本人;望我女儿听话,珍惜今日相逢!爸爸(妈妈)亲启。(失策地)这……

虎:我问你,这客人你接不接?

丽:接,怎样?不接,又怎样哪?

虎:若是接,请热情些,客气些!

丽:(反问)若是不接呢?

虎:你不接,我接!

丽:你接?(一想)哈哈哈哈!

(唱)哪有那年青么哥留宿姑娘?

虎:(唱)为办大事我就敢于破天荒!

叫声大牛帮接客,

满肚子心里话代我表彰!

牛:(会意地)女同志呃——!

(唱)我代小虎把客请,他的家里有空房。

丽:(唱)入了空房休想闲耍,隔壁住了个瞎子娘。

琴:(唱)敬老爱老是美德,照料娘亲理应当。

丽:(唱)他两位么哥结死党,一个虎来一个狼!

琴:(唱)是虎是狼我不怕,"三八"线上订规章!

牛:(插嘴)对!不要怕!

(唱)他名小虎不是虎,

我叫大牛不是狼。

堂堂男子汉讲义气,

"三八"线上守规章!

支持你养鸭养龟养王八,

搞承包签协议鼎力相帮;

工余时扑克象棋加麻将,

　　钻桌子戴高帽不欺女郎;

　　小院内伴陪你"卡拉OK",

　　进舞池"左腿""右腿"瓢不匡!

　　烧茶煮饭我俩干,

　　夜晚执勤设哨岗!

　　叫一声城里妹妹放心住——

　　乡里么哥哥保证你:吃得好,睡得香,工作顺,体健康;安安全全,稳稳当当,冒得那不三不四的耍流氓!

汤:能做这么多承诺呀?(对琴)你的意思呢?

琴:(对虎)大牛讲的算数么?

虎:算数!句句算数,字字算数!

丽:(对琴)小心受骗呀!

虎:受骗呀?(不服地)汤书记,请你作证,小虎我对天发誓!(跪地,一字一板地)今日请客,真心全抛。若有虚假,雷打火烧!

琴:(扯起虎)好!住宿小虎家。

月:(故意地对丽)拜拜!(亮相,切光)

第三场　疑心诚心

　　(汤泉溪畔,丽挥鸭篙赶鸭群过场,琴陪妈上。)

琴:(唱)风和日丽景象新,

　　陪着虎妈喜踏青。

　　过拱桥,穿柳林,

　　虎妈跟着我慢慢行;

　　老年人坚持多运动,

　　延年益寿更精神!

　　〔丽暗上。〕

妈:(唱)琴琴你胜过亲生女,

　　让我活得挺开心!

　　陪散步,陪吃饭,

　　陪我电视机旁听新闻;

　　瞎子妈妈有福气,

　　聪了耳朵亮了眼睛!

丽:(忍不住上前)虎妈——

妈:啊吔! 丽丽,你何解好久冒到我家来了呢?

丽:(难言地)我……我要牧鸭啊!

妈:牧鸭也耽误不了谈情说爱呀! 丽丽,你对我家小虎只能升温呀!

丽:好啰! 我会按你老人家说的去做!

妈:那我就放心啦!(随琴下)

丽:(感叹地唱)哎呀呀,煮烂粥一锅!

　　她认妈认女我难掺和;

　　怕的是伢妹子住一起,

　　你喊妹来她叫哥;

　　猫儿闻鱼腥,

　　牛儿见草坡;

　　寻的寻锅补,

　　要的要补锅。

　　悔当初搬起石头砸了自己脚,

　　到而今扁担冒扎怎奈何!

〔牛持手机通话:"好! 马上送来!"步匆匆与丽撞个满怀。〕

丽:大牛,你咯样雷急火急,忙什么好事呀?

牛:琴琴和月月想用竹笛牧鸭,新生事物,本该支持,何况是女同胞呢?

丽:嘻……大牛,你动婚姻了!

牛:莫笑话喽,我这个乡里么哥呀,一冒得"又动又不动"——轿车房子;二冒得"万紫千红一片绿"——万张五元的紫色票子,千张百元的红色票子,一大捆五十元的绿色票子,哪只黄花妹子会爱我哟!

丽:冒人爱呀？我问你,这一个多月来,那两个长沙妹子对你怎么样哪?

牛:不……不怎么样呀!

丽:(启发地)未必眼睛都不瞟你一下么?

牛:哦!……瞟过。

丽:(追问)什么时候呢?

牛:(回忆状)吃饭的时候,她俩就咯样瞟一眼:"吃菜哟!"打扑克的时候,若是她俩输了,也会对我俩瞟一眼:"莫欺女郎呀!该谁钻桌子了?"然后对着钻桌子的人瞟一眼,笑个不停哩!

丽:啊吔! 媚眼传情,竹笛牵线,(一顿)喂! 她俩对哪个瞟眼多些呢?

牛:(故意地)当然是对小虎哥哟,你吃醋了吗?（做个鬼脸）……

丽:(口是心非地)呸呐! 我才不听你挑唆!（撒娇地推牛下场）

〔虎提茶壶上,丽暗上。〕

虎:(唱)行船遇上顺帆风,

多年的美梦快成真。

起早摸黑为创业,

再苦再累也甘心!

丽:(唱)上前拉小虎哥问一问,

虎:(唱)丽丽你快快说分明!

丽:(唱)前天我手机约会为何不答话?

虎:(唱)"对不起",当时在求教柳琴琴!

丽:(插白)求教她? 太小看了自己吧!

（唱）你我皆非等闲辈,职业院校拿了文凭!

虎:(唱)山外山天外天请莫自傲,琴琴是正牌农大研究生。

丽:(唱)研究生怎会到私企当个小股东! 肯定是"等外材"读研"走后门";

虎:(唱)琴琴是真正的知识女性,曾发表好几篇学术论文;

理论靠实践来检验,于是她女承母业下乡村!

丽:(插白)下乡镀金哟!

（唱）当娘的镀金后当了局长,瞧女儿镀了金有何荣升!

虎:(插白)丽丽,你又想错了!

（唱）农副产品不发展,城市商贸怎繁荣?

办公司兴养殖卓识远见,请不要隔着门缝看扁了人!

丽:好!最后一个问题,昨天邀你到我家吃饭,为什么不去?

虎:(憨厚地)嘿嘿,你明明晓得,我要代替瞎子老娘烧茶煮饭,招待琴琴月月哟!

丽:(撒娇)哎呀咧——你你你只记得琴琴月月,却不记得丽丽!

虎:记得!记——得——可人家是客哟!

丽:客!客!只怕会成为你的堂客!

虎:看你想的喽!我和你小学、中学、大学都在一起,还不了解么?

丽:正因为了解,就要你依我一件事。

虎:什么事?

丽:就是……就是你我一同外出应聘!

虎:咯只事呀,不是商定好了吗?你养鸭,我养乌龟王八,专业对口,赚了钱就结婚。何解又变卦哪?

丽:因为我怕你与琴琴……(忽改口)那个合同踏场哩!

虎:你怕踏场,你就走吧!

丽:我走,你呢?

虎:我——呀!（一字一板地)养龟养鳖守合同,呷了秤砣铁了心!（下)

丽:(一顿)啊吔!有危机!

（亮相,切光。）

第四场　　沐汤斗汤

(幕启:汤泉溪横截画面。左右各有柳林,丽欲对柳枝上的女服乳罩动手脚。忽闻幕后歌声,急躲避。虎、牛劳动归来,边唱边脱衣服准备洗澡。)

虎、牛:(高唱着新编的《打靶归来》歌儿上。)

日落西山红霞飞,

兄弟劳动把家归,

洗个露天的泉水澡,

愉快的歌声满天飞!

虎:(责难地)衣服乱挂!可别忘了我们汤泉人洗澡的规矩呀!(脱衣挂柳枝入内)

牛:啊呃!(忙将自己挂在女服内衣旁的衣服取下,与虎同挂一边)忘了规矩,会坏名声哩!(做个鬼脸入内)丽出,速将琴、月衣服移位,笑隐。

〔灯暗复明,追灯映出了身穿泳装的琴、月,呈现出分外引人的沐浴场景。〕

月:哟!晚霞洒汤泉,汤泉映晚霞,多美呀!琴姐,汤泉镇那么多澡堂浴场你不去,为什么把我带到这里来露天沐浴呢?

琴:月月,这就是汤泉原生态的露天浴场呀!随着建设的高速发展,以后这原生态的场所只怕会要改变啰!所以,今天我们姐妹俩要好好地亲吻亲吻大自然,韵一韵原生态沐浴的味儿!

月:分享原生态,别有情和趣!(一想)琴姐,我们华夏神州那么多出热水的地方都叫温泉,为什么这里叫汤泉呢?

琴:古语中的汤指的就是开水。这里的水温高达摄氏90多度,真是个名副其实的汤泉呀!

月:那……这汤泉是怎样来的呢?

琴:(作说书状,音乐起)传说在好久好久以前,天上的王母娘娘派玉女去南海给观音送蟠桃。这一天,她驾着五彩祥云,路过这乌江河畔。只见山峦光秃,田野荒芜,村民百姓没吃、没穿、没水喝,玉女甚是怜悯,祈愿普度众生。于是,丢下了王母娘娘赏赐的手镯。谁知这仙家法宝,旋即变成一条口吐烈焰的火龙,钻入地下再抬头把嘴朝地面张开,那滚烫滚烫的龙涎就像泉水一样冒了出来。从此,本地的村民百姓烧茶煮饭,杀鸡宰猪,浸种催芽,治病疗伤都离不开这神奇的汤泉……

月:(陶醉地)多美的神水啊,让我们尽情地享受吧!

〔琴、月沐浴嬉戏,翩翩起舞。〕

(伴唱)哎哟——!

好个汤泉胜仙境,

步入仙境身轻轻!

戏水吟歌泉边舞,

天鹅比翼乐无穷!

〔乐停舞止。琴、月步入柳林。月伸出头来,只见那柳枝上飘忽着两件内衣。急忙缩回头去。〕

月:琴姐,我们的衣服不见了!

琴:是……是有人在开玩笑吧!

月:哼!这样的玩笑也能开吗?不懂规矩,伤风败俗!

琴:(伸出头来呼喊)请朋友把衣服送来吧!

月:(亦伸出头来,呼喊)懂味点哟!还不送来,我会骂他祖宗哩!

〔虎、牛出。赤膊短裤,正欲换衣。〕

虎:月月在骂什么呀?

牛:好像是有人藏了她们的衣服,

虎:缺德呀!真是……

牛:(一望)啊吔!是哪只狐狸精把衣服藏到我们这里来了?

虎:(边更衣,边吩咐)大牛,快送去吧!

牛:(顾不上赤膊短裤,用扁担挑上衣服,塞入柳林)月月呀,你们的衣服在这里……

月:(一惊)噫呀!你俩为什么藏人家的衣服呢?

牛:我俩没藏人家的衣服呀!

月:人不赖人理赖人!而今是时已黄昏。没有过路行人,你说说,这衣服何解到了你俩那里呢?

牛:(旁白)啊吔!黄泥巴掉到裤裆里不是屎也是屎哒,叫我如何解释哟!(对月为难地)可能是……是……

月:是想看什么吗?(顾不得更换泳装,猛然从柳林中蹦了出来,给虎、牛各一耳光)姑奶奶今天就让你看个够!

虎、牛:你打人呀?

月:(使出跆拳道与少林功夫,教训地)打你流氓打你痞,姑奶奶要好好教训你!

牛:哐啾呐! 你怕我们乡里么哥是好欺的吗? 要打就打呗!

[牛、月扭打,琴、虎劝架。赤膊对泳装,功夫对功夫。似真似假,乱成一团。切光。]

第五场　赌鸭赔鸭

(乌江河畔。月扬竹笛对内呼:"素娥姑娘,请放心吧! 我会帮你把鸭儿调教好的!"说罢,吹笛子引鸭群上。)

月:(唱)好个有趣的小精灵,

　　歌声多动听,舞姿儿轻盈,

　　伴着笛音起歌舞,

　　迎着笛音列队行。

　　期盼你肥肥嫩嫩快长大,

　　换来财宝富乡亲!

丽:(上,带刺地)噫呀呀,还是城里人聪明灵范,帮人家牧点把钟鸭,镇上的新闻广播又会大吹特吹活雷锋哩!

月:莫挖苦好吗? 我可不是图表扬哩!

丽:表扬有什么不好呀? 我卜丽丽想都想不到哩! 来来来,两群鸭子合为一群,我帮你牧鸭,糖粒子都不要你一粒,只求今晚镇上的新闻广播表扬我就行了!

月:谢谢,我不想麻烦你!

丽:噫呀呀! 你既不让我学雷锋,那就我让你学雷锋好吗?(将牧鸭竹篙往月手中一塞)吠! 搓麻将去哟!（欲下）

月:(拦丽)哎哎哎,这样会乱砣的呀!

丽:怕什么哨? (挥篙)呖呖呖呖,唻唻唻唻,姑奶奶命令你合二为一!

　　(唱)鸭篙一挥权威显,两群鸭子聚一堂。

　　相互头点呱呱叫,好像是久别重逢话家常!

　　(再挥篙)吠匙! 吠匙! 姑奶奶命令你们一分为二,各归原主!

　　(唱)鸭篙一竖是号令,我牧的鸭子纪律强。

242　希望的田野

面对鸭篙来集合,笔直的队伍一行行!

　　你牧的鸭子是笨蛋,情况一变慌了张,

　　东窜西逛呱呱叫,好像是死了爹和娘!

月:(数鸭)唉呀呀,我的鸭子不对数,还有七只呢?

丽:急什么喽!(将军地)你吹笛子吵!

月:(亮笛)对!看我把它吹回来!

丽:(讽刺地)是吹牛吧!鸭子混到一起了,会听你的笛音吗?

月:要是吹回了鸭子呢?

丽:吹回一只赔两只,吹回两双赔四双!

月:敢打赌?

丽:敢打赌!

月:霸蛮的是王八蛋!

丽:赖账的是龟孙子!

　　〔月、丽击掌打赌。琴暗上。〕

月:(唱)心急如火焚,匆匆拨笛音;

　　愿那迷阵的七只鸭,乖乖近我身!

　　(吹笛,鸭叫)唉,这些小祖宗呀,只晓得叫,不晓得走!

丽:哈哈!你输了!

月:这次不算,再来!

丽:算了吧!今天我卜丽丽放你一码,只要你赔礼道歉,不要你赔鸭好啵?

月:不!一赌到底,决不反悔!

丽:只怕那七只鸭子吹不回哟!

琴:(上,作答)吹得回!

丽:你来吹?

琴:(接过竹笛)我来吹!(走向丽的一边吹笛)……

月:(不解地)哎呀,鸭子何解反往对方跑呢?

丽:(高兴地)嘻嘻!越发乱砣哒!

琴:(忽儿走到另一边吹笛)……

丽:(惊讶地)啊吔!咯些小祖宗,何解排起队伍向她站的方向跑去了呢?

月:(数鸭)琴姐呀!可以不吹了!已经回来一百零二只鸭子了!

琴:(不解地)还有三只没回,怎能不吹呢?

月:刚才与丽丽打了赌,吹回一只赔两只,而今已吹回了四只,当赔我八只,嘻嘻,有赚了!捉鸭子去哟!(欲下)

丽:(阻拦)且慢!

月:何解哪?

丽:赔几只鸭嘛,小菜一碟。何必劳驾贵小姐亲自去捉呢?喋——(顺势用鸭篙一拦,鸭叫)小畜生呀,姑奶奶让你做赔偿去!

月:(一数)哎呀!多了。你这一篙呀,多拦了五只鸭哩!

丽:五只鸭值几个钱啰!而今我们乡里人致富了,腰杆子硬了!多花几个钱,爽呀!!

月:不行不行!你愿多花,我不想多得!(对内呼)小虎、大牛,快来快来呀!

［小虎、大牛上。］

丽:(望望虎、牛)月月,你何解把他俩喊来喽?

月:请他俩帮忙把多赔的鸭子捉还给你,这账目才算扯平哟!

丽:哦!……(心生一计)是为了账目扯平么?那好办!

月:(偏头询问)何是搞呢?

丽:(顺势给月一耳光)……

月:你打人呀?

丽:(一笑)嘿嘿!扯平!

月:扯平?

丽:树争一张皮,人争一口气。实话相告吧!那天洗澡,是我移藏了你俩的衣服,你打了我两个朋友的耳光。今天我多赔你几只鸭,算是补偿!还你一个耳光,算是讨债!扯平!

虎:(生气地)不!冒扯平!(上前给丽一耳光)亏你干得出那样的好事喽!

丽:你打我呀?

虎:我不打你,能算扯平吗?

丽：好！你等着，我找虎妈去！……（故意放声哭泣跑下）

牛：（一想）啊吧！拐了场。（切光。）

第六场　审案悬案

（中幕外，琴与月并肩而行，争辩不止。）

月：（唱）是黑是白要分开，板子不可胡乱挨！

琴：（唱）玩打赌有输赢只能当儿戏，你错在心不开窍搞索赔！

月：（唱）丽丽她恶作剧就是该打。

琴：（唱）为洗澡你打人更不应该！

月：（心服地）好喽！我认错！（二人下）

〔中幕启，小虎家堂屋。妈正坐桌边，拿起木板思索，俨然一派升堂审案的架势，虎、牛、丽各站一边，旅行箱紧挨丽丽。静场。〕

琴、月：（上，呼）虎妈，我俩回来了！

妈：哟哟哟，回得正好！刚才丽丽向我告了状，大牛代小虎也向我告了状。谁是谁非，一时难以断定。所以，虎妈法官要先作作庭审调查。琴琴呀，你是旁证，请谈谈看法吧！

琴：报告虎妈法官！（担当地）这都是我和月月的过错！

妈：唔……（俨然的法官气派）你俩为何有错，本法官想听个甲乙丙丁，子丑寅卯呀！

琴：报告虎妈法官，我俩错在洗澡不该打人；牧鸭不该打赌；打赌不该索赔。一错、二错、三错，请求法官惩罚！

妈：哦——（觉悟地）严于律己，宽以待人。如此对照，本法官也就不难断案了喽！

牛：（惊讶地）嚄呀！审判刚刚开庭，虎妈法官就可断案了吗？

妈：正是！

牛：那……你怎么宣判呢？

妈：（一拍木板，站立）本官宣判：今日是小虎犯错，由小虎向丽丽赔礼道歉！

虎：妈，你这法官怎么当的呀？

妈：哼哼！这法官呀,妈就是这么当的!

牛：虎妈,你老人家可要当清官呀!

妈：自古是清官难断家务事。今日子在你们这些年轻伢妹子面前我只能当个糊涂官喽！

众：糊涂官?

妈：难得糊涂嘛！且看本官糊涂糊到底,先正家风后说理！(开导地)虎伢子呀,你是娘的崽,娘不首先管好崽,又管哪个呢？

虎：你……你总得讲规矩哟!

妈：讲规矩！去汤泉洗澡有规矩,当男子汉也有规矩。俗话说"好狗不咬鸡,好汉不打妻",这就是规矩。媳妇冒进门,你就动手打起丽丽来了,叫我怎么向桂生叔解释这个规矩呀？虎伢子呀,快向丽丽下个跪赔个礼,从此相爱在一起！嘿嘿嘿嘿,大事化小,小事化了。本案算就此了结行吗？

虎：(有苦难言地)妈——

妈：何解哪？一个月以前,为了接客你能下跪发誓表示诚意,今日你动手打人,就不能下跪表示认错吗？(命令地)跪下,不跪下,本法官就不能结案!

牛：报告法官,小虎他接受惩罚,跪下了!

妈：跪在哪里呀！(欲摸虎)……

牛：在这里！(跪下拉妈手摸自己的头)

妈：(一摸,即拍木板,借题发挥地)岂有此理！公堂之内,竟敢糊弄我这瞎子,该当何罪——呀！

(唱)含泪话当年,穷得好可怜！

一天的产值一角几,一个鸡蛋换油盐。

小虎他爸当保管,生产队掌点小财权；

曾私下借给女知青十元人民币,买种蛋孵鸭崽欲辟财源；

不料想来了个"割尾巴工作队",说什么"丢纲""离线"丧失政权；

要追究谁人指使为何而干,吓得那女知青彻夜难眠！

幸喜有丽丽她爸勇担责任,大会批小会斗挺了十天。

小虎他爸被定罪"挪用公款",怕批斗怕罚款自杀蒙冤！

当时我身怀孕哭瞎双眼——

虎:(动情地)妈——别说了!

　　(唱)小虎我就是那腹中儿男!!(跪下)

琴:(动情地陪着跪下)虎妈——呀!

　　(唱)我的妈就是那知青女子,谢乡亲来相救忍辱含冤!

妈:(妈爱抚地扯起琴,并示意虎起立,接唱)

　　喜神州除四害拨乱反正,迎改革沐春风福至家园!

　　谢宾友来我汤泉添彩笔,享温饱奔小康阔步向前!

　　宾主如兄弟,唇齿紧相连;

　　豆萁互呵护,千万莫相煎!

　　今日我升堂断案不将是非论,

　　只为你年轻人疙瘩误会化云烟!

琴:(唱)谢虎妈巧借庭审施教诲,

　　只觉得眼睛明亮心蜜甜;

　　从此我姐妹兄弟团结好,

　　兴养殖重科研来个锦上把花添!

丽:(唱)说的唱的蛮动听,

　　我笑你把那小公司吹上了天!

虎:(唱)小公司同样把大钱赚,汤泉人历来把养殖当财源!

丽:(唱)致富的财源要广辟,莫委屈赫赫有名的大汤泉。

　　什么叫"锦上添花花上锦",

　　请摆出伟大的、不朽的、超前的、振奋人心的设想规划让我汗颜!

琴:(难言地)这……

虎:(生气地)丽丽——你真讨嫌!

丽:噫呀,你咯样对待我呀!(拖旅行箱欲出)

琴:丽丽,哪里去呀?

丽:出外打工去!

琴:为什么要去呢?

第三部分　戏剧选　　247

丽:该去了！免得让人家讨嫌！

琴:不讨嫌呀！你提出的问题我还冒作答哩。

丽:不必作答了！我不愿干扰人家的美事！

琴:那……你不养鸭了？

丽:不养鸭了！

琴:可是,违背合同,要负赔偿责任呀！

丽:赔就赔呗！大不了赔了那几千元钱押金！

琴:(一想)好！要走,一路走！（与丽同下）

牛:虎妈呀！今日子你老人家当法官,断了新案,温了旧案,却又引出个悬案！

众:(质疑地)咯是何解哪？

妈:(沉默片刻,忽儿一笑)哈哈哈哈！你们不解,我解！欲知悬案如何,(一拍木板)且听——

〔手机铃响,月、虎、牛同时开机……〕

月:(高兴地)虎妈,琴姐发短信来了！

妈:猜中了吧！快听琴琴说些什么——

〔月、虎、牛同时亮出手机,传出琴的声音。〕

适才间匆匆离别非一般,

发短信敬请虎妈把心安！

只为那"锦上添花花上锦",

丽丽她问得我脸红耳赤哑了言；

汤泉人恩重如山情如海,

我岂能办个公司就了然！

因此我回城去再把妈妈找,

重规划细布局多方商谈。

因此我与丽丽同行做伴,

规劝她开导她早返家园。

为的是今日汤泉大发展,

写好这锦上添花花中绣锦的创业篇！

248　希望的田野

〔强光,映出众人笑脸,闭幕。〕

第七场　回归荣归

(龟鳖池边。月、牛喷药,虎翻阅资料。)

虎:(感叹地)琴琴的笔记做得多好呀! 对照眼前的症状,使用她制的 A 号配方,就可以药到病除哩!

月、牛:那就好,我们的龟鳖有救了!

月:(手机铃响,通话)喂! 什么呀? 东村的鸭子出现瘟疫吗? 别急! 我们马上送药去。(对虎)快翻翻笔记哟!

虎:不必翻了,该用 B 号配方,微信中都是现成的! 大牛,快到我家的储藏室取几瓶送去!

牛:是——(下)

月:(手机铃又响)什么呀? 南村、西村,北村都出现了疫情吗? 好,我马上送药去。(着急地)小虎——呀!

(唱)我是个小职员不会行医,

可不能拿了黄牛当马骑。

幸喜有小虎你学了专业,

你师傅我徒弟送药跑腿算我的!

虎:(唱)我与你非师非徒弟,

比琴琴只觉学识低,

可叹她一出两月整,

不知何日是归期。

怕只怕疫情再升级,

到那时黔驴技穷怎相宜?

〔汤暗上。〕

月:是呀! 琴姐她甩下咯大一个摊子,叫我们怎么料理呀?

汤:(关切地)哟! 被眼前的困难吓倒了吗?

月:吓倒冒吓倒呐！只是担心疫情升级呀！

汤:(亲切地)月月、小虎呀！

(唱)党和政府是后台,成败兴衰挂胸怀！

排忧解难不推诿,调兵遣将已安排！

(白)镇农科站的人我都分配下村了,镇长亲自去县畜牧水产局请专家前来助战,多管齐下,应该会万无一失吧！

月、虎:谢谢汤书记,我们放心了！

〔汤、月下,虎在池边撒食,灯淡,丽上。〕

丽:(感叹地)唉——呀！

(唱)我赌气外流俩月整,碰扁了鼻子摔尽了跤！

进厂打工当鱿鱼炒,码头搬运扭伤了腰；

酒吧、发廊、桑拿浴,顶住了流氓耍无聊！

钱冒赚得到,惹一身皮肤病,

保自尊悄悄还乡汤泉疗！

悔只悔当初没听琴姐劝,

到而今与人和好缺高招！

(见虎,亲昵地)小虎哥——！

虎:(一惊,冷淡地)唔？……你回了！

丽:(欲帮忙撒食,遭拒。忙问)你身体好吗？

虎:(冷淡地)一般！

丽:(再问)近来挺忙吗？

虎:(冷淡地)一般！

丽:(自找台阶地)那……我去泡壶茶来！(下)

虎:(望丽背影,感叹地)唉——呀！

(唱)我盼回的她不回,不盼回的偏已回。

〔月、牛陪琴上。〕

琴:(唱)人未回,心已回！

月、牛:(唱)千里万里,风尘仆仆把乡回。

琴:(唱)回乡来紧抓机遇为创业,绣美景风风火火莫徘徊!

月、牛:小虎,你看,谁回了?

虎:哟! 琴琴,你真把我想死了!

琴:是吗? 我也很想念你们呀!

虎:电话中,你只说要去上海,去深圳、香港,却不说去做什么,真让我想都不好朝哪方面想哩!

琴:哦! 不可泄密。那是经济情报呀!

牛:经济情报? 那……我搞不懂哒!

琴:上海不是出产个"中华鳖精"么? 我托同学关系,搞了次厂内侦察!

虎:厂内侦察?

琴:知己知彼嘛! 我们的汤泉水含有20多种对人体有益的微量元素。假如把我们养出的汤鳖,制成鳖精,肯定会比那"中华鳖精"更畅销喽!

牛、月:(附和地)对对对! (作广告造型)承诺健体强身,唯我汤泉鳖精! 耶——!

〔丽提茶壶暗上。〕

月、牛:(同时地)那……你到香港去是做什么呢?

琴:我家舅爷爷是香港的大老板呀! 新加坡、泰国、马来西亚几个大集团都有他的股份哩! 去找他,就是为了招商引资呀!

虎:噫呀! 这真是个大财神呀! 有收获吗?

琴:有! 舅爷爷听了我对汤泉宝地的全面介绍后,答应投资二十个亿,并委托我帮他策划建设项目,他下个月就来签约哩!

牛:(高兴地狂跳)……哈哈哈……二十个亿,二十个亿,二十个亿——咧! 哈哈哈……

琴:(唱)止住笑呃,把头摸——

二十亿应该干什么?

而今有请众诸葛,

策划策划又如何! (亮手机录音)

第三部分 戏剧选 251

虎:(唱)面对这神水汤泉我思索,
　　建一个大医院紧挨"汤锅"。
　　功能齐全"高大上",
　　医疗器械是进口货!
　　医生、护士要精选,
　　最好是留学还读过"博";
　　纵与那协和同济来相比
　　它也该算条"腿"来算个"角"!
　　让患者含忧而来带笑去——
　　治病,医伤,疗养,保健;解苦痛,除病魔;喜康复,颂祥和;送了锦旗又送匾,跷起拇指唱赞歌!

月:(唱)杨柳湾建个食品厂,
　　一定会办得蛮红火!
　　昔有汤鸭作贡品,
　　"千张皮"是传统的畅销货;
　　五谷杂粮可成营养粉,
　　六畜禽鱼可成美味坨;
　　花样百出进商店,
　　品牌就是香馍馍!
　　喜看那土产出口赚外汇——
　　美元,英镑,欧元,卢布;还有那花花票子来自马来西亚、印度、泰国、新加坡;哎呀!好大一棵摇钱树,跷起拇指唱赞歌!

牛:(唱)旅游工程要配套,
　　千万莫当作"小儿科"!
　　鹰嘴崖建群别墅农家乐,
　　桃花谷建果园游客定多,
　　洞庭水库添游艇,
　　龙香庵顶架铁索,

东雾山公园天造就,

偕乐桥烧烤时鲜货,

喜汤泉敞敞开门户迎宾客——

吃的,住的,看的,玩的;饱口福,暖心窝,迷人眼,着人魔;进了汤泉不想走,跷起拇指唱赞歌!

琴:(关上录音的手机,开心地)哈哈哈哈!

(唱)策划的项目皆不错,

我跷起拇指唱赞歌!

衷心感谢众诸葛,

锦绣了汤泉好山河!

(白)喏!我特地带回了一瓶葡萄酒,回家去感谢你们吧!

虎:不!要感谢的应该是你呀!

琴:好!就说是为汤泉的锦上添花干杯吧!

众:对!为汤泉锦上添花干杯!

〔见虎与琴,牛与月双双挽手而下,丽失望地倒出壶中的茶水。切光。〕

第八场 恋月怨月

(幕启:月圆之夜,小虎家。

正面是左右两个房间的前墙,两个窗户正对观众。)

丽:(在窗户外徘徊)唉——呀!

(唱)他人入睡我难眠,

心中好似灌了铅!

想找小虎哥来忏悔,

忽然间身抖腿软步难前!

〔琴、虎从各自的房间出,轻呼:"月月——""大牛——"无人回应。丽回避。〕

琴、虎:(临窗再呼)"月月——"("大牛——")哟!睡着了!(悄悄地各站一边。)

(唱)他人入睡我难眠,

悄悄来到鳖池边。

月、牛:(同时出现在各自的窗口)嘻——

(唱)他没入睡我没眠,

偷偷起床看新鲜。

丽:(唱)事到临头沉住气,但愿它风平浪静莫翻船!

琴:(唱)我我我身临鳖池望明月,

虎:(唱)我我我心如野马再抽鞭!

琴:(唱)同是这片天地,

同在这个汤泉,

为什么妈妈她创业惨遭厄运?

为什么琴琴我创业左右逢源?

虎:(唱)自从与她来相识,

多少往事记心田!

我对她一日一日添爱恋,

我对她一时一时更挂牵!

(上前)琴琴,你怎么起床了呀?

琴:(一惊)唔?你怎么也起床了呢?

(旁唱)男女间夜晚相见多么不便,

虎:(旁唱)藏真情有心吐露且趁月圆!

琴:(旁唱)我我我……应该设防线,

虎:(旁唱)我我我……不敢直开言!

(无话找话地)今晚的月亮好圆好圆呀!

琴:唔?是吗?

虎:看到这美好明月,我真想唱支歌呀!

琴:是吗?那你就唱吧!

虎:(哼唱《敖巴相会》)十五的月儿上升到天空哟,为什么旁边没有云彩,我正等待着——

琴:(打断歌声)小虎,不要等了!你要采取主动呀!

254 希望的田野

牛、月:(赞叹地)嘻——要冒火花了!

丽:(失望地)唉——没戏了!

虎:(有意反问)是我……要采取主动吗?

琴:(亲切地)是呀!你应该主动地找丽丽赔礼道歉!

　　[月、牛、丽表情异样。]

虎:(惊讶地)是吗?

琴:人要脸,树要皮。你打了她,就是伤了她的自尊。伤人自尊,应该赔礼。男子汉大丈夫,这点勇气应当有呀!

虎:可是她……也伤了你和月月的自尊呀!

琴:只要你俩消除误会,重归于好,我和月月受点委屈算不了什么!

虎:那……她对你妈的怨恨,也可谅解喽?

琴:那更不能计较呀!因为是历史造成的!

虎:历史造成的?

琴:(掏出信件)你看!这就是丽丽她爸当年亲笔写给我妈的信。

虎:(念)你我户口不相同,婚后牵连应思忖;故我毁约先婚配,恳请忘却昔日情!(质疑)既是这样,为什么你妈不写信表白呢?

琴:写了!可丽丽她爸只字不回!

虎:好人呀!为了成人之美,皆忍痛割爱!

琴:爱割了,可是情割不断呀!三十多年来,我妈只要讲起在汤泉的经历就要流泪,特别是我爸去世以后,曾多次启发我到汤泉来谋求发展哩!

虎:太感动了!我一定要把这些告诉丽丽!

琴:不!只要你和丽丽和好,什么都解决了!

虎:为什么呢?

琴:因为她……把我当成了情敌!

虎:情敌?

琴:小虎——同志呀!

　　(唱)山是山来水是水,

　　　　柱是柱来梁是梁。

什么钥匙开什么锁,

　　什么姑娘配什么郎!

　　你与丽丽青梅竹马同在汤泉长,

　　奠下了爱的基,筑造了爱的墙;

　　人生的爱情多宝贵,

　　理该护基又护墙!

　　同志呀,朋友

　　朋友呀,同志

　　是那改革春风将我们聚集一起,

　　创新产业起宏图大伙热血满腔!

　　感谢你对我工作支持关照,

　　祝愿你爱情之花璀璨芳香!

丽:(旁唱)感人肺腑一席话,

　　弄得我羞愧难容无处藏!(下,切光)

　　[灯复明,同样是两个房间。月牛轻唤:"琴琴——"("小虎——")无人应答。]

月、牛:(临近窗户)琴琴——("小虎——")(各站一边,感叹地)哎呀呀!

　　(唱)刚才那场戏,好像火一团!

　　烧得我心头火辣辣,

　　难入睡溜出门来把爱谈!

　　(插白)唔……该不会是单相思吧!

　　那一次因洗澡产生误会,

　　一耳光打得我愧(惧)在心间!(各选其词)

月:(唱)我开口闭口姑奶奶言行鲁莽,

　　到而今一片温柔也是枉然!

牛:(唱)我应该汲取教训莫去冒险,

　　切不可羊肉没吃反把膻沾!

琴、虎:(临窗感叹)上吵!怕什么喽!

(唱)有了爱就该大胆去表白,

　　　　又何必犹犹豫豫不上前!

月、牛:(唱)情切切意绵绵偷偷观看,

　　　　只见那意中人站立池边;

　　　　莫不是他(她)也有心爱上我,

　　　　期盼着纸糊窗口快舔穿!

　　　　我麻起胆子往前靠——(移步状)

　　　　哎呀呀,闹心乱蹦开不了言!

琴、虎:(唱)临窗观看《西厢记》,

　　　　但愿月下结良缘!

牛:(一想)哦!有了——

　　(唱)且来个池边询月将月怨,

　　　　投石问路,碰上知音才拨弦!(故意地跪下拨手机)

月:(不解地)大牛,你这是干什么呀?

牛:我在与月老通电话呗!

月:嘻嘻!开玩笑呐!一只咯大的月亮粑粑,没眼没耳没嘴巴,能回答你的问题吗?

牛:不回答,我也要找他——

　　(唱)怨月老聋了耳朵瞎了眼,

　　　　一碗水不端平心眼太偏!

　　　　天底下好多人他牵红线,

　　　　却为何不将红线把我牵?

琴、虎:(唱)想不到大牛他蛮会演戏,

　　　　今晚谈恋爱办法硬新鲜!

月:嘻嘻!大牛你呀,细伢子一样,好天真好可爱的!你你你蛮想动婚姻了是嘛!

牛:嘿嘿!是有蛮想哩!

　　(唱)燕子双双把窝建,

　　　　彩蝶对对舞蹁跹;

　　　　并非我爱找小虎睡,

第三部分　戏剧选　257

只因为家中缺内贤！

　　茶饭无人煮，

　　病痛无人怜！

　　春夏秋冬无人嘘寒又问暖，

　　夜静更深更无甜言蜜语伴枕眠。

　　求月老发慈悲牵根红线，

　　是胖是瘦是高是矮快牵一个到身边！

月：嘻嘻，我代月老帮你牵来一个好吗？

牛：好倒是好呐！你牵来个什么人嘛？

月：你自己猜吧！

牛：嘿嘿嘿嘿，我一猜就准！

月：哪个呢？

牛：远在天边，近在眼前。（故意地）就是你——琴琴——的朋友——她！（指月）

月：（撒娇地）那……我不会烧茶煮饭哩？

牛：我不要你烧茶煮饭。

月：（撒娇地）那……我不会甜言蜜语哩？

牛：你这话就够甜了哩！

月：（再撒娇）哪晓得胖瘦高矮，你合不合意呢？

牛：嘿嘿嘿嘿！正宗的城里产品，还有什么不合意的喽！（拉月吻手无拒，继而吻臂吻脸……此时，流行音乐大作。"抱一抱呀抱一抱，抱着我的大姑娘上花轿……"）

　　〔琴、虎不忍再看，跳下窗台。琴不慎摔倒，弄出惊人的声响。〕

月、牛：（一惊）噫？有贼！

琴：（房内呻吟）哎哟——

虎：（临窗）琴琴摔伤了，送医院！（急入，背琴出。亮相切光。）

尾声

　　（数月后，汤泉镇张灯结彩，人群熙攘。）

(伴唱)喜洋洋来笑洋洋,

今日汤泉好风光!

二十亿元工程奠基礼,

三对夫妻请吃糖!

〔鞭炮声,琴搀扶虎妈引出胸戴红花的卜桂生、柳梅;大牛、月月;小虎、丽丽三对夫妻,朝围观的乡亲递糖。〕

琴:乡亲们呀,听我介绍吧!(指柳)这是我妈,四十多年前的下乡知青,与桂生叔是老朋友喽!这样的结合呀,叫"老友新情"!(众笑)这一对呀!(指牛、月)叫作"城乡结合"!(众又笑)这一对呀!(指虎、丽)叫——

丽:(抢答)"乡土之恋"!(众大笑不止)

〔忽儿高音喇叭呼喊:"喂!喂!请汤书记陪同香港的柳总和医学博士阿基洛夫先生到主席台就座!"音落,人群闪开。汤陪同柳总、阿基洛夫出现在显要的位置。〕

琴:(上前致礼)舅爷爷!你老人家不负承诺呀!

柳总:承诺!舅爷爷不仅带来了资金,还带来了人才哩!

琴:人才?

柳总:(指了指)这就是阿基洛夫先生,俄罗斯人,留学美国的医学博士,他愿意到今日奠基的汤泉大医院应聘,欢迎吗?

琴:欢迎欢迎!(上前握手,后转脸致礼)谢谢舅爷爷!

柳总:哈哈哈哈!舅爷爷就是服了你这张嘴呀!所以,舅爷爷要把委托书交给你,从今往后你就是舅爷爷在汤泉的全权代理人了。

琴:(致礼)谢谢舅爷爷!(柳总一笑)

汤:(赔笑后,对琴)琴琴同志呀!你真是汤泉的大功臣呀!今天你既当媒人,又当大亲,请问什么时候当新娘子呢?

琴:报告书记,请打开手机,就有本人的答卷!(亮手机)

汤:(展视屏)征婚启事!

〔"哎哟哟,快看征婚启事!"众乡亲争先恐后。

琴:(大方地)别吵!请听——!

（唱）长沙妹子柳琴琴，
　　　　想在汤泉找男人；
　　　　志同道合手拉手，
　　　　乐为汤泉献青春！
阿基：(用俄语)阿钦哈拉唆！（即"很好"）(扬起手机改用汉语)我——应——征——
琴：(一怔)你应征？
阿基：(诙谐地用汉语作答)中国——俄罗斯——已结成——战略伙伴——关系，你和我——当然可成——夫妻关系喽！哈哈哈哈！
众：(笑)哈哈哈哈！
汤：好呀！欢迎各位有志之士聚集汤泉，同谋发展，共创辉煌！(指指奠基礼的彩门，陪柳总、阿基步入会场。众乡亲欢呼雀跃，载歌载舞。)
　　(歌舞)哎嘿——！
　　　　有情有爱汤泉来，
　　　　喜把汤泉作舞台。
　　　　人生喜剧汤泉演，
　　　　创业曲中颂英才！

[幕徐徐而落，剧终。]

（该剧于1998年获长沙市优秀剧本奖。当年已由长沙市文化局局长签字交市湘剧团排演，只因非常特殊的原因更换了剧目。市局仍按剧本付排的标准发给了作者酬金。而后，两位作者精心打磨，确保了强烈的演出效果，可以说是《希望的田野》姊妹篇，欢迎剧团选其上演。）

B辑 小戏小品

少寡妇征婚

时间:现代。

地点:某村。

人物:赵秀秀　三十多岁　寡妇

　　　刘　三　四十多岁　单身汉

　　　张二姑　四十多岁　农妇

　　　李小宝　三十来岁　男青年

布景:赵秀秀家。内室门帘垂挂,外室为机房。机房内摆着几台机器,壁上一块"综合加工"的招牌翻挂着。

　　　　[幕启　赵秀秀拿酒瓶、香烟上。]

赵秀秀:(张望状)刘三哥何是还不来哟!

　　　(唱)自从孩子爹不幸丧生,

　　　这招牌翻挂了整整三春。

　　　看人家生财有道跨大步,

　　　可叹我踏上富道步又停;

　　　手扶拖拉机睡大觉,

　　　轧花机榨油机落灰尘,

　　　只有这打米和碎粉,

　　　　机器还间或响几声。

　　　　偏偏经常出故障,

　　　　好不急坏我寡妇心!

刘　　三:(背工具袋上)秀秀呀,我来迟了一点啵?

赵秀秀:(惊喜地)不迟不迟!(忙递烟)

　　　　刘三哥呃,快抽烟啰!

刘　　三:(放下工具袋)我不会抽!

赵秀秀:(递酒杯)那就喝杯酒啰!

刘　　三:(开始修机)我不会喝!

赵秀秀:(旁白)我明明晓得他不会抽烟喝酒,何是今天……

　　　　(一顿,递茶杯)那就呷杯茶好啵?

刘　　三:嘿嘿!我不……不……

赵秀秀:这茶——(玩笑地)你不会呷是吧?嘻嘻嘻嘻!

刘　　三:嘿嘿!我是想快点把这机器修好,早点投入生产呐!

赵秀秀:你真是个勤快人呀,可要注意莫累坏了身体呀!

刘　　三:我身体蛮好,你莫担心罗!

赵秀秀:莫担心呀?我牛伢子连做梦都在喊刘伯伯歇气、喝茶哩!

刘　　三:哈哈哈哈!这梦也太奇怪了啵?

赵秀秀:这有什么奇怪的啰!(启示地)像你这样的单身汉呀,应该……

　　　　(旁白)哎呀呀,叫我何是启齿哟!

　　　　(旁唱)你看这个老实人,

　　　　一尺十寸冒少一分!

　　　　自从孩子爹去世后,

　　　　他慢慢地占住了我的心。

　　　　我爱他憨厚诚实助人为乐,

　　　　我怜他年过四十还打单身;

　　　　有心帮他把茶饭煮,

　　　　有心帮他把衣服缝;

寒冬腊月想喊他烤炭火,

　　酷暑炎天想喊他吹南风;

　　逢佳节想邀他共饮一杯酒,

　　为致富想邀他同把财路寻;

　　(插白)唉!我拖儿带崽的,晓得刘三哥会不会嫌弃啰!

　　哎呀呀,落花虽有意,

　　流水可有情!

　　且让我投石下水试深浅,

　　写红帖来征婚将他一军!

　　(赵入室,持写好的征婚红帖,贴在屋外的高压电杆上。)

刘　三:(修理完毕)秀秀呀!

赵秀秀:哎——!(慌忙入内)

刘　三:这碎粉机修好了!

赵秀秀:谢谢你,快坐下歇歇气哟!

刘　三:(背工具袋)不歇气了,我还要回家做事呐!(欲下)

赵秀秀:哎哎哎,慢点!(有意地)你走路咯样迅急,小心脑壳撞到我家门前那高压电杆上呀!

刘　三:放心啰!(做个手势)我靠咯边走就是哟!(欲下)

赵秀秀:哎哎哎!你何是总是低着脑壳走路啰!

刘　三:哦!我抬起脑壳走好啵!(猛抬头)噫:那电杆上贴的么子呢?(上前)征婚——!(念)寡妇赵秀秀,不愿过独身,志同道合者,共建新家庭。

赵秀秀:嘻嘻!……(入内)

刘　三:征婚——!秀秀呀,你你你,要征一个么子样的人啰!

　　(唱)见红帖,我孪心冲,真想马上去应征。

　　婚姻大事人人有, 谁不想建一个好家庭!

　　(欲揭红帖,急止)哎呀,慢点!我爱秀秀,秀秀爱我吗?刚才她有些话语像是有意,可她……为么子要写这征婚红帖呢?唉,咯堂客们的心事实实难猜哩!

刘三我年已四十几,家庭条件也不称心;

还是不发这浏阳梦,老老实实打单身!

(忽听鸡叫)啊吧!咯该……该死的瘟鸡子何是钻钻……到秀秀的瓜菜园里去了呀?(忙折转身)嗬叱!嗬——叱——!(赶鸡下)

(李小宝、张二姑相继而上。)

张二姑:(拉住李小宝)哎哎哎,李小宝呀!你何什把陈大娭毑背到十字路口就不背了啰!

李小宝:张二姑呀!村主任交代的这服侍五保户的任务,我想还是由你去完成的好!

张二姑:何解哪?

李小宝:你是堂客们呦!咯烧茶煮饭、洗衣浆衫的事理手些嘛!反正村主任讲了,陈大娭毑吃的、穿的、用的全部由集体负担,你又不得贴本。

张二姑:那不行呐!不贴本要劳神呦!陈大娭毑是你的姑妈我的舅妈,这服侍的任务,只能二一添作五。

李小宝:晤!你说要二一添作五,我说要三一三十一!

张二姑:何解要三一三十一呢?

李小宝:她也是你家老兄的舅妈哒。

张二姑:碰哒鬼咧,我家老兄四十几岁死了堂客,带着两个细伢子,有么子精力去服侍她啰!

李小宝:那我开了商店,也冒得精力去服侍她哟!

张二姑:你莫攀他喽,咯号中年死了堂客的人硬造孽呐!

李小宝:那我人到中年还冒讨堂客,岂不更造孽呀?

张二姑:哎呀,懒跟你结得筋了。要三一三十一,就三一三十一呐!先从你家住起好吗?

李小宝:不,先从你家住起!

[争执中发现红帖。]

李小宝:征婚!

张二姑:什么叫征婚呀?

第三部分 戏剧选 265

李小宝:征婚就是找对象呐!

张二姑:哪个找对象呀?

李小宝:(念)寡妇赵秀秀,不愿……

张二姑:(惊喜地)秀秀要找对象呀?

李小宝:(忙揭下红帖)嘿,咯下子就会摘掉这顶和尚帽子了!

张二姑:你想秀秀呀!只怕想偏你的脑壳哩。

李小宝:何解啦?

张二姑:我好几次去找秀秀说媒都碰了鼻子哩!

李小宝:可能是对象不称意吧!你是给哪个说媒呀?

张二姑:当然是给我家老兄哟!

李小宝:给你老兄吗?嘻嘻嘻嘻,哈哈哈哈!

张二姑:你笑么子啦?

李小宝:你家老兄呀!

  (唱)年纪超过五个八,大小蚯蚓脸上爬,

  外加两个调皮崽,哪个愿去当后妈!

张二姑:呸!

  (唱)自己当成一枝花,人家看作豆腐渣;

  既然你条件这样好,为什么想找孩子妈?

  (泼辣地)讲哟!讲哟!讲——哟!

李小宝:算哒算哒!(解围地)张三莫讲李四,大家团结一致。一路去好啵?

张二姑:一路去呀?那……陈大姨驰何什搞呢?

李小宝:让她到那里歇下子气,我们要趁热打铁哟!

张二姑:趁热打铁呀?要得要得!走啰!

李小宝:走啰!

张二姑、李小宝:(同唱)

  求个和,莫唱经,

  你我二人一路行,

  秀秀家中走一趟,

　　　　唯愿说媒、求婚大事成！

张二姑:(旁唱)兄想秀秀有原因,

　　　　只因这少寡妇是能人；

　　　　烧茶煮饭缝衣服,

　　　　喂猪养兔治鸡瘟,

　　　　讨了这样的好堂客,

　　　　就像得了个财帛星！

李小宝:(旁唱)我想秀秀有原因,

　　　　只因这少寡妇是美人；

　　　　身材苗条相貌好,

　　　　说话秀气像春风,

　　　　让这美人当掌柜,

　　　　商店生意定兴隆！

张二姑、李小宝:(同唱)

　　　　尤其是她丈夫那遗产,

　　　　老兄他(小宝我)看了早眼红,

　　　　那机器好像抓钱手,

　　　　听说银行里还存有现金,

　　　　若与这少寡妇成婚配,

　　　　可三五十年享现成；

　　　　心中打起这"小九九"

　　　　满怀热情去登门！

　　　　〔内传出吆喝声,鸡叫声。〕

李小宝、张二姑:(一望)噫呀,刘三何什也来了呀？

　　　　看他来做么子哒！(忙回避)

刘　三:(上,唱)谁家的瘟鸡子真讨嫌,

　　　　闯进了秀秀的瓜菜园,

　　　　啄烂的虽是那菜叶叶,

戳痛的却是我孛心尖,

本想找养鸡的主人提意见,

又害怕人家取笑

(插白)咯……咯心痛呀,她是你……你的么子人哪!

反把麻烦添!

我只得暗把鸡赶暗扶瓜菜暗浇水,

来一个两全其美避嫌言!

［幕内呻吟声:"哎哟!何什把我丢到这路上啰!"］

刘　三:啊吔!陈大嫂驰何什睡在十字路口呀!

　　　　［刘三下,张、李二人追下。］

　　　　［赵秀秀提潲桶出门,见红帖已揭走,满以为到了刘三之手,高兴入内。］

李小宝、张二姑:(狂喜地,上)哈哈哈哈!那只活娘被刘三背回家去了!(入门状)　赵秀秀:啊吔!二姑和小宝今日有么子事到咯里来了呀!

李小宝:(转弯抹角地)嘿嘿!俗话说,亲帮亲,邻帮邻。我呀,特来问一问你家咯些空着的机器卖不卖呐!

赵秀秀:唔!(对张)二姑你呢?

张二姑:(附和地)嘻嘻,我呀,特地为这买卖的事来做中间人的呐!

赵秀秀:谢谢你们的好意,我牛伢子他爸爸在临死前嘱咐了,这机器呀,卖不得!

李小宝、张二姑:(尴尬地)卖不得呀? ……

李小宝:(一想)秀秀呃——!

　　　(唱)而今党的政策好,农村面貌日日新,

　　　　人人广开生财道,你也应该有雄心!

张二姑:正是的哩:

　　　(唱)人人广开生财道,你也应该有雄心!

赵秀秀:(唱)感谢二位来促进,秀秀政富有雄心;

　　　　单纯养猪不满足,想办工厂搞加工;

　　　　可叹我丈夫早亡故,一直没找到合适的人!

李小宝:人哪?有有有!小宝我以前就是大队打米机手。只要秀秀认为合适嘛,我宁可关上商店门,重当司机生!

张二姑:(旁白)噫呀!转了半天贩子,全部帮哒他的忙呀!(忙对赵)哎呀,秀秀他,你莫信他的,小宝以前就是嫌当机手太脏太累了,才开商店的哩!我看呀,只有我家老兄最合适。早几年修三线铁路的时候,他就当过什么板……板车司机生呐!

李小宝:(嘲笑地)哈哈哈哈!二姑呃,那板车司机是靠人力,不是靠电力哒!

张二姑:(解嘲地)管它人力电力,横直是个司机生哟!我家老兄最聪明灵范,还司机不得生啵?

李小宝:秀秀呀,这司机生选我好些!

张二姑:不,选我老兄好些!

赵秀秀:(有所思地)莫争莫争,两个司机生我都选了好吧?

张二姑、李小宝:(另有所思)都选了?那不行吧!

赵秀秀:(坦然地)联合集资办厂,共同富裕上升。都选了有么子不好呢?

张二姑:我们不是咯只意思呐!

赵秀秀:那是么子意思呢?

张二姑:嘻嘻!我就是为我老兄说媒来的!

赵秀秀:说媒呀?我不是早几天就告诉了你啵?

张二姑:莫装样啰!你若不想结婚,那又写那红帖做么子呢?

赵秀秀:(一惊)红帖呀?哪里来的?

李小宝:嘿嘿!写个征婚红帖又不丑,城市里征婚还登报哩!

赵秀秀:(搪塞地)我冒写呀!

李小宝:你冒写呀?(亮红帖)这红纸黑字还霸得蛮脱的啵?

赵秀秀:(旁唱)哎呀呀,拐了场!

我相中的冒进屋,

冒相中的来一双。

首先把自己怨,

写红帖来征婚好不荒唐!

接着又把刘三怨,

怨他痴呆怨他傻,怨他无情无义,冷落我年少寡妇热心肠!

事到如今怎么办,

我麻起胆子拿主张!

(对李)咯样说来,小宝兄弟你也是来求婚的啰!

李小宝:正是的呐!秀姐姐呃!

(唱)秀姐姐要征婚我来应征,

小宝我爱你爱得深;

好像那寒冬腊月爱炭火,

好像那酷暑炎天爱南风;

爱炭火,爱南风,

为爱情我硬决心不惜牺牲……

愿抵押商店资财办彩礼,

愿进城租部小车接上亲!

张二姑:秀秀妹妹呃!

(唱)秀妹妹找对象要人穿针,

特登门介绍个我家老兄

可怜他中年把妻丧,

要带养两个小孩童;

我知晓秀秀的高风尚,

舍己为人最最最热心!

赵秀秀:(唱)多谢二位看得起,

今日登门来求婚,

常言丑话前头讲,

免得日后发怨声。

张二姑、李小宝:行啰,行啰!你有么子话只管讲沙唦!

赵秀秀:(唱)叫小宝,细思忖,

我比你年岁大三春,

270　希望的田野

人说道妻比丈夫老得快,

怕只怕日后你我不相称。

李小宝:(唱)相称相称蛮相称,

看不出你比我大三春;

脸上冒得荷巴皱,

身材苗条背不躬!

赵秀秀:(唱)叫二姑,细思忖,

你老兄有两个小孩童,

再加上我那调皮崽,

扯皮打架就不得清!

张二姑:(唱)扯皮打架不要紧,

老兄的脾气像春风;

手板手背都是肉,

他能一碗清水端个平!

李小宝:(唱)秀姐姐听我再补充,

婚后的日子你莫担心;

商店让你当掌柜,

你做君来我做臣。

张二姑:(唱)秀妹妹听我再补充,

老兄他是个老实人;

婚后你当一把手,

叫他走西不敢走东!

赵秀秀:啊呀!给我咯火的权力呀!

张二姑、李小宝:(讨好卖乖地)嘿嘿!妇女半边天!我老兄(小宝)要是讨了你这号堂客呀,保证把自己的那半边天都让出来!

赵秀秀:哈哈哈哈!

张二姑、李小宝:你笑么子呀?

赵秀秀:你们对堂客都有这样好,我……我总不能选两个男人唦!

第三部分 戏剧选 271

李小宝:秀秀呀,选我啰!

张二姑:不,选我老兄!

赵秀秀:那我不好定,你们自己去打好商量吧!

(忽闻猪叫,语意双关地)哦,莫叫莫叫! （提潲桶下）

李小宝:(一想,忙对张)二姑呃,你就成全我小宝哟!

张二姑:(一想,以牙还牙地)小宝呀,你就成全我老兄哟!

李小宝:我劝你讲一点点子风格啰!

张二姑:我劝你树一点点子新风啰!

李小宝:你要讲……

张二姑:你要树……

李小宝、张二姑:(埋怨地)算哒算哒! 我呀,和你争不清场。还是找秀秀去!

(入内)

〔刘三气冲冲上。〕

刘　三:(唱)二姑和小宝没良心,

不怜孤老不认亲,

我怒气冲冲将他(她)找,

问他(她)是人不是人,

〔刘三进赵秀秀家见张二姑、李小宝尾随赵秀秀出,忙闪过一旁。〕

张二姑:秀秀呀!

李小宝:秀秀呀!

张二姑:秀秀呀,我看你若不好决定,就干脆做两个砣砣,拈阄!

李小宝:不,写两块牌牌、抽签!

张二姑:拈阄!

李小宝:抽签!

刘　三:(误以为他俩是为陈大嫂驰的事,气愤地)呸你的啾呐! 咯号事还要拈阄抽签吗?

张二姑、李小宝:(嬉皮笑脸地)何解哪? 未必咯号事就捏不得阄,抽不得签呀?

刘　三:不要捏阄抽签哒,咯只事全归我管!

希望的田野

赵秀秀:(亦误以为是征婚之事,惊喜地)刘三哥呃,咯只事你真的要管?

刘　三:真的要管!

赵秀秀:不会动摇吧!

刘　三:(拍拍胸膛)我刘家三伢子打定了主意的事,从来冒动摇过!

赵秀秀:(高兴地)那好呀!

张二姑、李小宝:好? ……(慌了手脚地)哎,秀秀呀,秀秀呀! ……

赵秀秀:(望望张、李二人,故意地)哦。对了!刘三哥呃,咯只事你就是管也只怕迟了些啵!

刘　三:何解哪?

赵秀秀:(喜意地责难)你当时何不坚决些呢?

刘　三:(辩解地)我从瓜菜园里帮你赶了鸡出来,一看到陈大嫂他被丢在十字路口,就把她老人家背到我家里去了,还不坚决呀?

张二姑、李小宝:(放心地)哦,还是咯只事哟!

赵秀秀:唔? ……(有所悟,忙对张、李反问)咯是一回么子事呀?

张二姑:这这这……

李小宝:(奸猾地)哎呀!刘三哥你误会了呐!我们哪里是把陈大嫂驰丢在路口不管啰,而是背不动了,歇下子气,顺便到秀秀家里来喝杯茶!

张二姑:(附和地)正是的!把陈大嫂驰接到家里去养病,咯是我们在村主任那里主动领来的任务,何得丢啰!

赵秀秀:唔? ……(亮红帖暗示刘)咯样说来,你们还不是为这征婚红帖,特意登门的啰!

刘　三:征婚红帖?(望望张、李二人,有口难言地)秀秀呀,这个事你可随便那……那个不得呀!

张二姑:刘家三伢子呃,冒得么子这个那个的!

李小宝:正是的,冒得么子这个那个的。先到先谈爱,后到要排队。咯阵子还轮不到你!

赵秀秀:刘三哥呃,请帮忙把陈大嫂驰的被帐接到我家里来啰!

张二姑、李小宝:快做事去!

第三部分　戏剧选　273

刘　三：嗯！（下）

赵秀秀：（递红帖）二姑、小宝呀！

　　　　（唱）婚姻本是大事情，拈阄抽签事难成；

　　　　有请二位看红帖，征婚条件写得清！

张二姑、李小宝：（争看红帖）这这这……

　　　　（唱）看了一遍又一遍，想烂一个结孪心；

　　　　简简单单四句话，哪是条件搞不清！

赵秀秀：搞不清呀？（指指红帖）请念这两句啰！

李小宝：（念）志同道合者，共建新家庭。

赵秀秀：对——呀！

　　　　（唱）征婚共建新家庭，志同道合才是知音；

　　　　喜为发家同致富，致富还要有美的心灵！

张二姑、李小宝：

　　　　（唱）秀秀只管把心放，这样的条件我应承；

　　　　老兄他（小宝我）与你同心结，

　　　　海枯石烂不变心！

赵秀秀：你们说的都是真情么？

张二姑、李小宝：都是真情！

赵秀秀：不是假意呀！

张二姑、李小宝：不是假意！

赵秀秀：不会骗我！

张二姑：（慌不择言地）骗了你的是猪婆子的娘！

李小宝：（讨好地）不，是猪婆的孙！

赵秀秀：我不喜欢赌咒！

张二姑、李小宝：那就写张保证啰！

赵秀秀：我也不要你们写保证，只要你们回答我一句话。

张二姑、李小宝：么子话呢？

赵秀秀：就是嫌不嫌弃那瘫痪在床上的陈大娭毑呢？

张二姑、李小宝:那是我舅(姑)妈呀,何得嫌弃啰! 常言道,亲为亲好,邻为邻安。若不是有党的好政策呀,我们这些做侄女(儿)的还打算负担她老人家一辈子哩!

赵秀秀:(故作高兴地)啊呀咧,那太好了! 昨天我就向村主任讲了,陈大娭毑就像我的亲娘,我要把她接到我家来欢度晚年,咯不是恰好与你们想到一块了吗?

张二姑、李小宝:嗯,想到一块了!

张二姑:嘻嘻!

李小宝:呵呵!

赵秀秀:哈哈哈哈!

〔刘三担被帐上。〕

刘　三:秀秀呀,陈大娭毑家的东西都接来了!

赵秀秀:(指指脏衣服及被帐,对张、李)那好呀:志同道合的呃,快帮忙洗一洗啰!

张二姑、李小宝:(为难)这这这……

赵秀秀:哦,昨天听医生说,陈大娭毑得的瘫痪症,今后只怕还要扶上扶下,背进背出,送茶送水,接屎接尿哪!

张二姑、李小宝:真的呀?

赵秀秀:哪个还说假吗? 快担水来啰!

〔张、李不动,刘忙着提桶送水。〕

张二姑、李小宝:唉!

(旁唱)荒唐荒唐真荒唐,

寡妇出嫁带崽又带娘,

咯样的堂客哪个讨,

除非是蠢宝痴呆、哈巴郎!

李小宝:(一想)二姑呃!

(唱)我最同情你老兄,

中年丧妻带孩童;

第三部分　戏剧选　275

　　　　我愿意发扬高风格，

　　　　祝你老兄凤配龙！

张二姑：(唱)叫声小宝莫礼让，

　　　　你爱秀秀爱得深，

　　　　你俩才是龙凤配，

　　　　老兄理该树新风！

李小宝：(唱)我讲高风格，

张二姑：(唱)我来树新风，

李小宝：(唱)讲风格，

张二姑：(唱)树新风，

赵秀秀：哈哈哈哈！

　　　　(接唱)"推推让让为何因！

　　　　少寡妇征婚把是非惹，

　　　　我做事荒唐你心莫惊；

　　　　既敢征婚写红帖，

　　　　就敢当面择郎君。

　　　　先拉小宝家门出，

　　　　同去接来老娘亲；

　　　　从此侄儿变女婿，

　　　　亲上加亲情意深！

李小宝：(挣脱)我……我要晚婚呐！(指纸)你去找她啰！

赵秀秀：找她？

　　　　(唱)小宝要晚婚我不勉强，

　　　　再拉二姑出家门，

　　　　代你老兄接岳母，

　　　　寡妈岳母亲上亲！

　　　　岳母晚年过得好，

　　　　女婿累死也甘心！

276　希望的田野

张二姑：(挣脱)慢点！我要回家与老兄打个商量才行！(指李)你去找他啰！
赵秀秀：找他？
李小宝：(望望红帖)哦,不找她,也不找他(指指自己)！还是来个物归原位！
　　　　(欲出张贴红帖,指指电杆)请秀秀去找它吧！
刘　三：(猛然接过红帖)给我！
张二姑、李小宝：(惊喜地)正是的,找他最合适！

[幕急落。]

　　(该剧于1984年9月荣获长沙市小戏调演创作一等奖,演出一等奖,《长沙晚报》发表了剧照、剧评文章,并获长沙市文联庆祝中华人民共和国成立35周年文艺作品一等奖,先后发表于《湖南戏剧》《长沙文苑》《小戏集》等刊。)

喜搬家

　　　　　　　［四女子与乐队坐成一排。］
女：(唱)时逢这改革开放的好年代，
　　党把那财神爷爷送到千万家！
乐　队：(唱)五次搬家有悲也有喜，悲的莫忘记，喜的理应夸。
女：齐(唱)唯有六一年才是古今中外少有的奇闻事，
　　黎民百姓居然搬进了国家主席
　　我们少奇同志的家。
乐　队：对呀！这就值得大唱特唱。我们打好调、定好弦，你们就放开嗓子唱一
　　唱这次喜搬家！
　　　　［锣鼓过场　换曲调。］
女　甲：(唱)那时节"五风"一刮农民遭了殃，好多的往事令人不能忘，
　　各家各户挤到一起去吃"大锅饭"，吃不饱肚子用稻草淀粉代作粮。
　　为办食堂霸蛮占用我三间屋，祖孙三代只得同住一间房，
　　社员们日夜盼望北京盼望党，解民倒悬要赶快换主张。
　　这一天终被农民盼望到，盼到了少奇同志回故乡！
　　(白)少奇同志受党中央、毛主席的委托，从北京赶来宁乡，走乡串户，
　　调查研究，体察民情，了解生产下降和生活困难的原因。首先就果断
　　地解散了那些吃"无价供应"的食堂。又跟群众一起商讨出一些生产
　　自救的办法。从此，家乡的人把唉声叹气换成了笑呀——

众：齐(接唱)笑,笑……笑语飞扬!

［锣鼓过场　换曲调。］

女　丁：(唱)千家万户男女老少都欢喜,尤其是我亲家耶喜得更出奇,

（对甲唱)那晚上他在梦中被你来喊醒,

演出一场滑稽戏,大家笑得捧肚皮。

只见他摸黑起来穿上衣,下床就扑通一声撞跌了楼袱上挂的菜筲箕。

他连忙弯腰捡拾不息慢,伸手却摸到了屋角尿桶里,

五个指头霎时浸得冰冰冷,一股尿骚味冲进鼻孔里。

那恶心的滋味无须表,连忙去床头把灯提。

女　丙：(白)哎哟!撞了我的眼睛哩。

女　丁：(唱)却原来孙妹子在床上叫唧唧。顺手去摸来火柴把灯点,

女　乙：(白)爹呀,这是我们睡的床啦,你老人家是……

女　丁：(唱)媳妇却揭开帐帘责怪爹。

（对甲)你就不明不白、唠叨不休骂他痴不痴来癫不癫!

女　甲：(不服地辩解)能怪我多嘴啵?家耶老子摸到媳妇床上去了,传出去人家会笑话啦!

女　丁：(唱)亲家耶并冒发酒癫,他开门出去一溜烟。

女　甲：(唱)半夜出去我又怕他不安全。

女　丙：(唱)嫂嫂的操心是白操的,早饭过后不等茶烟工夫久,

我公公提捆树苗进屋笑嘻嘻!

（白)我问公公:"这杉树丫枝做什么用哪?"

乐　队：(学)起屋啊!

女　丙：还冒得大蒜长一根,这能起什么屋啰?

乐　队：唉!俗话说"十年树木"嘛。过它十年八载,还怕没有树木盖屋?

女　甲：啊吔,还要等十年八载,那日子何得过呀?

女　乙：你听,莲妹子他公公就讲得好呐!

（唱)"大锅饭"食堂散了伙,群众的心里比蜜甜。

生产生活虽说暂时有难处,克服困难努力生产要信心坚。

党中央如今定出好政策,好日子已经展现在眼前。

屋前屋后栽树都归社员自己用,好生培育何需等十年。

[锣鼓过场　换曲调。]

女　丙:(唱)我公公提起锄头出大门,忙到地坪栽杉又植松。

这时候只见来了一些陌生客,个个笑语欢声呼唤我公公。

公公抬头一见刘主席,

(夹白)他老人家那个高兴劲呀——

(唱)实在是无法可形容!

"主席呀,劳您亲自来我社员家,

真叫我不知如何感激您!"

刘主席拉我公公进屋坐在床边上,

满面笑容和我公公来谈心,

问我公公还有哪些困难冒解决?

我公公热泪盈眶不作声!

乐　队:唉!在自己的主席面前,有话就说吧。

女　甲:我老倌子说了:"主席呀,昨天座谈会上恢复生产的政策、办法,你老人家都讲啦,群众算是'吃了秤砣——铁(贴)了心'。要说困难嘛,有些群众还冒得法子解决,就是解散了食堂冒得锅子煮饭,自留土想种点生涯,冒得种子下泥,是不是——"

女　乙:刘主席听了,连忙向同来的干部吩咐:"是呀,这些具体问题是要赶快给群众解决,不但是锅子、种子,还有碗盏、陶器、篾制用品,都是少不得的。"

女　丙:(唱)刘主席说完一席话,把我家的住房来细察,

见我们祖孙三代人六口,一间茅屋冒得巴掌大。

这一边并排横架两张床,三个人一床何是睡得下?

那一边屋角砌起煮饭灶,灶前灶后又乱把什物架。

床后边堆满锄把头,床前一张饭桌也放不下。

床顶杂七杂八塞破烂,床底下放的提桶脚盆坛和罐。

瘦子娭毑在屋里行动要慢慢钻,胖子妈妈进门正像卡着老鼠夹。

女　乙:这时候,刘主席忙对身边一个干部说:"现在群众冒屋住,炭子冲空着做什么?"

女　丁:那干部说道:"那是你老人家的旧居,外国人要来参观的,我们要留着办展览!"

女　乙:可是我们的刘主席说得好:"现在群众住得这样挤,展什么览呀?腾出一栋屋,就能解决好几户人家的困难。我们欢迎外国人到韶山去参观,我这里不要保留啦!"

女　甲:(唱)刘主席对群众的疾苦倍关心,硬要我老倌子搬进炭子冲,
　　　　还说日后房屋不比炭子冲好,尽管长期住下莫动身。
　　　　主席的盛情难推却,当面怎能不应承,
　　　　老倌子当面答应得好,只是心里从冒打算——

众　齐:(接唱)这……这样行!
　　　　〔锣鼓过场　换曲调。〕

女　乙:(唱)刘主席离别家乡不几天,
　　　　一伙人突然来到我家屋门前,
　　　　带头的原是陪同过主席的方干部,
　　　　后面跟着张家三爹、李家四叔还有队上的牛伢子、虎伢子、春秀妹子——十几个身强力壮的好青年。

乐　队:他们来做什么呀?

女　乙:那方干部说:"恭喜你呀,杨家满爹!少奇同志指示,要我们替你搬家来啦。"

女　丁:我亲家爷眼睛一眨,后脑一摸,忙说:"哎哟,方干部呀,劳你们费力怎么敢当罗!我以为刘主席只是说一说,没想到真的要搬,既是他老人家的美意,那我不能不领受。只是,今天还不能搬呀!"

乐　队:何解呢?

女　甲:列位有所不知,我老倌子说得明白:"被帐冒洗衣冒叠,到处扬尘烟熏、不干不净,搬进主席的旧居也太不像个样子啦。再说,人也不大舒

服。咧!我这肚子现在就……(作痛状)哎哟!还是过几天再搬不迟吧。"

乐　队:过几天呀?

女　甲:(学)能搬的那天,我亲自去到各位的府上致意——奉请!到那时再有劳大家——帮忙!

女　丁:嗤!那方干部本来信以为真,一见莲妹子(指丙,丙做鬼脸)在旁边扑哧一笑,才知道杨满爹是用的缓兵之计,方干部自然不得依从,只见他——
　　　〔乐队以各自的乐器代作道具,绕场作搬家状。〕

乐　队:(唱)说罢一声大家搬起来,
　　　　担的扁担担,
　　　　抬的用杠抬,

女　丁:(唱)杨满爹急得直跺脚,
　　　　又摸胡子又摸腮,
　　　　忙叫全家大小来拦阻,
　　　〔女演员绕场作追逐阻拦状。〕
　　　　人多势众忙得顾不来,
　　　　阻住这桩又搬走了那,
　　　　满屋东西都搬尽,
　　　　剩下那捆树苗忘了拿。
　　　〔乐队、演员下,场上留下女乙一人。〕

女　乙:我家耶老子拿着树苗起着小跑边追边喊:"喂!你们也要等了我吵,把这树秧子栽到主席旧居门前,也好作个纪念!哎!这……这真是!"
　　　〔演员、乐队复上　锣鼓过场　换曲调。〕

众　齐:(唱)坐唱一段《喜搬家》,
　　　　刘主席的功德万人夸,
　　　　人民的领袖人民爱,
　　　　心中的丰碑放光华!

(该剧与陈伯熙合作,1980年12月发表于益阳《群众文艺》。)

走廊上的呼声

人物：牛娃、狗娃、花妹。

时间：某天放学后。

　　　　　　　［幕启：牛搬凳上，凳上有书和作业本。］

牛：(感叹地)唉！爹妈围着牌桌子，一天没有烧锅子，让我吃的冷饭子，吃了专门拉肚子……哎哟！(作胃痛状)哼！我牛娃个性犟，胃痛不叫嚷，什么去痛片，就是不买账！(忍痛一按)诺，不痛了！嘿嘿嘿嘿，做作业！

　　［牛刚作业，传出喧闹之声："嘿嘿！七小对，符了！""只怪你，尽放炮！""拿钱来，拿钱来！"］

牛：隔壁好热闹，你喊他又叫，影响我学习，心中好烦躁！(搬凳易地)……

　　［牛刚坐下，传出嬉笑和鼓掌声："哈哈哈哈！零分光头，大反，升三级！胜利哟胜利！哈哈哈哈！"］

牛：唉！今天真是……(无奈地摇头搬凳)东房筑长城，西房炒地皮，哪有安静处，且到走廊里！

　　［牛搬凳出门与搬凳出门的狗相碰。］

狗：(调皮地)嘻嘻！狗娃想牛娃，见面笑哈哈，有请玩麻将，输了喊声爸！

牛：瞎胡闹，谁跟你玩麻将呀！

狗：那就玩扑克，输了抄作业！

牛：尽出歪主意！自己不做作业，照抄人家的还要偷懒吗？

狗:(搔头挠耳地)嘿嘿嘿嘿,假如我输了,就帮你抄呗!

牛:哼,就是你帮我抄,我还不放心哩!

狗:唔……

牛:你读初中一年级了,连乘法口诀都记不清,什么三九二十八,七九六十一,八九七十四……哈哈哈,我看呀,还是你忙你的,我忙我的,互不干扰,各干各的!(坐下)

狗:(生气地)哼!没有你,我照样玩!(搬凳定位,望望牛,故意做手枪状挑衅)叭!叭!叭叭!(见牛不理,拿扑克摆弄)一对方块A,方块二……嘿黑!七小对,符了!(见牛仍不理,再摆弄扑克)我吃一个梅花一二三,再吃一个四五六,手里有个七八九,十JQ,单吊一个梅花K,再摸一张牌。哈哈,符了!清一色,一条龙,单吊自摸摸王,符了大翻子!哈哈哈哈,拿钱来,拿钱来!

牛:(好奇地)噫,狗娃,你这是什么玩法呀?

狗:嘿嘿!我这是最新的发明创造,叫作扑克的麻将玩法!(反问)怎么样呀?不错吧!

牛:你呀!把那聪明才智用到学习上就好了!

狗:人各有志嘛!我的爸爸爱玩牌,你的爹妈也爱玩牌,我就是想搞点创造发明,去争取得一个世界性的诺……诺……诺什么奖?

牛:诺贝尔奖!

狗:对对对!诺贝尔奖!牛娃呀,你是我最最亲爱的好朋友,铁哥们儿!今天就为了我狗娃能成才得奖,请陪我玩上几盘扑克的麻将式打法行吗?

牛:不,我要做作业,等会花妹会来检查的!

狗:哎哟!啧啧啧啧!是一小小的班长来查作业,又不是公安局的干警来抓赌,你怕什么呀?

牛:可是,她若向老师汇报,就得挨批评呀!

狗:别怕,我猜想她还不会来,就陪我玩三盘再做作业好吗?

牛:(一想)玩一盘!

狗:玩两盘。

牛:不!坚决只玩一盘!

狗:好呐！就玩一盘！（搬凳拼拢）……

〔二人摸牌,花持书上。〕

花:哼！要期末考试了,还在玩扑克！

狗:嘿嘿嘿嘿,班长！我们的好班长！我们保证不打了,千万别告诉老师呀！

牛:其实……我是事先议定了,只打一盘！（将凳搬开）

狗:正是正是！我们只玩一盘就做作业！

花:做作业,为什么不到自己家里做呢？

牛:花妹,你不知道,今天我家呀,一场麻将,一场扑克,简直闹翻了天,根本没有一个安静的地方可以搞学习呀！

花:(对狗)你家没人吵闹吧！为什么也到走廊上来了呢？

狗:好！我向班长坦白交代:只因我妈死得早,常跟爸爸牌场跑,从此牌瘾惹上身,不打就像猫抓心！嘿嘿嘿嘿,所以走出来找牛娃过把瘾,谁知道刚开始娱乐,就让你碰上了！

花:狗娃,不是我反对你娱乐！因为你是我班成绩最差的学生,老师交代我帮你补课呀！（问)你的作业做完了吗？

狗:语文作业做完了,数学作业还没开始！

花:给我看看！

狗:在这儿！（递本）

牛:(上前,念)用一边……一边……造句。

中秋节那天,我家买了个大月饼,我吃一边,爸爸吃一边！哈哈哈哈……

狗:笑什么呀,我写的可是事实哩！

牛:这是用连词造句呀！不是用数量词造句！

花:狗娃,你是中学生了,连简单的数量词和连词都没分清,以后的功课怎么学下去呀！（激情地)老师说,香港回归了,澳门回归了,建设伟大祖国的重任落在我们肩上。未来是属于我们的呀！不学好知识,将来怎能当高科技人才,驾宇宙飞船,发航天火箭,攀登科学高峰呀！

狗:班长！（有愧地)我只怕当不了那号人才做不了那号大事！

花:唔？你打算当什么人才,做什么事情呢？

狗:我呀,只打算当个修理工,修单车!

牛:哈哈哈哈,修单车,瞧你想的!再过十年二十年,摩托、轿车多得不得了,谁还请你修单车呀!

花:是呀,新的世纪就要到来了,你就是当一个修理工,也要有新的知识,新的本领呀!所以我们必须抓住每一个学习的机会!来——!我帮你补课,帮助你做作业!(将凳搬拢)

〔幕内传出清晰的女声:"哈哈哈哈,我符了个满贯,拿钱来,拿钱来!"〕

花:(一惊)噫?我妈怎么也在这里呀?

狗:什么呀?你妈妈也在这里玩牌吗?(一顿,把书本一丢)那我不搞学习了,找人玩扑克去!(欲下)

花:(厉声地)站住——!(揪狗坐下)今天呀,非完成作业不可!

狗:(讥讽地)我们伟大的班长呀,你先管管自己的妈妈吧!

花:哎?……(大惊,语塞,委屈地拭泪)呜呜呜……(静场片刻)

牛:(坦率地)狗娃!花妹每天放学以后来帮你补习功课,是为了你好呀!你怎么能不理解人家的心意呢?

狗:这……

牛:她妈打牌,你责怪她没管妈,那么,你爸爸打牌,能责怪你没管吗?我爸妈也打牌,能责怪我没管吗?

狗:那……

牛:狗娃!你说错了!

花:不!狗娃没有全错!我们虽不能管爸妈,但也可以向爸妈提建议呀!

牛、狗:提建议?

花:诺!(对牛、狗耳语)我们今天就这样提!

牛、狗:好!开始!

众:(齐声地对内呼喊)爸爸,妈妈,给我们带个好样吧!带个好样吧!

〔在呼喊的回音中,剧终。〕

(该剧于1999年10月在宁乡县中小学文艺汇演荣获特等奖。)

山乡打工嫂

时间：现代。

地点：某贫困山区。

人物：山凤——汉之妻，南下打工女

　　　徐汉——凤之夫，山区农民

　　　徐妈——汉之母，山区农妇。

　　〔幕启：汉担红薯走近家门，身后传来青年男女的讥讽之声。〕

女声："徐汉哥呃，还种什么红薯喽！而今你有的是钱了，到镇上买优质米哨！"

男声："啊呀呀！何止买优质米呢？还可以"卡拉OK"，屁股扭扭，抱一抱漂亮的妹子哨！"

女声："嘻嘻嘻嘻！反正那号钱来得容易，你就花个潇洒呗！"

男声："正是的！何是变了黄牯不吃路边草哨！哈哈哈哈……"

汉：(暴跳地)住嘴！再讲的，老子一扁担砍死他！

　　〔内声："啊吔！来煞哒！快跑快跑，哈哈哈哈……"脚步声后，笑声止。〕

　　〔妈端一碗煮熟的红薯，暗上。〕

妈：(夺过扁担，用薯堵汉嘴，责难地)发宝气哟！(对外高声地)牛伢子，狗伢子，猫妹子，兔妹子啊！我家徐汉与山凤的夫妻关系蛮好的哩！若再乱讲呀，看我告诉你们的爹妈，抽脱你一层皮！(转脸，小声地)你莫信人家造谣哨！

汉:哼,无风不起浪!(亮出汇款单)我一看到咯张纸就有气!(欲撕)

妈:(夺过汇单)哎哎哎,撕不得呐!咯是山凤寄回家恢复生产的四千元钱汇款单呀,你何解狗咬吕洞宾不识好人心喽!

汉:哼,好人心!我已看透了,看穿了!

妈:何解哪?

汉:你算一算哟!我种一百斤红薯顶多卖得一百元钱,四千元钱抵得我卖四千斤红薯呀!山凤她一个外出打工嫂,凭什么本事能赚咯多钱哟!

妈:凭什么本事哪?

汉:哼!听喽!(掏信,念)听说家乡遭了水灾,海伦老板非常牵挂,特送我四千元钱,要我寄给你们恢复生产。孩子他爹呀,想必你们会为我能结交咯样的朋友高兴吧!

妈:啊吔!(旁白)死了血!偷上野佬公还好意思要我们为她高兴!呸——啾——

汉:明白了吧!而今的时髦话是:"女人变坏就有钱!"

妈:(无奈地)唉,崽呀!事到如今你还是忍耐点吧!

汉:人要脸,树要皮。咯号事我忍不得!

妈:忍不得也要忍哩!崽呀!

汉:我前天已到镇上打了个长途电话,赤裸裸,硬邦邦甩给她一句话:火速回家!

妈:啊吔!咯会把问题闹大哒!

汉:怕什么呀!反正咯号背时的绿帽子我再也不能戴下去了。即使她不闹离婚,我也要采取果断措施——休妻!

妈:你真是吃多了红薯——尽放屁哟!俗话说:堂客们是只宝,八十岁有人讨!休了妻,人家山凤眨下子眼睛就嫁了,你呢?只怕是一世单身打得成喽!(递薯碗)冒办法,饭里面有砂,裸哒吃!

汉:(避开薯碗)我不得吃,宁可饿死!

妈:算哒算哒!到哪只山上唱哪号歌吧!(再递薯碗)人是铁饭是钢,吃了饭,你还要挖红薯去哒!

〔凤背旅行袋,风尘仆仆地上。〕

汉:(犹豫地接碗)

妈:(催促地)趁热吃呦!

汉:我……

凤:(诙谐地)何解哪?咯大的人了,还要你妈喂吗?

妈、汉:(一惊)是你……

凤:(望望汉,即转脸)妈!

妈:嘿嘿嘿嘿!山凤呀,徐汉他前天才给你打过电话,你今天就到家了,真快啊!

凤:(诙谐地)吙!夫令如山倒呗!电话里讲的那样硬扎,我能不火速归家么?

妈:(调解地)嘿嘿嘿!我家徐汉呀,其实是个老鸹子嘴糍粑粑心哩!(岔开话题)喋,他晓得你会回来,今天一早特地去镇上买回了优质米,还买了鱼和肉哩!

凤:(拿只红薯就啃)妈!咯蛮好吃哒!

汉:(挖苦地)唔?南下干部回乡,咯号红薯坨还吃得习惯吗?

凤:(不假思索地)咯有什么不习惯呢?

汉:吙!未必你咯样对红薯有感情啵?

凤:(热情地)有感情呀!小时候我们青梅竹马,常常是做完游戏,你就把妈给的烤红薯掰一大边给我吃,自己吃一小边是啵?

汉:(冷漠地)吙!那是好玩呦!没什么别的意思呐!

凤:中学毕业那年,我爸爸去世,是你帮我家插红薯、挖红薯,还帮着肩挑担子到镇上卖红薯是啵?

汉:(冷漠地)吙!那是得空喽!也没有什么别的意思呐!

凤:(反问)那么五年前,你到镇上卖了红薯,再买条围中送给我,是什么意思呢?

汉:这……

凤:后来,你与我在那斜对面的红薯地里约会,你……亲了我的脸,是什么意思呢?

汉:那……

第三部分 戏剧选　289

凤:再后来,有人为你介绍个镇上的姑娘,你说不爱吃白米的,只爱吃红薯的,咯又是什么意思呢?

汉:好好好!就算我有点意思,也是过去的意思,不是而今的意思哟!

凤:而今你变了?

汉:不是我变了,而是你变了!喋,女儿刚隔奶,你就把她寄到外婆家,外出两年不看上一眼,请问你这当妈妈的够不够意思呀!

凤:这……我对不起孩子!

汉:结婚三年了,你让男人孤单单过了两个春秋,请问,像咯样的夫妻有没有意思呀?

凤:那……我有愧于丈夫!

汉:哼!与其挂名做夫妻,不如分手各东西!

凤:嘻哟!咯大的意见呀!看来电话召我火速回家,你是要离婚,要休妻喽!

汉:大局已定,不分不行!

凤:(故意地)那你分……我不分!

汉:(得寸进尺地)不分就得依我三条!

凤:哪三条呢?

汉:第一条,从此不再外出当那打工女!

凤:好呀!那南下干部够辛苦的,其实我并不想当哩!

汉:第二条,以后凡是来路不正当的钱,分文不取!

凤:行呀!依靠诚实劳动致富,我最赞成喽!第三条呢?

汉:最后一条,就是你从今以后不得再与那个洋老板交往!

凤:唔?我与海伦交往,你吃了亏吗?

汉:吠!一次送钱四千元,过硬是发了财哩!可是,我不愿发咯样的财!不愿结交咯样的财神爷!

〔妈暗上。〕

凤:吠!你不愿结交她,她会来结交你呀!

妈:(插嘴)何解哪?未必咯位洋老板还会到我们穷山区来找他吗?

凤:实不相瞒!咯位洋老板已同我一道来了!

妈:(旁白)啊吔,鬼子进村了!

汉:哼!他来他的,我过我的。井水不犯河水!

凤:嘿嘿嘿嘿,你不欢迎她,人家欢迎她哩!今天海伦一到镇上,就被黄镇长热情地留住了!

妈:噫哟!连镇长都蛮欢迎的,那是来办什么好事呢?

汉:哼!好事!只怕是野猫子进屋——咬鸡!

凤:(望望汉)何解哪?人家特地来我们山区联合办工厂,把咯号廉价的红薯变成赚钱的商品,还不是好事吗?

妈:什么呀?咯号红薯还能赚钱呀?

凤:能呀!一斤红薯一元钱,变成薯干就是八九元,变成蜜饯就是四五十元哩!办个食品厂,把我们山区的红薯、蘑菇、木耳、冬笋、猕猴桃、矿泉水等等资源变成商品,都可以赚钱呀!就怕我们身在宝山不识宝哟!

妈:咯样说来,我们穷山区能变富喽!

凤:能变富!靠水吃水,靠山吃山呗!只要能在资源上大做文章,那钞票呀,会大大的有哩!

妈:(一想)嘿嘿嘿嘿!是就是件好事!(对凤)只不晓得那洋老板办厂的要求容易达到啵?

凤:容易达到!海伦答应了,厂房由她建,机械由她买,技术由她提供。只需我们负责安排场地、组织原料、招收工人!

妈:再没有其他要求了吗?

凤:哦,还有一个小小的要求!

妈:什么要求?

凤:就是要我继续当她的生活秘书。

汉:(旁白)喋喋喋,咯就是洋鬼子的本来面目!(不满地)哼!

妈:山凤呃,咯生活秘书能不能换人呀?

凤:换哪个呢?

妈:嘿嘿,我家徐汉哟!

凤:徐汉?只怕我们的海伦老板看不上呀!

第三部分 戏剧选　291

妈:你打个奉承哟!他中学毕业有文化,身强体健有武功,既可作生活秘书,还
　　可当贴身保镖哩!
凤:可是海伦知道我们山区的人勤劳忠厚,遵纪守法,不需要什么保镖呀!
汉:哼!他不需要我,我也不需要他,给他来一个——两只山字打堕——请出!
凤:请出呀?厂子不办了?
汉:闲惯了!没那份热心!
凤:未必你不想致富呀?
汉:穷惯了,没那个野心!
凤:那……我又会外出当打工女呐!
汉:分居惯了,走了更舒心!
凤:(恼怒地)你……太让我失望了!
汉:(固执地)彼此彼此!
凤:好吧!既然难走一条路,那就各自奔前程!你——休妻!我——休夫!!
妈:哎呀呀,我的媳妇我的崽呃,夫休不得,妻也休不得,且暂时休战!(说话
　　间给凤递上茶水,给汉一个红薯堵嘴,叮嘱地)先熄下子肝火,再好好地
　　谈哟!
凤:还有什么好谈的!他……太不理解我了!
汉:我何是不理解你哪?
凤:哼,理解!我外出当了两年打工女,重活难活脏活不辞,加班加点地干,冒
　　休过星期天,冒休过节假日,一抹十点汗挣来的钱,分文不花,全部寄回了
　　家,为的是什么?你理解吗?
汉:这……
凤:为了把咯位洋老板引到我们山区里来,我甘作她的生活秘书,鞍前马后跟
　　她走,衣食住行勤照料,像服侍祖宗一样,为的是什么?你,有理解吗?
汉:那……
凤:不要这呀那的!上次寄回来的那四千元,虽是海伦送给我的,但我问心无
　　愧。因为她每个月轮到那特殊的时候,连卫生巾都是我这:当生活秘书的
　　去递送,请问当时我想了些什么?你又理解吗?

汉:(大悟地)唔?原来海伦是个女的哟!对不起,我误会了,误会了!

凤:不误会又怎么样?俗话说得好,只要心里正,尼姑和尚同床困。即使海伦是个男老板,我就去当不得秘书吗?

汉:嘿嘿嘿嘿,当得,当得!我保证不反对了!

〔幕内传来摩托车的叫声。〕

凤:(指指门外)喋!黄镇长陪着海伦来了,就请他们来评评理吧!

汉:啊吔(跪下求饶)家丑不可外扬哟!我服了你好啵?

〔幕后。男声:"山凤,快来接客呀!"〕

女声:山凤,"哈罗"!

凤:(忙对内)海伦,"哈罗!黄镇长,哈罗"!(招呼入内)

妈:(不解地)喋喋喋,你们与外国人见面,何解开口就骂人哟!

汉:(对妈)这不是骂人,是问候你好的意思!

妈:哦,你好!(拉拉汉)还跪着做什么呀,快起身喊"哈罗"哟!

汉:哦!(起身招呼)两位客人哈罗!

妈:(同时地)洋老板哈罗,黄镇长"哈罗"!谢谢你们的"哈罗"!大家都"哈罗"!哈罗——

(热情地招手朝幕后走去)"哈罗"!

〔剧终。〕

(该剧于2001年7月参加湖南省第11届群星奖长沙地区选拔赛及长沙市第二届小戏小品调演,荣获市级金奖、省级二等奖。)

公仆·公民

时间：现代。
地点：某地。
人物：老乡长(男)　新乡长(女)　五爹五妈。

[幕启：乡长办公桌上摆满高档烟酒]

老：(望物兴叹地)唉！我张某年已五十三，原任乡长将交班，面对今天的生日礼，我忽有疑团涌心间……(抽烟、沉思)

新：(上，对内)不行不行，咯只事，我做不得主，而今要依法办事，政务公开，请在招标会上见！(对众)唉！只因建校工程，惊动好多亲朋，这个找我送礼，那个找我说情，我这新乡长还冒正式上任，就被这些弄得脑涨头晕！(进门)老乡长……

老：(埋头抽烟，误以为送礼的)又来了？我讲哒的不要搞些咯号路，硬要搞，就请留个名字，把礼品放到桌子上喽！

新：(不解地)嘻嘻！老乡长！小字辈柳蓉先给您拜寿，礼品后补好吗？

老：(猛抬头)哟，新乡长来了！

新：(敏感地)莫喊乡长，喊柳蓉哟！

老：哦！柳蓉同志！你来得正好！(送本子)今天请帮我当当账房先生吧！

新：(一望)哟！咯多人送礼呀！都是你的亲戚吗？

老:不是的。

新:那就是你的好友喽!

老:不是的。

新:那……他们何解给你老人家生日送礼呢?

老:醉翁之意不在酒哟,还不是想揽乡上那个几百万元的建校工程呗!

新:这……能收吗?

老:退又退不脱,丢掉了又可惜,不收何是搞呢?所以呀,(拖柳坐)咯只事情拜托你!

新:不行不行!

老:你说不行我说行,有请照顾寿星公!(关门状)

新:老乡长!(见关门)他……咯是何解啰?

老:(独白)今天我离开,让她去安排,交班之前测人心,看她是铁还是金!

新:(持登记本沉思)……

〔五爹、五妈上。〕

爹:我五老倌家住桐子坡,

妈:他是我老倌我是他老婆!

爹:手提四只盐鸭蛋,

妈:去吃老表的生日饭!

爹:一攀亲戚二贺生,

妈:为的是捞上那大工程!(进门状)啊咃!老表冒在咯里办公,只有一个漂亮摩登!

新:(客气地)两位老人家找哪个呀?

爹:我找张乡长呀!

新:找老乡长,你老人家是他的么子人呀?

爹:啊呀,我刘五爹与张乡长的关系可特别哩!(卖弄地)喋——,同背书包同上学,同爬屋檐捉麻雀;同穿丫裆裤捡田螺——

妈:(接腔)他娭毑我老倌喊外婆!

新:哦!你们是表兄弟!

妈:真是的哩！嫡嫡亲亲的舅老表！

新:那今天是来给老乡长拜寿的啰！

爹:嘿嘿,一来拜寿,二来——

妈:包工程！

爹:(对妈)莫闪门子哟！你晓得她是来做么子的呢？(对柳)请问你是……

新:哦,我是老乡长的学生！

妈:学生呀？

爹:哦,学生、晚辈！我怕是什么干部呐！

妈:对,晚辈！(倚老卖老地)泡茶来哟！

新:(递茶)大爹大妈,请喝茶！

爹:(漫不经心地接茶)学生妹子呀,你叫什么名字呀？

新:我姓柳,叫柳蓉！

爹:哦,柳蓉！柳蓉……(一想)听说新来的乡长叫柳蓉哒！(忙问)你就是新调来的柳乡长么？

新:(谦让地)嘿嘿！我是新调来为大家服务的哩！

爹妈:(大惊)啊吡！她就是柳乡长！(慌乱地起身致礼)乡长好！乡长好！

新:哎呀,快莫咯样喊啰！我这乡长呀,还要经过全乡的人大代表们投票选举哒！

爹:(讨好地)嘿嘿嘿嘿,我代表、我投票！我们全家大小都当代表投票选举！

妈:真是的呐！还有我娘家十几个人都当代表投票选举！(一顿)喂,柳乡长呀,那只大工程就交给我家老倌吧！

新:交给五爹？(对爹)你是泥工师傅么？

爹:嘿嘿嘿嘿,搞了几十年哒！

新:手艺蛮好喽！

爹:嘿！上屋捡得瓦,上壁砌得墙,打的柴草灶,饭菜格外香！

妈:正是的呐！我老倌子打的柴草灶最好烧哒！只有帮狗伢子他娘打的那个灶就有点煮饭不熟！

爹:(暗拉扯妈)你这一句不该讲哟！

新:哈哈哈哈,那五爹算泥工几级呢？

296　希望的田野

妈:几级(急)？近半年没事做呀,他常常是五急(级)服了六急!

新:哈哈哈哈!咯号钢筋水泥工程,可不是五急服了六急的师傅能承包的呀!

爹:嘿嘿嘿嘿,我可以转包哟!

新:你想提篮子呀？那搞不得搞不得!

爹:搞得!

新:搞不得!

爹:哼,搞不得也要搞!

新:何解哪？

爹:我问你,外人承包工程,砖瓦如何进村？

新:走本地的公路哟!

妈:基建用水用电,哪个提供方便？

新:当然是本地提供方便哟!

爹:哼哼! 路是我们开,树是我们栽,要想求方便——

妈:(附和地)拿哒"米米"来!

新:你们咯样做,乡政府会干涉的哩!

爹:干涉呀,全乡共有十八村,我五老倌村村有熟人,明天选举不投票,要你乡长当不成!

妈:对! 选举不投票,乡长当不成!

新:哈哈哈哈,即使乡长当不成,也该依法办事情。

爹:哼! 好个依法办事情,扯哒眉毛盖眼睛!（指指礼品）,咯多礼品哪个送的呀？还不是行贿啵？喋喋喋,抽名牌,喝名牌,乡长的八字有蛮乖!

妈:阿吔!咯一包烟呀,只怕要抽掉我两只鸡婆子!咯一对酒呀,要喝掉我一窝猪崽子哩! 哼,我要拆你的棚,撩你的栏,我要到外面去讲! 去唱!

新:何是唱呀？

妈:(对爹)何是唱呀？

爹:听啰,特告众乡友,莫选乡长柳,此人贪贿赂,红包加烟酒!

妈:要得要得,就咯样唱!（挽爹手臂）特告众乡友,莫选乡长柳,此人贪贿赂,红包加烟酒! 特告……（欲下）

老:(出,气极地)五老倌呀！转——来！

新:(委屈而抱怨地)你！……(入内)

爹妈:(一惊)哟！……表兄呀,我正要找你哩(转身近前)……

老:找我做么子呀?

妈:祝寿哟！（递上盐蛋）喋,一点小意思！

老:吠！四只盐鸭蛋,想呷生日饭?

爹:表兄莫把礼看轻,我送盐蛋意义深！

老:那……我连看不出来呀！

爹:这盐蛋是咸的哟！(借题发挥地)当官尝到咸味,劝你切莫让位,一旦退居二线,咸淡就会改变！

老:咯样说来,我这乡长还让不得位喽！

爹:坚决的坚决让不得位！(小声地)让位就冒得咸味哒哟！

妈:正是的哩！这位子就是心,这位子就是肝,这位子就是生命的四分之三。你看你看,(指指室内的柳蓉)人家柳乡长还冒上任,就接受了咯多礼；占哒这位子呀,几多有咸味喽！所以……

老:所以你俩看了眼红,就要拆她的棚,到外面去喊、去唱！

爹:对呀,拆了她的棚,乡长当不成。我俩咯样一喊一唱就帮了你的大忙哟！

老:吠！帮大忙,只怕是帮倒忙,发动群众来反我的腐败哩！

妈:何解啰?

老:(故作小声地)咯是人家送给我的！

爹妈:(一惊)送给你的?

妈:(一想)冒关系冒关系,亲为亲好,邻为邻安,十只指头,不向外扳！(小声地)我们帮你瞒着就行了哟！

老:真的?

妈:真的！

老:不假?

妈:不假。

老:(故意地)你们咯样真心实意帮忙,连冒得什么条件呀?

爹：嘿嘿，表兄呀，真菩萨面前不烧假香，表弟只有一个小小的要求。

妈：正是的哩,小小的要求！(小声地)你帮我，我帮你,捆紧顿齐缚一起。嘿嘿，表兄呃，只需你当乡长的讲一句话，那几百万元的建校工程就是表弟承包的了！

老：(反问)就只这一条？

爹：就只这一条。

老：冒得别的了吗？

妈：冒得了！

老：(气愤地一拍桌子)呸——呐！凭歪门邪道揽工程，我们当干部的还是人？(一顿)实话相告吧！本乡建校工程，事关百年大计，依法公开招标，不管皇亲国戚！

爹妈：(惊愕地)：哎？

新：(出)老乡长呀，我今天差点误会了你，真对不起呀！

老：不不不，是我对不起，让你刚学剃头就碰个刁腮胡子！

新：那倒冒关系，变哒马就不怕骑，变哒泥鳅就不怕泥咻！

老：是呀！要敢于碰硬，才能依法办事，只有依法办事，才能利国利民。假如不依法办事，搞出个豆腐渣工程，我们就成了千古罪人呀！(亮账本)所以，招标会上，我要把这账本亮出来，将这些行贿的公开曝光，连同那些蛮不讲理、强揽工程的，也一起曝光！

妈：啊吔，拐了场，会要曝光哩！快走快走！(拉公欲下)

老：慢点！

爹妈：何解哪？我们不揽工程了，未必走不得呀！

老：走不得！(一顿)而今呀，我们的国家正在健全法制，一切要依法办事，你检举干部受贿，如果是实应该受到表扬、奖励！但是今天，你俩为揽工程蛮横无理，乱喊口号，诽谤侮辱他人，违反了治安管理处罚条例，理当由公安派出所依法处罚。

妈：哎哎哎，那处罚不得，我俩再喊一次口号，收回影响要得啵？

老：何是喊哪？

妈:(对公)何是喊呢？老倌子呀!

爹妈:(一想,忙答)特告众乡友,要选乡长柳,咯号好干部,世上哪里有!

妈:要得要得,就咯样喊!(挽爹手臂)特告众乡友,要选乡长柳,咯号好干部,世上哪里有！特告……(欲下)

新:(大声地)五爹！转——来！

爹妈:(一惊)何解哪？

新:(亲切地、开导地)脸上莫贴金,大家看言行。我们要当好公仆,你们要当好公民!(握妈手问)好吗？

妈:(高兴地)好好好！你们当清官,不当贪官!我们当公民,不当刁民。官好民好,招财进宝,官坏民坏,家败业败……

爹:(拉拉妈)哎呀,回去回去！莫出鱼哒!

妈:(辩解地)我……没说错哒!

众:(会意地)哈哈哈哈！……

（该剧于2001年1月参加湖南省"走向法制"文艺调演,荣获剧本一等奖、演出一等奖。）

附：戏剧存目 35 部

《相国杀妾》又名：鱼龙辨（新编大型历史剧） 与邓正凡合作。1981 年由黄材剧团排演，获益阳地区农村剧团调演创作一等奖、演出一等奖。1982 年湖南省群艺馆编入《戏曲剧本选集》，并获益阳地区文联年度优秀作品奖。

《晒鱼村的新娘》（大型现代花鼓戏） 与曾伏云合作。1986 年由宁乡县花鼓剧团排演，获长沙市专业剧团调演二等奖。《长沙晚报》《长沙文化报》均有剧评。1987 年编入《长沙戏剧新作》。

《法官北京来》（大型现代戏曲） 2002 年为纪念中华人民共和国首任最高人民法院院长、中国司法的奠基人谢觉哉同志诞辰 120 周年而作。

《金秀银秀》（大型现代戏） 与姜福成合作。1983 年参加益阳地区和长沙市剧本创作年会。

《巧遇》（小戏曲） 1972 年获县文艺汇演一等奖，并下乡公演。同年，本人被选送益阳地区戏剧创作培训班。结业后，借调县革委文化组从事戏剧创作。年底正式调入县工农兵文化室担任戏剧文学专干。

《评比之前》（小戏） 1972 年获县文艺汇演二等奖。

《三改春联》（小戏） 1973 年由县文工团排演。

《一担猪娃》（小戏） 1974 年获益阳地区农村文艺调演一等奖。而后，益阳市文工团和宁乡县文工团作为公演剧目巡回各地。1975 年代表益阳地区参加省级调演，潇湘电影制片厂拍摄的《群众文艺开新花》有精彩片段。1978 年 2 月发表于《湖南群众文艺》。

《催芽》(小戏)　　与谢志强合作。1974年由宁乡县文工团排演并参加益阳地区汇演。

《卖鸡蛋》(小戏)　　1975年由宁乡县文工团排演并参加益阳地区汇演获奖,成为剧团主演剧目。

《补肥》(小戏)　　与周斌辉合作。1978年由宁乡县花鼓戏剧团参加益阳地区汇演。

《外婆来了》(小戏)　　与肖重周合作。1978年由宁乡县花鼓戏剧团参加益阳地区汇演,荣获创作一等奖、演出一等奖,并作为益阳地区的选送剧目参加省专业剧团分片调演,由湖南省电视台现场录播。当晚,县委书记吴彦凡同志特地安排将大彩电搬到大操场,让居民观看。事后,在县级干部大会讲话中特意提到要学剧中某某某,不学剧中某某某,传为美谈。

《选婿》(小戏曲)　　1979年获益阳地区农村文艺调演一等奖,并发表于益阳《群众文艺》。

《卜老买表》(广播剧)　　根据萌芽小说改编,1981年县广播电台录制。

《喜搬家》(戏曲广播剧)　　1982年由县广播电台录制,获益阳地区广播文艺一等奖、湖南人民广播电台文艺二等奖。

《退学钱》(广播戏曲)　　1987年由县广播电台录制,获一等文艺作品奖。

《黄鸡婆和麻鸭婆》(寓言广播剧)　　根据何笑先同名故事改编。1988年由县广播电台录制,获长沙市广播文艺二等奖,并编入《沩水声声》。

《刘海不打樵》(小戏曲)　　1984年发表于《湖南戏剧》增刊。

《拆台》(小戏曲)　　1983年11月发表于湖南《戏剧春秋》。

《天使恋》(话剧小品)　　与邓浩然合作。1990年获长沙市公路段文艺比赛银奖。

《港仔还乡》(话剧小品)　　与陈春阳合作。1997年获省文化厅征文二等奖。

《休妻》(方言小品)　　1999年编入长沙《楚天星》文艺专集。

《小卫黄学艺》(音乐小品)　　1999年宁乡一中特约作品。

《垂帘新传》(方言小品)　　参加1999年长沙市司法局"廉政之光"文艺汇演获得金奖。

希望的田野

《楚沩行》(戏曲小品)　与谢达武合作。参加2001年长沙市第二届农村文艺调演,荣获金奖。

《九马虎吃面》(方言小品)　2001年6月县环境保护日专题文艺晚会公演,效果很好。

《元帅梦》(话剧小品)　2000年县中小学文艺汇演获奖。

《插班生的故事》(双簧组合)　2002年县职工文艺汇演获奖。

《骂男人》(花鼓音乐小品)　2002年县供销系统参加县职工文艺汇演,荣获金奖。

《梁祝新传》(荒诞小品)　2002年县职工文艺汇演获奖。

《花明楼说楼》(歌舞小品)　2000年荣获"爱我宁乡"创作节目调演一等奖。

《孤儿福》(说唱小品)　1996年获长沙市文艺调演二等奖,并发表于《楚天星》。

《杏林新编》(戏曲小品)　2005年县人民医院新址周年庆典特约剧目。

《夫妻麻辣烫》(音乐小品)　2001年发表于《长沙群文》。

《酒吧浪漫曲》(话剧小品)　与肖瑶合作。2006年修改写作培训班学员作品。学员升入大学后,参赛获奖。

跋：为田野点赞　给丰收喝彩

潘定国

我曾任过多年的县文化馆馆长，虽不善写作，但敬重作家，尊重文人，爱读他们的作品。特别是本馆的(肖)重周与(吴)新邦，我们共事多年，岁数相差不大，彼此称呼常省去姓氏和同志几字，习惯了，似乎更觉亲切，请允许我这么称呼吧！

常言"近水楼台先得月"，他俩的作品我读得最多，有的还是第一个读者。读得多了，自有感怀。我曾建议他俩出个选集，遗憾的是重周走得太早太快，若能留个选集，定是熠熠生辉！而今新邦出选集了，我觉得是件美事，特高兴的！

文以载道，文还载时。惜时贤文，诲尔谆谆，是正能量的精神之餐啊！作品是作家的生活笔记，是作家的成长光盘，是作家的德才展示，是作家的成果与财富，出个选集，浓缩了的才是精华，我主张，我点赞，我祝贺！

本集以《希望的田野》命名，我以为自然、得体。因为选集中的《希望的田野》,是他最感荣光、最被珍爱的剧目。曾在北京人民剧场上演,受到了首都观众的赞赏,也得到了文化部、中国人民解放军总政治部、全国总工会的领导和专家认可,登台与演职人员亲切握手,祝贺演出成功并合影留念。谢觉哉夫人王定国老红军也观看了演出,点头称赞:"这个戏好,我看了很高兴!"

中国剧协党组书记赵寻同志激动地说:"你们这台戏用喜剧的形式表现了科技兴农的主题,是从生活中来的,多自然呀!"中国文联专家李振玉同志高兴地说:"你们这个戏一环套一环,编织得很巧妙,人物很活,解决矛盾没有上纲上线和空洞说教,入情入理,我很喜欢!"并紧握着编剧的手,连说了几个"好,好"!尔后,中央电视台的新闻联播报道了演出场景,中央人民广播电台和《光明日报》均发表了专题评论,《人民日报》刊发了剧照,记入了《宁乡县志》《长沙年鉴》《湖南戏剧史纲》等书,面对如此风光的"田野",能不为之点赞吗?

"科技兴农"的田野,煦风拂过,稻浪滚滚,金黄金黄的谷穗沉甸甸,好一派喜人的景象呀!你看,新邦也收割扬场了,继长篇小说《夫子山的秀才》和诗联选集《不会饮酒也作诗》出版之后,其散文小说戏剧选集《希望的田野》又面世了。这些,对比专业的作家们,谈不上高产,但作为一个县级文化馆的创作辅导专干,也该算得上丰收了!

我要为新邦的丰收喝彩。因为他在文化馆当了28年文学戏剧专干,履行好了三大职责:创作辅导,自我创作,组织管理写作。限于编制,馆内的文学、戏剧、音乐、舞蹈、美术、表导演专干不可能对口配齐,必须一专多能,是个"杂家"。就像他这样的"专干",面对不同文化、不同年龄、不同职业、不同体裁的作者,既要认真地阅稿,又要热情地评稿,甚至还要无私地出谋献策,助其原稿迈上新的台阶,若没有扎实的功底和甘当人梯的精神是难以胜任的。我常常记起他自嘲的话语:"鄙人只有中师毕业,且摘下跃进牌的帽子不久。在乡下教小学、教初中，可能混得下去。但到文化馆来当专干，就好比拿了黄牛当马骑呀，一没有科班培训，二没有写作成果，若不努力充实自己，拼搏进取，就只能打道回府喽！"细细品味他的自嘲，我看到了他的韧性，他的激情，他的品德，他对党对人民的一片赤诚！几十年来，凭着这些，他参与编辑《沩江文艺》《小作家》《小荷》，繁荣了群众文艺，赢来了本县文艺园地的百花盛开；他长年组织主办写作培训班，发现和培育了不少文学新苗，为本县或外地输送了文学人才；他自我创作了不少文艺作品，获得一些奖项，受到县政府多次记功奖励，还被列入全县"十佳公仆"候选人的光荣榜单哩！

雨露滋润禾苗壮，葵花朵朵向太阳。他是在五星红旗下成长的一代作家、一代文人，深知报效祖国、服务人民的大义。看！他从田野走来，捧着沉甸甸的稻穗，哼着情切切的曲儿，讴歌希望的田野，田野的希望，让我们为其点赞，给其喝彩！

2021 年 7 月作于嘉诚花园

（潘定国系中国共产党成立 100 周年"光荣在党五十年"纪念章获得者，退休干部，现年 83 岁，曾任宁乡县文化馆馆长兼党支书多年。）

编后语

一本新书出版发行,既有了却夙愿的喜悦,又有感恩戴德的圆满,更有聆听指教的期待。我是一名文化老兵,年已八旬,怀旧之余,另有所冀。于是,在亲友的协助下,编辑了这本选集。

承蒙赵风凯先生、潘定国先生作序作跋,精心审稿,热情点评,溢美之词,实实受之有愧!

承蒙出版经纪人、潇湘悦读文化研究会会长张立云先生及时为著者指点迷津,策划篇章,倾注了满腔热情和心血!

承蒙吴石安、谢端正、王祖荣、唐奉东、戴凯勋、姜福成、黎丙魁、曾伏云、廖吴鸣、黄湘群、吴爱珍、吴兰辉、吴斌斌等先生女士,搜集稿件、审稿选稿、编辑修改、打印校对,皆竭尽全力!

承蒙宁乡市文旅局、文化馆、图书馆的领导和同志们对本人的支持和鼓励!承蒙老同学、老同事、老朋友关注此书的出版,或来电,或登门,一次次过问,一声声鼓励,皆令人感动至极!

新书出版发行,诚惶诚恐。因为作者深知功底不足,谬误不少,恳求读者指正。期盼天赐良师、文友,帮学生充实才干,欢度晚年,谢谢!谢谢!

作者

2021 年 9 月 26 日